U0546002

風雲時代

第三輯
詭變百出
卷2
惡宴
尋龍記
無極
著

目錄

第一章 末路王朝……5
第二章 約法三章……37
第三章 鴻門惡宴……45
第四章 九死一生……87
第五章 分封天下……111
第六章 父子再聚……135

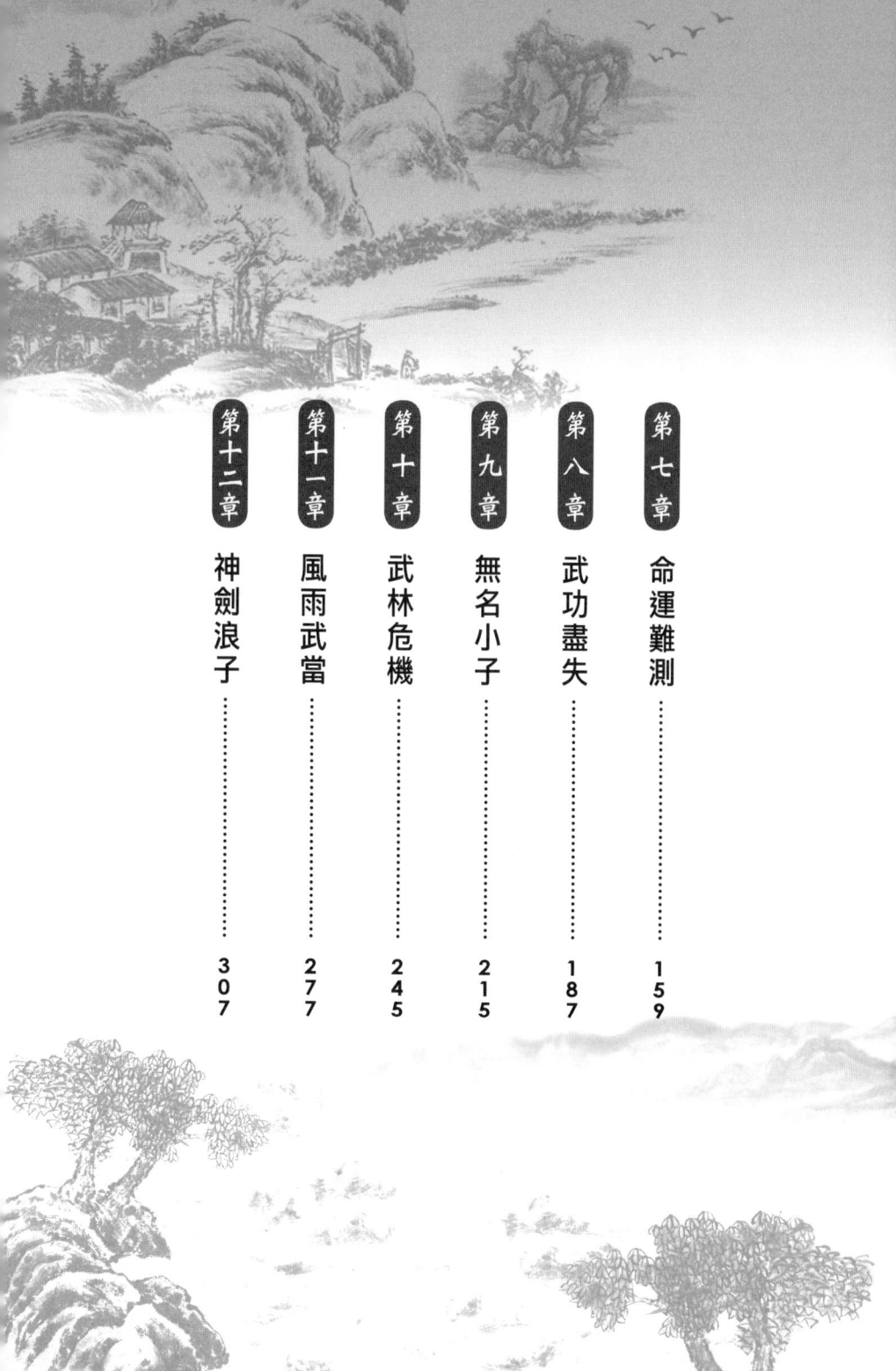

第七章 命運難測……159
第八章 武功盡失……187
第九章 無名小子……215
第十章 武林危機……245
第十一章 風雨武當……277
第十二章 神劍浪子……307

第一章　末路王朝

解靈奔得項思龍身前，伸手一把抱住了他，激聲道：「小弟知道項大哥定然可以平安歸來，但心下卻還是禁不住要擔心！你現在回來，小弟也就安心了！」

又是如死去的婦人一般的話！項思龍心中又被勾起傷感，但還是展顏淒然一笑道：「你項大哥福大命大，閻王也不敢來取我性命，又怎會有什麼事呢？嗯，現在咸陽城的情況怎麼樣呢？趙高有沒有依我的計畫行事？」

解靈鬆開項思龍，面容一肅道：「那老賊對大哥的話倒是言聽計從呢！項大哥秘宮之行的第十二天，他便施計殺死了胡亥，且立了子嬰為帝，子嬰也依項大哥的指示，藉口說他不願在天下局勢動搖不定，大秦如風中之燈的情況下，講究奢侈的登基大典，而是待在齋宮裡，等候項大哥示意，隨時準備幹掉趙高老賊！」

說到這裡，頓了頓又道：「噢，項大哥，告訴你一個好消息，項羽大軍已經收降了章邯，直攻入平陽關來了，劉邦大軍則是攻至了進入咸陽的南大門武關，只剩最後一道峽關就可攻入咸陽來了！哈，那時趙老賊的死期也便到了！」

項思龍聽得心下一陣欣慰，精神一振道：「好，那我們也就開始去準備佈置幹掉趙高吧！趙高一死，子嬰受降，秦王朝也便徹底滅亡了！」

解靈劍眉也是一揚道：「項大哥現在得了無字天書，天下還不就在你的手掌之中了？」

項思龍卻是淡然一笑道：「無字天書已被我化為灰燼，這世上再也沒有什麼無字天書了！」

解靈驚愕道：「這……大哥……你為何要毀去無字天書呢？它可是傳說中的人間至寶啊！」

項思龍漫不經心道：「就因它是人人意欲得之的人間至寶，所以我才要毀去它，如此這世上也便會從此少去許多的殺伐和戰爭了！」

解靈聽得不解道：「這……項大哥，我有點聽不明白！毀去無字天書不是世上的一大損失嗎？」

項思龍面色一沉道：「這世上沒有兩全其美之事，有一得必有一失！但如若是會招惹禍端的至寶，那還不若毀去的好！人的私欲總會掀起殺戮，如沒有了誘惑，那麼私欲也便會平淡下來，殺戮也就會少一些了！這道理你慢慢就會懂的！好了靈弟，我們出阿房宮去吧！我也很想去見見趙高這傢伙，免得他以為我去秘宮出了事，又想耍什麼花招！」

解靈似懂非懂的點了點頭，也沒再多說什麼，隨項思龍出了阿房宮。

無字天書已毀，秦王朝已是窮途末路！

可劉邦和項羽的楚漢相爭也將正式開始，他們到底會鹿死誰手呢？

如沒有了自己的協助，劉邦會敗給項羽嗎？

項思龍站在劍道宮的後花園裡，抬首仰望天空，心緒沉重非常。

胡亥已死，子嬰登位，趙高的死期也已不遠，劉邦即將攻佔咸陽……

項羽呢，也已步入他人生事業的巔峰——鉅鹿之戰已使他成為真正的西楚霸王！

父親項少龍呢，卻是至今下落不明……唉，老爸，你現在到底怎麼樣了呢？

項思龍禁不住長長的歎了一口氣，此時天空正劃過一顆流星。

項羽在父親失蹤的這半年多來，他的事業還不是如歷史所載般一切都進展順利麼？

這是否證明了在這古代如沒有自己和父親，歷史也會依原樣發展呢？

唉，要是能尋回父親，勸他回心轉意，不再干涉歷史，與自己一道在這古代裡尋個地方隱居下來，過一種無憂無慮快快樂樂的生活，那該有多好啊！

可是……母親周香媚呢？她現在一定在掛念著自己和父親吧！

也不知她在自己來到這古秦的三年來，是怎麼生活的？

項思龍只覺心中一陣刺痛，即便父親項少龍到時回心轉意了，可自己父子二人能拋下在這古代裡結識的親人和朋友嗎？這是一件多麼痛苦，難以取捨的決定啊！

人在江湖，身不由己，這句話可真沒說錯！自己和父親都已經與這古代建立了深厚的感情了！

「舉首望明月，低頭思故鄉！」

項思龍突地想起了唐代詩人李白的這兩句詩。

思鄉總是人性的一種，沒有人可以脫離這種心情的！

解靈的聲音突地在身後響起，打斷了項思龍的沉思，只聽他低沉的道：「項大哥，你在想些什麼呢？情緒這麼低落！嗯，趙高這老賊來見你了！」

解靈這話頓即讓項思龍的心情回到了殘酷的現實中來，斂了斂神，朝解靈淡淡一笑道：「沒想什麼！走，咱們去見見趙高吧！可不要讓這老賊在此緊要關頭耍什麼花招！」

解靈沉聲應「是」，關切的望了項思龍一眼，也沒再說什麼，在前領路，埋首默行。

趙高正在客廳內顯得有些欣喜和焦灼的來回踱步，見了項思龍和解靈進來，頓時走到項思龍身前行了一禮，恭聲道：「屬下參見教主！恭喜教主秘宮之行順利返回！教主這下無字天書在手，天下定可唯有教主獨尊了！嗯，不知教主召屬下來有何事吩咐？」

項思龍的確不想在這秦朝將亡的關鍵時刻，讓趙高耍出什麼花樣來，何況趙高對自己也確是「忠心耿耿」，他已將死，自己又何必為難他呢？

哈哈大笑聲中，項思龍默運功力托起趙高身體，歡顏滿面的道：「承趙左使吉言！他日本座登上天下至尊，統領政武兩道，趙左使當是第一功臣，本座定會重重有賞的！」

趙高聽了眉開眼笑的連聲道：「不敢！不敢！全仗教主恩澤！」

項思龍這時卻又突地臉色一沉道：「趙左使擅自提前處死胡亥，沒有向本座稟報，本座卻也很是生氣呢！不過，念在你忠心一片的份上，本座這次就不與你計較，但下次決不違例了！」

趙高這下又是嚇得額上冒汗道：「屬下該死！下次一定不敢再有任何異動了！」

項思龍見哄也哄過，嚇也嚇過趙高了，當下又一股冷漠地把話扯入正題道：「現在義軍壓境，咸陽城危在旦夕，不知趙左使對大秦後事準備作何處置呢？」

趙高聽得沉吟了片刻道：「這個想來教主心早有定奪！不過，依屬下之見，現下攻入咸陽的只有項羽和劉邦兩支大軍最有實力，且以項羽為優，他已收降章邯，加上其他各種義軍對他的歸順，兵力已發展至四十萬左右。不過，劉邦已入武關，咸陽城已在他眼前，並且他的兵力也已有十五六萬，咸陽守兵只不過六七萬，可說已是他囊中之物，所以屬下想要脅子嬰不日便派出使者去與劉邦談投降之事，這樣劉邦便可應楚懷王『先入關者王之』之言坐上秦王之位了！不知教主對屬下的建議可有什麼異議？」

項思龍真是「欣賞」趙高這傢伙的善解人意、會拍馬屁，他明知劉邦是自己的拜把兄弟，自己也一定會向著劉邦了，便也順了自己的意，把自己想對他說的話給先說了出來。

微微點了點頭，項思龍「嗯」了聲道：「左使分析得非常有道理，一切就照你的話去做吧！噢，對了，子嬰還賴在齋宮裡不肯出來登基嗎？左使可得花心思去好好勸他！本座可不願一個有名無實的秦王去向我邦弟投降！」

趙高恭聲應「是」而退。

劉邦自與項思龍別過後，領了一眾江湖豪傑直赴函谷關，把項思龍的口信帶給了正在客棧等得焦急異常的瘋和尚，隨後與管中邪和一眾武林人物押了項羽依諾留下的兩座金人趕回軍中。張良、蕭何等此時已率兵攻擊至了轘轅關，眾人見劉邦自己歡喜異常，七嘴八舌的向劉邦詢問了項思龍的情況後，便一鼓作氣一路順利進發至了武關。

至於項思龍的一眾嬌妻，則早由張良安排眾鬼魅使者護送去西域地冥鬼府了。劉邦也放下心來，總算對項思龍有了個交代。

劉邦一路如此順利，除了全軍因主帥歸來坐鎮士氣大振外，也因鉅鹿一戰，秦軍已失去了戰心，還有也因劉邦現刻武功大進，一路守城秦將不消三招兩式就被他所擊殺，如此一來，秦軍攝於劉邦威勢，兵士敬服劉邦勇猛，大家也便愈戰愈帶勁，劉邦大名也因此威震一方。各路義軍也紛紛前來投靠，使得劉軍實力更強。

高站在武關的城樓上，劉邦遙望著遠處的咸陽城，心懷澎湃的對身後的張良、蕭何、陳平、樊噲、周勃、夏侯嬰、管中邪等一眾得力大臣激昂的道：「想不到我劉邦一介市井浪子，今天居然也可揮軍咸陽！這一切全拜項大哥所賜！我們要儘快殺入咸陽，殺了趙高這禍國殃民的狗賊，去與項大哥會合！」

張良在旁心中也是感慨萬分，項思龍當初對他說劉邦是一代天子，想不到這預言果真應驗了！在與劉邦共事的這三年來，這小子雖是顯得有些吊兒郎當的，可是屢敗屢起，堅定不移的反秦，這一份決心毅力可也非常人所能及的了！並且他絡籠人才的手段非常高明，又能人盡其用，福緣深厚，可也確是一個大將之才！他能有今天這般成就，也不枉自己在這三年來對他死心踏地效忠！當然，這一切的成功，首要功臣還推讓自己引以為傲的女婿項思龍！

碧瑩能有這麼一個好歸宿，自己也確可快慰平生了！

蕭何則也想道：「自己當初跟了劉邦可也真沒選錯，他今日成功，自己也可跟著光宗耀祖！要是還對秦王朝死心踏地，自己現在還只不過是個沛縣小史呢！」

陳平這時也忖道：「自己能被劉邦重用，全仗項思龍不計舊仇的推薦，自己今生今世一定要死心踏地的效忠劉邦，以報項思龍的這份恩情！」

樊噲、周勃、夏侯嬰等也都各有一番思慨，他們是劉邦從小的死黨，以前只知與劉邦一起在沛縣做小混混，現在卻也成了讓天下人敬佩的抗秦英雄了，這能不讓他們心情興奮激動，感慨萬分嗎？

不過，所有人此時都有同一個心願——就是想迫切見到項思龍。

張良這時沉吟了一番，接過劉邦的話道：「主公，據探子回報說咸陽城已生變，二世胡亥已被趙高逼迫自盡，且趙高立了子嬰為秦王，此時咸陽城定已人心惶惶，確是我們進攻咸陽的大好良機。

「不過，又據報說趙高已挾子嬰準備向主公投降，此消息如若屬實，我們倒可按兵不動，待他們使者到來！要知我軍連日作戰，均已疲憊，咸陽又是秦王朝都城，守兵也有十萬之眾，若他們一旦誓死頑抗，我們倒得大費手腳，傷些元氣。所以我們現在不若按兵不動，靜觀其變個兩三天，視局勢再說吧！」

陳平點頭也道：「項少俠已控制趙高，在近兩日內他一定會向我們作出暗示的，所以主公不必操之過急！若一旦發生戰爭，只又苦了百姓！主公要在咸陽立足，只有愛民如子，才會獲得民眾的支持和愛戴啊！我們還是儘量避免動武的好！再說，我們強攻咸陽，項少俠可能也會有得危險！主公還請酌思一二！」

張良和陳平乃是劉邦的軍事智囊，在作戰方案上，劉邦對二人的建議向來尊重得很，聞言面容一肅道：「兩位軍師所言有理，只不過項羽大軍也已日漸逼近咸陽，楚懷王曾有諾——先入關者，王之！如被項羽先一步攻入咸陽，那我們……」

張良截過話頭道：「如此不若我們今晚派人潛入咸陽城去，聽聽思龍有什麼高見吧！」

劉邦聽了頓然點頭道：「子房此話甚是，今晚我就入城去見見項大哥！」

陳平微怔道：「這……主公怎可孤身犯險呢？還是讓末將前往吧！」

劉邦擺了擺手道：「不！人多反而誤事，我一個人去就夠了！」

想著不日就可攻下秦都咸陽，劉邦心中湧起一股無比興奮的感覺。

不可一世的秦王朝，就要在我劉邦的腳下俯首稱臣了！

哈，我劉邦也能有今天！取下咸陽城，咱就發達透頂了！

入夜，劉邦換下夜行衣，把天劍插入背上綁好，在張良、蕭何等的護送下潛入了咸陽城。

閃落在咸陽皇宮的屋頂上，劉邦心下有一股爽歪歪的感覺。

過不了多少時日，這皇宮就要易主，成為我劉邦的囊中之物了！

據聞咸陽後宮有佳麗三千，個個貌若天仙，屆時老子可要享受個夠本！

劉邦愈想愈是興奮，忽地心念一動，自己何不到皇宮後院瞧瞧呢？

想來便做，劉邦展開身影，幾個起落飛身馳進了皇宮之內。

後宮在哪兒呢？皇宮這麼大，要找起來可真不容易，得抓個太監來問問路。

正如此想著時，忽地一聲冷沉的低落聲傳人劉邦耳中道：「哼，項思龍這小子表面上裝作處處信任我趙高，可是他卻派了解靈來監視我的行蹤，並且要脅子嬰欲施計置我於死地！我趙高就那麼好對付嗎？

「若不是我功力被他用五陰截脈手封住，並且被他用移魂轉意大法迷控了我的心智，他小子想讓我為他所用，門都沒有！現在好了，太君為我破去了項小子對我的所有控制，讓我恢復了自由之身，我再也不用聽他的命令行事了！

「我們現在還有機會翻身，項小子不知太君已把千年功力貫注到了我身上，並且傳了我迴夢大法，我一定可以待機殺他個措手不及的！只要項思龍這小子一除，讓我得到他的舍利子服下，天下至尊就是我趙高了！

「太君，你就安心地去吧！我不會讓你失望的！當年日月天帝拋棄了你，娶了百合仙子那賤人，現在日月天帝把他的元神轉嫁到了項思龍這小子身上，太君你也把元神轉嫁到了我身上，我殺了項思龍，也就等若太君殺了日月天帝，那你這千百年來的仇恨也就可得到報復了！」

劉邦聽得這席話，心神大驚。輕身馳至發音的宮殿，從門縫裡往裡看去，卻見趙高正跪在一頭髮全白，皮膚如若雞皮疙瘩的坐在皇帝龍椅上的黑衣老嫗身邊，那黑衣老嫗顯已近臨死亡，雙目失神散光，但嘴角卻是掛著一絲陰毒的笑意，脆弱的喋喋怪笑道：「好！好！趙高，也不枉本夫人對你的一片栽培之心！你爹阿沙拉拋棄了你，讓你留在中原孤身一人受苦，本夫人一心栽培你本是想讓你親手殺了阿沙拉，以報他當年的強暴之仇！本夫人當年在西方乃是有『西方之魂』之稱的第一美人，本與日月天帝相親相愛，可誰知阿沙拉卻看上了我的美色，要日月天帝把我讓給他，日月天帝這沒用的狗雜種，為保他的榮華富貴，竟然答應了阿沙拉！我恨！我恨啊！阿沙拉是個禽獸，日月天帝是個孬種！一個只知獸欲，一個只知愚忠！

「可日月天帝對阿沙拉忠心耿耿一輩子，他又落得了個怎樣的下場？還不是讓阿沙拉趁火打劫搶去了他苦心經營的西方魔教！

「總算天理因果循環，阿沙拉被日月天帝的傳人殺死了，這也是他應得的下場！可日月天帝拋棄了我，娶了修羅宮的百合仙子那賤人，我咽不下這口氣，我一定要讓他日月天帝形神俱滅才甘心！

「今日……今日我的心願終於可以了了！趙高，你資質總算不錯，衝破了陽盛陰弱的大關，可以接受本夫人本只能女子修習的『九陰神功』！現在本夫人畢生的功力已全傳給了你，你已步入陰神不死之境。對付項思龍那小子應不成問題！好！我這便要魂歸極樂了！記著，你殺死項思龍後，一定要把他的屍骨與我合葬！我生不能與日月天帝在一起，死後卻總要他來陪我！」

說到最後，老嫗嘴角溢出一抹黑血，掛著一絲的陰毒之笑——死了。

劉邦愈聽愈是心驚，若讓脫離了項思龍控制的趙高偷襲項思龍？那……不行！自己一定得阻止趙高的陰謀，不讓他的詭計得逞！

這時，卻突聽得趙高一陣哈哈狂笑道：「『九陰神功』！我已身懷十二層功力的九陰神功了！普天之下除了十二層功力的九天神功之外，天下將無人能是我之敵！項思龍，你小子等著受死吧！這天下將是我趙高的！只待無字天書一到手，就是我趙高雄霸天下之日了！我要蓋過秦始皇！我要成為真正的千古一帝！」

說到這裡，只見他頓了頓，突又指著死去的老嫗屍身怪笑道：「你這老不死的，若不是為了得到你九陰神功的功力，我早就與阿沙拉老爹聯成一氣了！想叫我殺老爹，你做夢去吧！殺項思龍麼，我會的，但不是為了報答你！嘿嘿，這麼些年來你要老子與你幹那虛鳳倒凰的勾當，還不是淫婦一個！老子也受夠你了！

哈，現在我神功在身，這天下將是我趙高的，一切的付出也是值得的了！」

說著，突地舉手向老嫗屍身揮出一道奇寒無比的真氣，口中又冷冷道：「九陰神功！與赤帝齊名的陰神姬相如的九陰神功，威力到底有多大呢？」

話音剛落，卻只見趙高發出的真氣竟把老嫗的屍身在瞬間給化成了一股陰氣，被趙高哈哈狂笑聲中納入了體內，只聽得他又道：「九陰神功果然不愧是曠古絕今的上古絕學！有此神功在身，項思龍他死定了！」

劉邦這時心中又駭又驚下，不自禁的被趙高所發真氣的餘波給冷得一顫，腳下一個不吃力，竟從門頂上跌了下來，發出「咚」的一聲。

殿內的趙高頓然警覺，沉聲冷喝道：「何方鼠輩，膽敢闖秋水宮？出來！」

既已被發現行蹤，也就再沒藏身必要，劉邦吞納了口氣，定住了心神，同時把功力提升至了八層左右，揮掌劈開了殿門，昂首闊步走入殿內，一指趙高道：「趙老賊，你方才的話我都聽到了！哼，像你這等禍國殃民的亂臣賊子，還配說什麼要成為千古一帝雄霸天下，真是讓人聽了笑掉大牙了！我劉邦今日就要替天行道，將你碎屍萬段！」

趙高微微一怔，旋即卻是嘿嘿怪笑道：「好！好！天堂有路你不走，地獄無門你自投！老夫正愁不知怎麼對付項思龍那小子呢，有了你這活寶在手……哈，還怕項小子不就範？老夫剛練成九陰神功，就拿你來試招吧！」

在笑聲中，身形一閃，已是揮掌向劉邦逼攻而來。

劉邦心神一斂，已快若閃電的自背後拔下天劍，施出「雲龍八式」中的「天殺式」，天劍頓然幻出一片刺目紫光，如驚虹急閃，向趙高的來勢迎擊。

趙高任是神功蓋世，卻也不敢赤手空接天劍這曠世神兵，當下閃身避過，口中大喝道：「你有天劍在手又如何？老夫今日定要擒下你，讓你生不如死！」

劉邦一劍擊退趙高攻勢，心神大定，嗤笑道：「少在這裡吹法螺了吧！你知不知道，你那野老爹阿沙拉也是喪命在本少爺的這把天劍手上，今日本少爺就成全你，讓你父子倆的鬼魂在這天劍上相會吧！」

說著，當下把近段時日學會的項思龍傳給自己的一些武功密笈上的劍學，凌亂無章的施展出來。

一時之間竟也把趙高退了個手忙腳亂，只氣得他哇哇大叫，但他也防守甚嚴，雖亂不敗，身上衣衫卻也被劃得碎爛，顯得有些狼狽。

劉邦見自己密集的攻勢下，趙高仍然可以有守有攻，心下暗暗吃驚道：「這閹狗的武功似比阿沙拉還高，並且他還似未發全力，這……自己可得小心應戰了！」

趙高被劉邦也是攻得心頭火起，暗忖道：「想不到區區一個劉邦就如此厲害，看來要用十層功力的九陰神功才可勝他！那項思龍……」

心下想著，趙高雙爪加勁，以排山倒海之勢反守為攻，勁撼天劍神鋒。

二人激戰交拚之下，劉邦被迫節節敗退，一個不留神，被趙高覷準時機，一把抓住天劍，劉邦心下一驚道：「啊！好似被鐵鉗夾住，無法把劍抽回！趙高手爪竟然能擋天劍之氣，這……他的武功真是不容小視了！」

正想著時，一股陰寒之氣冰透入骨的通過劍身直逼手心勞宮穴，劉邦大駭，頓忙把功力提升至了十層以上，全力抗擊對方陰寒真氣。

趙高嘿嘿怪笑道：「強弩之末還想掙扎？讓老夫送你上西天吧！」

二人氣勁以幾何級數暴增，天劍倏地發出如火山爆發般的灼芒，直把趙高硬生生的震得撞向屋壁，發出「轟」的一聲巨響，壁內頓時石屑紛飛。

趙高護身氣勁也被天劍鋒芒所破，掌心呈現血痕，撕痛欲裂。

劉邦見擊退趙高，心下大喜，知得天劍神力之助，把劍一擺，幻出一片劍芒，哈哈大笑道：「誰送誰上西天還不知曉呢！有本事再來受我天劍一擊！」

趙高雙目噴火的盯著劉邦，心下卻是忖道：「天劍太過鋒利，而且劉邦這小子功力似也不弱，看來非施出十二層功力的九陰神功不可了！」

二人的打鬥聲驚動了皇宮侍衛，慌亂的驚叫聲和腳步聲向這秋水宮傳來。

趙高此時則突地合掌向天，口中念念有詞，一巨大的陰煞之幻像突地閃現在他頭頂，透發出一股令人心悸膽寒的威勢與法力，讓人感覺仿如置身在陰森詭異的地獄裡。

劉邦看得心下又是納悶又是驚詫，這……趙高又在玩什麼鬼把戲？

剛剛趕至大殿的一些侍衛，都頓被趙高所發出的怪異邪法氣勢給嚇得渾身顫抖不已，有甚者更是軟癱在地。

趙高著地伸臂暴喝一聲道：「九陰神功之陰神再現！」

只聽喝聲剛落，趙高全身上倏地釋發出陣陣陰風罡氣，旋轉成一道龍捲風般直向劉邦擊來。未曾接招，劉邦已只覺全身突顯虛脫，一個立腳不穩，砰然跌倒。啊，這是什麼怪異武功？威力竟然如此強大？

劉邦暗一咬牙，把全身功力也已提升至極限，準備硬接趙高又威猛一擊。

可就在趙高所發勁氣籠罩住劉邦的當兒，怪異景況突地出現了，天劍光芒暴漲，凝成一條火龍盤繞在劉邦身周，緊緊守護住了劉邦。

趙高見了心下一震，口中怪笑道：「嘿嘿……想不到你這狗雜種竟能引發天劍赤帝龍氣護身，看來倒也身負少許神異力量！也好，太沒還手之力，未免有些乏味，最好能捱上個十招八格的，讓老夫殺得痛快！」

說著，催發功力向劉邦攻擊，劉邦被困在對方的罡氣旋風中，全身猶如冰魄入骨，功力無法凝聚，所提發的功力不足五層，卻還是竭盡所能抗阻對方法力，勉強展開攻勢，但天劍剛剛舉起，欲劈向飛身逼來的趙高，卻被趙高用雙掌輕易夾制，強烈無比的陰氣從劍身直透劉邦雙手，劉邦雙手頓然失去知覺。

唯今之計，看來只有是棄劍逃生了！留得青山在不怕沒柴燒，讓項大哥來對付你這老賊！劉邦心頭駭然，雙手頓忙脫了劍柄，疾身急退。

趙高奪了天劍，見劉邦欲逃，大喝道：「想逃？小子下地獄去再逃吧！」

喝聲中身形電射向劉邦追至，一爪已是抓住了在逃的劉邦後腦。

霎時間，劉邦全身真氣盡失，四肢不聽使喚地扭曲變形，撕心寒針刺住之痛傳遍全身所有神經，眼看不消片刻，劉邦就要喪命趙高之手。

啊……我劉邦歷經三年辛苦抗戰，眼看著就要攻入咸陽，今日若死在這禍國殃民的閹狗手上，那哪裡還有什麼天理可言？

不！我不能死！我要替天行道，殺死這閹狗！

劉邦越想越是激憤，怒火沖霄得全身血液奔騰不息，驀地產生出強大的一股神異力量，與趙高所發的陰神法力對抗著。

趙高另一手中握著的天劍在這當兒，突地發出一陣雲耳龍吟，脫飛出他手，直飛向劉邦，劉邦掙扎出最後一絲能量接過天劍，天劍射出一道紫光直點劉邦眉心，劉邦突覺體內湧起一股莫名的強大無匹的能量，讓他不發洩出來就不痛快似的，口中暴喝一聲，體內蘊藏的異能勁氣登如排山倒海般暴體沖射而出，空前凌厲，威力之強實在讓人心生寒氣，猶如天神震怒。

趙高頓覺勁風逼體，緊抓劉邦後腦的手徒地感覺一股內勁猛烈反震，吃痛之下頓然鬆開，體內的陰神法力竟是硬生生的被劉邦突發的異勁給震回體內，軀體暴飛彈開。

這……這是怎麼回事？劉邦這小子體內怎會有赤帝的天子真氣？

趙高心駭膽寒，抹去嘴角的血絲，詫然而視劉邦。

劉邦則雙手握拳，舉臂高呼道：「氣勁！我感到全身擁有無窮無盡的氣勁！好似有幾億萬未開發出來！哈，趙高，你受死吧！」

高呼聲中，天劍已化作一道紫芒，射向呆站著的趙高。

「天子真氣！天子真氣！劉邦……你是赤帝化身！」

趙高見了劉邦攻勢，竟是忘卻了攻擊，還口中喃喃驚呼著。

就在這當兒，劉邦手中天劍已是把趙高穿胸而出，趙高慘叫一聲，體內的九陰神功真氣頓如洩氣皮球般急噴而出，轟聲中殿內什物被氣勁紛紛炸裂，趙高身體也在「轟」的一聲巨響中，被劉邦所發的天劍威能炸了個血肉橫飛。

奸詐陰毒惡貫滿盈的趙高，終於死在了劉邦的手上，並且死無全屍。

這也是趙高作惡應得的可悲下場吧！

血雨紛飛中，劉邦收了天劍，傲然橫視著倒塌的大殿。

就在這時，一陣「嗚！……嗚！……」之聲突地傳入了劉邦耳中。

劉邦心神一斂，依聲飛身射去，卻見屏風後正躺著一個身著龍袍、頭戴皇冠，手腳被縛，口中被塞了布團的一少年正在掙扎叫喊著，身上已壓下了不少磚塊木材。

這大概就是秦三世子嬰吧！嘿，想不到如此狼狽！

自己還是救他一命吧！項大哥說要叫他向自己投降稱臣呢！

劉邦飛身一把抓住少年腰帶，如老鷹抓小雞般挾了少年沖天而出。

整個大殿也在這時哄然而倒。

項思龍正在劍道宮中與解靈細思著準備除去趙高的計畫，突有武士神色慌張的來報告：「不……不好了！項少俠，皇宮……皇宮出事了！」

項思龍聽得心下一沉，卻還是鎮定的道：「到底發生什麼事了？這麼慌張！」

武士哽哽咽咽的道：「趙……趙丞相……他……他……」

結結巴巴了老半天卻是未說出一句完整的話，項思龍已心下一緊，不耐煩的喝退武士道：「好，不要再說了！」

言罷又對也是一臉驚容的解靈道：「走！靈弟，我們去皇宮看看！」

二人頓即展開身形，不顧驚世駭俗，往皇宮疾馳而去。

項思龍邊馳邊焦急的想道：「難道趙高這傢伙……」

還沒想完，皇宮那方突地傳來一陣轟然巨響，接著是火焰沖天。

解靈驚聲道：「是齋宮那邊……項大哥……」

解靈說話當兒，項思龍已是心急如焚的加速身形，把他給遠遠拋在了背後。

當項思龍趕到出事地點，眼前的場面卻讓他看得呆了。

原來子嬰正恭恭敬敬的向劉邦下拜道：「多謝沛公救命之恩！現趙高老賊已被沛公所誅，子嬰甘願向沛公遞交降書，恭迎沛公大軍人城！」

劉邦擺了擺手道：「你這皇帝倒識趣得很！好，待本將軍入咸陽，也不殺你，就封你個侯當當，也算是你獻城有功之賞吧！」

子嬰聞言向劉邦拜了兩拜道：「謝沛公賞賜！明日子嬰就大開城門，向沛公遞交降書玉璽，恭迎沛公大駕！」

劉邦此時已見著了正呆望著自己的項思龍，頓興奮得連子嬰也不理，三步並作兩步走到項思龍身前道：「項大哥你來了！嘿，趙高這老賊已被我給幹掉了！這傢伙原來並沒向大哥臣服，竟思謀著對大哥不利呢，不想竟被我給碰上了，所以就與他鬥上了！他可是厲害呢，小弟差一點就喪命他手上了，還幸得天劍神威相助！」

項思龍怔怔的看著劉邦，一時之間卻也不知說些什麼是好。

劉邦，終於可以自己打天下了！秦王朝的滅亡終究是在他手上實現的！

他殺了趙高！他收降了子嬰！

這……不正證明了沒有自己，劉邦照樣可以得天下嗎？

一切都是天命歸向，歷史終是不會被改變的！

項思龍長長的噓了一口氣，好一陣才斂回神來，欣慰的笑問劉邦道：「這到底是怎麼回事？你怎麼跑來了咸陽城？」

劉邦見項思龍沒有責怪自己的冒失之舉，頓是放下心來，當下繪聲繪色的把自己本欲進城與他商量攻城對策，無意間發現趙高的秘密，直至與趙高鬥了個天昏地暗，自己竟是不敵，幸得天劍異能相助才殺了趙高，到救出子嬰等等經過從頭至尾的說了一遍，當然對於自己覷視後宮美色的話自是不會說出。

項思龍聽得唏噓不已道：「原來趙高竟然還有一著殺招！幸得邦弟發現他的秘密，要不咱們可就要功虧一簣了！嗯，邦弟真的可以感應到天劍的靈氣嗎？這……看來你倒真是這天劍的新主人了！」

子嬰這時突地插口恭敬的道：「劉將軍身俱龍氣，乃天命之相，天下將來必是劉家主宰！天劍乃當年赤帝之物，劉將軍能與天劍通靈，必是赤帝化身！」

劉邦聽得嘿嘿而笑，顯是心下大為喜悅，口中卻是道：「嘿，我……我只是楚軍屬下的一員大將而已……上有楚懷王、項羽……我只是替他人打江山罷了……不過，楚懷王曾有言——先入關者王之！我收服了你秦家江山，起碼可以撈個秦王來做做了罷！」

項思龍卻是聽得出劉邦這話中的不服與野心，看來中國歷史上的漢高祖就要誕生了！

西元前年月，劉邦發軍距咸陽城外西南方向約三十餘里的霸上，於大道旁接受了秦王子嬰的投降。

子嬰為了表示對劉邦救命之思的感激和打心底的臣服，親自坐著白馬拉的不帶華蓋的素車，一方面表示秦王朝的滅亡，自己是罪人，同時也是向劉邦表示馴服。

劉邦曾經見過秦始皇，那是當年他還是沛縣一個小混混時，有一次入咸陽見過秦始皇出巡時的壯觀場面，當時他是懷著一種景仰的心情夾在圍觀百姓中瞻仰秦始皇威信的。那時，他對秦始皇羨慕不已，發自內心地仰慕他。

但是現在，情況完全顛倒過來了！劉邦已成了秦都咸陽的主宰者！

過去，劉邦這樣身分低微的人，就是想見一見秦朝的最高權力者也比登天還難，可眼前，秦三世子嬰正以一個臣民的身分在向他劉邦投降，這能不讓劉邦感到興奮莫名嗎？

劉邦騎在一匹高大的戰馬上，身後跟著張良、蕭何等一眾也是無比激動的大臣，項思龍則因自己乃是一介平民身分，自不願伴隨劉邦左右，只在一側用一種異樣的心情觀禮！這可是他在這古代三年以來最大的成功喜悅啊！

劉邦成功了也就是他項思龍成功了！

歷史上可是把劉邦自接受子嬰降書的一刻定為漢元年！

這……也就是說，漢高祖從這一刻起就誕生了！

項思龍的心情也怎麼能不激動與興奮呢？

他在這古代來的使命是什麼？尋找父親項少龍，維護歷史不被改變！

現在，劉邦終於如史記所載般收降了秦王朝！

劉邦從這一刻起就被歷史定格了——他就是將來漢朝的開國皇帝漢高祖！

全天下亦也會從這一刻起為劉邦這兩個字而震撼起來！

項羽！項羽會服劉邦嗎？他才是滅秦的首要功臣啊！

劉邦的這一切成就都應該歸他項羽所有才對！

項羽得知子嬰向劉邦投降，一定會氣得屁股冒煙吧！

歷史上著名的鴻門宴在此不久也將要拉開序幕了！

項羽和劉邦的五年楚漢相爭也從此就要開始了！

自己還繼續助劉邦打天下嗎？項羽……項羽可是父親項少龍的義子，也就是自己和劉邦的兄弟啊！自己……真要把他逼於死路？

歷史……這都是歷史的悲劇？還是老天在作弄人？

項思龍只覺心中一陣陣的刺痛，看著劉邦的目光也不禁模糊了。

歷史……是不能被改變的，自己來到這古代的使命就是維護歷史！

現在劉邦和項羽都各自功成名就了，今後的天下就讓其自然發展下去吧！

自己還是去尋得父親項少龍，與他一起……離開這古代罷了！

要知道自己和父親終究不是這時代的人，這古代對自己父子二人來說終是空虛的！

自己父子二人來到這古代，只不過是現代科技所開的一個玩笑罷！

項思龍身體微顫的長噓了一口氣，定神往劉邦望去，卻見劉邦正滿面春風，用一種得意的眼神看著子嬰，似在品味著勝利者的快樂。

子嬰臉上沒有任何表情，他把象徵皇帝權力的玉璽掛在自己脖子上，表示自己已經不再是一個統治者，甘願把權力移交給劉邦。

在這場政治的遊戲之中，子嬰可說是一個受害者，他沒有當到一個月的皇帝，便成了個葬送大秦王朝的末代皇帝，成了大秦的罪人！

他是歷史的一個犧牲品！是項思龍或趙高擺弄的一個棋子！

項思龍看著子嬰，心中升起一種憐憫的心情，不由得苦笑起來。

歷史要你子嬰成為大秦罪人，我也沒有辦法。

但願你不要怪我項思龍吧！

項思龍心下怪怪想著，子嬰已在沉默莊嚴的氣氛中，把皇帝的玉璽、發兵的令符、派遣使者的使節等等象徵權力的幾樣東西恭敬的遞獻給劉邦，且也遞交了降書。

玉璽，是皇帝的大印，用和氏璧雕刻成的；使節，是代表皇帝信物，有竹製的，也有銅製的，相當於一般所稱的令箭，但因它是皇帝信物，權威比一般令箭要高得多；令符，有若皇帝親臨，持符之人，可以代表皇帝，處理政務。

這三樣皇家重寶，代表著皇帝的權威，也象徵至高無上的皇權。現在子嬰把這些皇家重寶獻給劉邦，也就表示秦家江山已經易主，他大秦王朝從這一刻起就不復存在，從歷史上除名了！想來子嬰的心情一定很不好受吧！

大秦王朝自秦始皇開創建立以來，只經歷了三代，就宣告正式覆亡了！秦始皇曾經希望他開創的基業能夠千秋萬代的傳下去，可沒想到就在他魂歸極樂的三年後，盛及一時的秦王朝就灰飛煙滅了！

劉邦已經成了他秦王朝的主宰者！

劉邦現在最想做的一件事就是立刻進入咸陽，到神秘輝煌的皇宮中去，到那裡去盡情體會一下只有皇帝才能享受到的快樂，卻又因怕項少龍阻止，於是顯得焦燥不安的對項少龍喏喏道：「項大哥，現在咸陽城已被我們攻佔，這……皇宮……我們去那裡遊玩一陣好不好？總不能入寶山空手而回吧！」

項思龍知道劉邦會有此著，想到是歷史使然，當下暗歎一聲，劉邦終究是貪戀虛榮享受，不過如此一來希望也會引起他的自戒吧！

心下想來，口中淡淡笑道：「好吧！你領蕭何、張良、樊噲等一眾大將先去咸陽，我和大軍就留在霸上，待後再入城吧！」

劉邦雖知項思龍話意中有勉強意味，但見他答應自己要求，高興得歡呼起來，當即命大軍交由周勃、夏侯嬰等暫時統領，自己則率領少數人馬，帶著蕭何、張良等，策馬直奔咸陽而去。

進了咸陽城後，劉邦帶著一眾親信直奔咸陽宮。

咸陽宮是秦孝公於西元前年在渭水以北修建的，當時就已經具備了相當的規模。後來，經過歷代秦王的不斷擴建，咸陽宮規模越來越大，尤其是到了嬴政這一代，更加大肆對咸陽宮進行修整完善，把它作為皇帝日常辦公議事休閑的綜合性場所，使咸陽宮成了秦王朝的政治中心。

劉邦自隨項思龍到過一趟咸陽宮以後，咸陽宮那豪華的建築，就已讓他甚是嚮往，希望有朝一日自己能住在這裡就好，可那時只是想想而已。現在，他已經成了親手埋葬秦王朝的勝利者，他已經是咸陽城的新主人，當然是可以理所當然地想去哪裡就去哪裡，想幹什麼就幹什麼了。

咸陽宮就在劉邦的眼前了，他的心情是既非常興奮，又稍感到有些緊張。

過去只是可以想想可以說說的咸陽宮，現在就在劉邦眼前，而且可以任意支配，對這突然之間的變化，劉邦這出身井底的下流社會之人，一時還真有些無法適應心下的激動。

距離咸陽宮越近，劉邦的心情越是激動興奮，他恨不得馬上就踏進皇宮去享受只有皇帝才能享受的一切。其實，劉邦之所以如此迫切的想進入咸陽宮，是有一定原因的，如果是僅僅為了欣賞咸陽宮宏偉輝煌的建築，劉邦才不會這樣著急呢！事實上，他到咸陽宮最主要的目的是為了享受一下皇帝的三千後宮佳麗。

自從劉邦西進以來，他一直被戰事纏身，根本就沒有閒暇接近女色，已經感到非常饑渴了，現在咸陽宮盡在自己掌握之中，他要把壓抑已久的慾念發洩出來。

面對著有若人間仙境一般的咸陽宮，還有宮中的三千佳麗，這對於本是風流成性的劉邦充滿了誘惑力，他已經再也不能等待了。

劉邦的心思不在欣賞咸陽宮的美景上，他大致流覽了一下高大宏偉的皇宮，富麗堂皇的大殿，並沒有什麼驚詫之色，臉上甚是平靜，前來迎候劉邦的眾降臣以及跟他入宮的親信隨從還都以為他胸襟寬廣，不為世俗的誘惑所動，心下均對劉邦敬服不已，紛紛向他投去了敬佩的目光。

尤其是迎候劉邦的降臣們對劉邦的「鎮定」更加敬懼，再加上他們曾都耳聞過劉邦誅殺趙高的一戰，得知他身懷天子之氣，神態愈顯恭敬。

劉邦淡淡的敷衍了一下眾降臣後，更迫不及待的對張良、蕭何等道：「諸位就請在皇宮隨便走走吧！我……有些困乏了，想先到後宮休息片刻！」

張良、蕭何等聽得這話，皆是面面相覷。

第二章　約法三章

劉邦領了四名護衛武士，撇下張良、蕭何等逕自去後皇宮後院。

秦朝降臣中「善解人意者」頓看破了劉邦所圖，暗道：「拍馬屁的機會來了！」

當下有人自告奮勇的提出為劉邦領路，並且一入後宮便即刻召來了宮中最漂亮的幾名妃子，著她們好生侍候這咸陽宮的新主人。

眾佳人也自知自己等已是亡國之奴，若想活命或過上好日子，自是得討好劉邦這新秀，說不定他一高興，納了自己為妾，那日後就照樣可享受眼前的榮華富貴。否則，得罪了劉邦，說不定會被拉出去殺頭，甚至誅連九族。在這古代，女人的命運就是掌握在男人手中，她們大都只是男人的玩物或戰爭的勝利品罷了。

幾個佳人圍在劉邦身圍，紛紛嬌氣的大獻殷勤媚態道：「沛公，聽講你行軍打仗好辛苦啊！讓妾身來為你按摩按摩好嗎？妾身最擅長揉骨捏背了！」

「沛公，你好酷呢！妾身聽說你武功蓋世，床上功夫定然也是絕頂高手吧！」

「沛公，你的心跳得很厲害呢？讓妾身來服侍你，為你平心定氣好嗎？」

眾美人嬌滴滴的投懷送抱，只把劉邦樂得魂都飛上了天，哪還有得什麼「英雄氣概」？

雙目放大，口水直吞的一副色急模樣道：「好，好呀，你們一齊上吧！」

劉邦沉迷於享樂之中，完全忘卻了其他的一切。直到夕陽西出，他才意識到外面還有許多的隨從在等候他，心下雖有些不好意思，但卻又想，我劉邦現在玉璽在手，已成了咸陽城的新皇帝，其他人都是我的臣子，讓他們多等一會又有什麼關係呢？

不過，又想到張良、蕭何等都是幫自己打天下的左臂右膀，終不能恃勢念傲，自己今後要取得更多更大的功業，卻還得依仗他們呢！

如此想來，於是命人傳出話去道：「今晚我就留在咸陽宮裡了，大家自行尋樂去吧！」

劉邦這話聽在張良、蕭何等耳中，心下自是暗自歎息劉邦的不知自愛，張良迷戀上了皇宮內的一些字畫，便徹夜細品斟酌；蕭何則去了承相府，廢寢忘食的參閱府中的一些文獻典籍去了。樊噲則因連日征戰，勞累過度，竟伏在皇宮桌上睡著了。

其他的一些兵將聽了劉邦這話卻是欣喜若狂，要知他們當中大般都是社會中的一些下九流人物，品性德行本都是沒有修養，見了咸陽城中的花花世界，一個個本已都暈頭轉向，現在主公有令叫他們自行尋樂去，哪還能把持得住？這就叫作「上樑不正下樑歪」嘛！劉邦自身不能潔身自好，這些兵將更自是無法無天了！何況他們也都自詡自己等人是戰爭的勝利者，享受一下也是應該的，要不拚死拚活的打仗討個啥？

頓時一夜間，劉邦手下的眾兵將忘卻了軍紀軍規，在咸陽城中開始放縱起來。

他們公然殺人放火，姦淫擄掠，有甚者更是強搶民間婦女帶至軍營中留宿。

咸陽城頓然被鬧了個雞飛狗跳，民怨震天。

項思龍舉目遙望著咸陽城，那裡的哭喊聲隱隱約約的傳來。

唉，歷史的劫難自己也無法阻止，但願劉邦能快些反省吧！

長歎一口氣後，項思龍只覺心中是異常的沉重和刺痛，明知民眾正在遭受劫難，自己卻視而不聞，這……難道為了維護歷史，自己就可以埋沒良心嗎？

不！不行！自己雖不能阻止劉邦的暴行，但可以入城私下拯救一些苦難的百姓啊！想到這裡，項思龍頓然心念一動，入房易了容貌，裝扮成一名劉邦帳下的小將，展開身形直奔咸陽城而去，當然還約上了解靈。

二人剛馳至咸陽城的南大門，就聽得不遠處傳來一陣兵刃相交，呼喝斥罵聲。

二人對視一眼，頓即往發聲處馳去，遠遠就見在一條胡同裡二十幾名兵士正在圍攻幾個平民裝束的大漢，一名容貌俏麗的少女則是正被幾名兵士圍擁調戲著，與其他士兵惡鬥的幾個大漢見了是氣得哇哇大叫，但自己等被圍攻，卻又對少女愛莫能助。

解靈率先喝道：「住手！住手！爾等為何在此與人打鬥？」

眾兵士正鬥得起興，見有人喝喊，微微一怔下往項、解二人望來，見二人身著將服，倒也不敢多加得罪，其中一名似眾兵士頭領的軍官停住了調戲那滿面驚怒的少女，走到項、解二人身前，顯得有些傲慢的道：「原來是自家兄弟！不知二位是哪位將軍的手下？」

解靈正待答話，項思龍已搶先道：「我們是新近投靠沛公的，諸位是……」

那軍官聽了更是傲然的嘿嘿一笑道：「原來是二人新雛，那就不要妨礙咱爺們辦事了！這幾人是皇宮逃出的秦狗，那女的更是秦三世子嬰之妹長春公主，被我們發現正要拿了他們去見沛公。二位如果識相還是乖乖走吧，可不要來跟咱們搶這份功勞。告訴你也無妨，咱們乃是沛公身邊的左司馬曹無傷將軍的手下！」

項思龍聽得「曹無傷」三字，心下猛一沉。

曹無傷？不正是自劉邦攻下咸陽後，背叛了劉邦投靠了項羽的這傢伙嗎？自己不久前還思忖著這人呢，想不到誤打誤撞，竟讓自己得了他的下落。嗯，自己何不去見見曹無傷，給他一個下馬威，或逼他給項羽遞個虛假消息呢？

如此想來，項思龍淡笑道：「幾位原來是曹司馬的人，在下二人正想投個靠山，不知這位大哥能否為我們引見一下曹司馬呢？」

軍官冷眼上下打量了項、解二人兩眼，冷冷道：「想投靠我們曹將軍啊，這個……問題是沒問題的，不過……引見費麼……總得請咱哥們吃上一頓吧！」

項思龍見了這軍官的一副德性，心下已是冒火，此時幾名兵士又肆無忌憚的淫笑著對那少女動手動腳起來。

少女又羞又惱，突地抱住一名士兵，張口向他手臂咬去，那士兵頓時痛得哇哇大叫，驚怒中竟是拔出腰間佩刀，向少女攔腰砍去。

幾個平民裝束大漢見了齊聲驚呼，卻又無法上前搭救。與項思龍說話的軍官也是又驚又惱，怒喝道：「不要殺她！殺了她咱們的功勞可就沒那麼大了！」

但那士兵痛得管不了那麼多了，雖聞喝斥但刀勢依然不減，眼看著少女就要香消玉殞，解靈似對這少女早就認識且存好感，見狀雙目噴火，再也忍禁不住的閃身出指射出幾道罡氣，那士兵手腕頓被射個正著，「咚」的一聲長刀脫手，握腕倒地翻滾慘叫不止，解靈此時已掠至少女身邊，一把把她拉至了身後保護。

這驟然變故，讓得眾士兵驚愣之下又赫然大怒，那軍官怯於解靈方才所露的一手上乘內家功夫和輕功身法，但恃著自己人多勢眾，頓指著解靈怒喝道：「你……好啊，你膽敢袒護秦狗公主，那麼你也就是秦狗一道人了?兄弟們，給我上，把他們一併拿下！這兩人看來武功頗高，定是秦狗一方中的大臣，假冒了我們義軍，擒下他們，我們的功勞可就更大了！大家並肩子上啊！」

這番誘惑的話倒也真讓得一眾士兵躍躍欲試，幾人圍住與少女一夥的幾個大漢，另十多人則是分別向解靈和項思龍包圍上來，那軍官倒「機靈」，只站在一旁觀戰。

解靈此時望向項思龍，一臉怒容的道：「大哥，你說劉邦義軍是解救天下窮苦百姓的大救星，看來也不盡然！這幫人渣，比之秦兵又有何兩樣呢？」

項思龍聽得心下一陣黯然，歎了口氣道：「靈弟，你想怎麼懲戒這幾人就怎麼懲戒吧！唉，劉邦如此不知自愛，手下兵將又怎會不學著無法無天呢？看來是得給他些教訓的了！」

第三章　鴻門惡宴

解靈也覺自己方才的語氣過重了點，心下愧然，現得了項思龍允許，頓然把滿腔的怒火都發洩到了這幾個兵士身上，身形連閃，長劍剛一出鞘，慘叫聲即起，不消片刻，就把二十幾個為惡兵士殺了個盡光，只剩下一個已是駭得屁滾尿流的軍官了！

當提劍氣勢洶洶的欲殺那軍官時，項思龍喝住了他道：「靈弟，不要殺這傢伙，留著他人頭向他上司曹無傷報個信，曹無傷管教下屬不嚴，明日我項思龍就向沛公劉邦稟報，他準備受懲小心著點！」

「項思龍」三字一出，那軍官可是嚇得呆了，項思龍的大名現今劉邦軍中有幾人不知幾人不曉他一身武功驚世駭俗不說，就是他的實力已是可組建一個王國了，還有他乃是沛公劉邦最為崇敬的拜把兄弟，得罪了他，可說是想去向鬼門關報到了。

那軍官嚇得傻愣愣的呆望著項思龍，雙目發直，雙腿發抖，身體劇顫。

解靈「啪」的猛摑了這軍官一記耳光道：「算你命大！快滾吧！傻站著幹嘛！」

軍官被打得斂回神來，頓忙向項思龍跪下叩頭，謝恩之後，連滾帶爬的狼狽而逃。

項思龍暗咬了咬牙，他不殺那軍官，並且叫軍官傳話給曹無傷，可說是有目的的，因為曹無傷聽了自己項思龍要對付他，一定會嚇得屁滾尿流，說不定他之所以背叛劉邦投靠項羽，正是由於自己對他的這一番威嚇才作出的。如此也好，既順應了歷史，又可以讓劉邦清醒清醒——他的天下還只打下了一半，目前只是取得了個小小勝利呢！

幾個平民大漢此時也是又驚又惶的走到項思龍身前，向他拱手顫聲道：「多謝項少俠援手之恩！我等願意歸順沛公，不再逃跑了！」

解靈身後的那少女卻是悶忽著一雙美目望著項思龍，一點懼色也沒有，反顯得有些俏皮的道：「你就是項思龍？我子嬰大哥常在我面前講有關你的英雄事跡呢！我本以為是個天神一般高大的人，想不到見了也只是個平常人嘛！」

幾個大漢聽了少女這等冒犯的話，均是臉色大變，顯是認為少女必將遭難了，解靈也是顯得不安的問項思龍為少女求情道：「項大哥，這……她是我在皇宮中認識的最好的朋友了，她方才之言……項大哥可也不要放在心上，她雖是秦國公主，但大秦現已投降，她也沒做過什麼惡事，請項大哥還是放過她吧！」

項思龍見了解靈對這少女的關切神色，心下一陣欣慰，解靈性格孤僻，除自己外，他人從不親近，想不到竟然為一秦國公主向自己求情，看來他已是情竇初開，喜歡上這公主了，自己何不索性湊合他們呢？

如此想來，當下溫和一笑道：「這位公主生性活潑爛漫，又沒做錯什麼，我幹嘛要為難她呢？嗯，公主既是靈弟的好朋友，她秦國又已衰亡，靈弟不若就認了她作小妹吧！」

解靈聽得出項思龍話中的意思，俊面一紅，那少女倒是開心得很，興奮得歡叫起來道：「好啊！好啊！我認了哥哥，那麼你也就是我大哥哥了！小妹求大哥哥一件事好不好？就是求你放了我哥哥子嬰，他也沒做過壞事，做壞事的是胡亥二叔和趙高那賊！」

項思龍心下一酸，他對子嬰也頗具好感，這少年極有個性，本性也不壞，怎奈歷史已註定了他將要死在項羽手上，他也是愛莫能助。

勉強擠出一絲笑容，項思龍柔聲道：「沒做過壞事的人，大哥哥自是不會殺他的，你放心吧，我會向沛公說情，叫他放了你哥哥子嬰的！」

少女聽了這話，嫣然朝項思龍甜甜一笑，只讓得項思龍的心情沉重無比。

唉，大秦的災難何止於此呢？待項羽進城後，他下令坑殺秦人數十萬，才是人間慘劇呢！不過，歷史造就英雄，戰爭本是也付出代價的，一切都是定數吧！

天色已是漸漸破曉，項思龍著解靈領了公主返回霸上，那幾名公子的護衛，項思龍本待放過他們任其逃生，可幾人說什麼也要跟定了項思龍作他的手下，項思龍也沒得他法，只得讓他們隨了解靈一道返至霸上，自己則留了下來繼續巡視咸陽城的亂況。

一路漫步咸陽城，只聽得到處都是軍士呼喝嬉笑，百姓哭喊哀呼之聲。

大街小巷，軍士兵將奔馳來去，有的身負財物，有的抱了婦女公然而行。

項思龍雖見一椿就出手管一椿，但見禁不勝禁，拿不勝拿，只有徒然浩歎。

正當項思龍行至皇宮北門時，卻突見一軍官神色匆匆的向皇宮內疾行，似有什麼急事，項思龍心念一動，當即攔去了那軍官，取出了劉邦以前曾交給他的一面可代表劉邦本人來臨的權威令箭，沉聲問道：「發生了什麼事？這麼急！」

軍官見項思龍有令箭在手，以為他是劉邦派人守皇宮的將軍，神色一肅，大喘了兩口氣後緊張道：「稟將軍，末將有要事稟報沛公，左司馬曹無傷於昨晚帶了一眾人馬偷逃出城了，並且留下了他的官印和辭職書！據探子回報，曹無傷是向函谷關方向逃去，看來大有可能是去投靠項羽大軍的！」

項思龍聽得心下一沉，果然被自己不幸而言中了，曹無傷很可能是得了自己放過的那軍官的話，心下害怕，所以連夜叛逃。這……自己如此做到底是不是在左右歷史呢？

不過也管不了那麼多了，現在最重要的是借勢向劉邦發出警告的時候了！

心下想著，當下從軍官手中接過曹無傷留下的官印和辭職書，對軍官道：「好，我這便去請示沛公來處理此事，請將軍稍候片刻！」

言罷，轉身促步向皇宮內走去，沿途碰上正睡醒過來的樊噲，被他阻住，項思龍告知了樊噲真實身分後。樊噲當即睡眼矇矓的問項思龍道：「項大哥，瞧你神色這般焦急嚴肅，到底發生什麼事了？」

項思龍想起史記中說咸陽騷亂是由樊噲心直口快下去向劉邦提醒的，當下心念一動，把自己昨晚所見的咸陽城亂象對他簡說了一遍，又語氣沉重的道：「現在項羽大軍正在往咸陽進發，咸陽城也只剛剛收復，劉邦就如此縱容兵士為非作歹，他的江山還想不想保住？現在連左司馬也看不慣劉邦的作風，辭了官去投靠項羽了！劉邦還在皇宮享樂，我看他是個糊塗透頂的大笨蛋！」

聽了項思龍的這番敘說，樊噲只急得面紅耳赤，睡意全消，在罵自己貪睡誤事外，又痛罵眾兵士的胡作非為，怒聲道：「他奶奶的，這還了得，咱們在咸陽城還立足未穩呢，就如此亂來，待我去傳令把他們抓來都殺了！劉大哥也真是的，去皇宮後院享樂了一整晚，事前也不頒下律令約束一下軍士！好，我這便去找他出來處理這事，即便是在被窩中也要拉了他出來！」

守在後宮門口的衛士見了樊噲大喊大叫，頓上前阻住了他道：「樊將軍，沛公吩咐過，沒有他的允許，任何人都不得進後宮去！」

樊噲一聽這話，火頓往上衝，口中大罵道：「快滾開！老子有要事要見劉邦！他奶奶的，這傢伙才剛剛取得了點成績，就如此貪戀享受，卻忘了他起義反秦的目的是什麼了！是拯救秦王朝壓迫的窮苦百姓哪！現在軍士們在咸陽城到處殺人放火姦淫搶掠，跟秦兵又有什麼兩樣了？他們這可都是跟著主帥劉邦學的！劉邦！劉邦！你快起來！」

樊噲一邊往後宮直闖，一邊罵罵咧咧的大叫大嚷，項思龍則遠遠在後跟著。

正在龍床上摟著幾名美女呼呼熟睡的劉邦終於被樊噲大呼聲吵醒，心下大為火光，又聽得他大罵自己直呼自己之名，簡直是沒把自己這主帥給放在眼裡記在心下，更是火冒三丈，披了件衣服，赤腳起床迎上正冒然闖進房中還在罵罵咧咧的樊噲，大吼道：「樊噲，膽敢以下犯上辱罵我？別以為你是我拜把兄弟，你就可以在我面前放肆了！要知道我是主帥，你是我的下屬，你出言辱罵我，惹火了我可把你拉下去砍了！他奶奶的，現在咸陽宮是我劉邦作主，我想幹什麼就幹什麼，還輪不到你樊噲來管！不就是睡了幾個女人嗎？有什麼大驚小怪的？心裡不平衡啊！誰不要你去找樂子了！一大清早的，就這麼咒我攪了我的好夢！」

樊噲自與劉邦認識以來，可從沒見他說出如此不顧兄弟情義的話，只氣得虎軀劇抖，雙目圓瞪，他本是來向劉邦傳報項思龍的話的，但他是一個粗人，不善於言辭，情緒波動之下竟是不知道該怎麼說了，一張老臉憋得通紅，過了好一陣子才迸出一句話道：「劉邦，你……好！……你……你如果不想讓眾兄弟們和項大哥辛辛苦苦為你打下的江山毀去的話，那你就趕快出去收拾外面的亂況！要是只為了享樂的話，那咱們就乾脆散夥！」說完，轉身就往宮外頭也不回的走了。

劉邦這時倒是愣住了，樊噲最後的兩句話重重的擊在了他的心坎上。

雖然樊噲沒有說清楚外面到底發生了什麼事，但從他激動非常的表情上看，情況一定很嚴重！頭腦倏地一醒，劉邦頓即意識到了危機，頓即三下兩下穿了衣服，逕直奔出後宮，卻見項思龍、張良、樊噲和蕭何等正在太和殿上靜默站著，面上一紅，連目光也不敢正視眾人，低頭走到了項思龍身前，暗暗道：「項大哥，你……你也進城來了！昨晚……到底發生什麼事情了？」

項思龍又愛又恨的瞪著垂頭喪氣的劉邦，沉厲的道：「你自己出去看看不就知道了？」

劉邦見項思龍語氣如此嚴厲，嚇得可是連大氣也都不敢吭了，只把求助的目光投向了蕭何，蕭何卻也長歎了一口氣道：「得天下者必先得民心，昨晚我軍在咸陽城為非作歹了一晚，我們現在亡羊補牢也還未晚。唉，也都怪末將等束軍不嚴！」

劉邦這下可更急了，眾人臉色都是如此嚴肅，事態之嚴重可想而知。當下再也顧不得架子，走到樊噲身前，向他深深揖了一禮道：「樊大哥，方才小弟言語多有失禮，還望你不要放在心上，小弟這廂向你陪禮道歉了！」

劉邦此人，雖出身市井，所作所為一向是無賴作風，但對於大事上，卻還是能有錯必認，有錯必改，這是他的長處，今後他之所以能得天下，或許也正是由於他的這種個性吧！不過，還是有著缺點，就是——再三犯錯。

樊噲與劉邦可是從小在沛縣玩到大的鐵哥們，心下雖然氣他方才對自己的過激之語，但現在既已向自己認錯，那氣也便消了一大半，可也沒有理會劉邦。

項思龍也知不可太傷劉邦自尊，當下沉聲把咸陽城昨晚發生的軍士作惡之事說了一遍，曹無傷連夜叛逃之事更是說得語重心長，劉邦只聽得臉色紅一陣白一陣，口中連道：「豈有此理！豈有此理！」神情憤慨已極。

蕭何接著項思龍的話也道：「今晨我自丞相府出來正欲進皇宮進見沛公，不想卻見得我們軍士四處作惡的現象，心下一急便即忙趕來皇宮。唉，秦人之所以失天下，還不是因為他們欺壓百姓？我們如重蹈覆轍，那只會是走秦王朝的老路子！要知道我們在咸陽立足還未穩，再有我們實力也不強大，如若發生大騷亂，後果將不堪設想，所以還請主公儘快下令制止軍兵作惡。」

劉邦神色一肅，既是羞愧又是省然的連連點頭，恢復了鎮定道：「那依蕭將軍之見，我們現在應該怎麼做呢？總不能把為非作歹的軍士全抓來殺頭吧！」

蕭何沉吟了片刻道：「依屬下之見，我們可以來個殺雞儆猴，一來讓軍士們知道軍紀軍規不容任意侵犯，證明我們劉家軍是一支有紀律的部隊，二來讓咸陽城百姓知道我們是保護他們權益的，是來解放他們的。同時主公可以頒下律令，對咸陽軍民來個約法三章，從而讓咸陽百姓感受到主公對他們的真正善意，讓手下軍士知道主公的執法嚴明，如此或許可以挽救回我們昨晚的罪過。」

劉邦聽了這話，顯也有所省悟，當下沉聲問道：「那麼何為約法三章呢？」

蕭何不緊不慢的解釋道：「約法三章乃是屬下自丞相府一路趕至皇宮所想出來的，其一殺人者，處死！其二傷人和盜淫者，治罪！其三秦朝苛法一律廢除！」

劉邦面上一沉的揚聲道：「好，我這便同諸位一起出去頒佈這約法三章！」

項思龍這時卻突又發話道：「邦弟占下咸陽，眾義軍中最為不服你的定是項羽！現曹無傷叛逃向項羽，這傢伙必會在項羽面前挑唆，項羽居功自傲，必不服邦弟搶先他一步取得咸陽，氣怒之下說不定會發兵向我們攻擊。我們現在兵力與他懸殊太大，項羽又勇猛無敵，所以依我之見，邦弟還是駐軍霸上，把咸陽城留給項羽，平他虛榮之心的為好！」

劉邦聽得一愣道：「楚懷王有言——先入關者，王之！我們已先入咸陽，那麼這秦王自是為我所有，他項羽能有什麼不服的？大家可同是楚懷王的臣子吧！」

項思龍冷笑道：「自古以來，有哪朝哪代不是武力強者稱霸？項羽現在如日中天，當今天下可說已是唯他獨尊，楚懷王本是他項家捧起來的一個傀儡，在項羽眼中又算得了什麼？為了強權，為了奪天下，會讓人喪失其他一切理智的！」

張良此時也頷首道：「思龍此話甚是有理，小不忍則亂大謀，我們現在實力比之項羽還顯得太弱，若想放眼未來成大事，就不能貪圖眼前的享受。項羽野心非小，如今已自號為西楚霸王，七國的各路王侯、其他的各路主力義軍可說有誰已不是唯他項羽馬首是瞻？這咸陽城讓了給他，項羽反說不定會對主公暗下大為感激，他日項羽成王成霸，主公定然還可被封個什麼王的吧！」

劉邦也聽出了二人話中的警意，雖是心不情甘不願，卻還是氣餒的道：「那就便宜了他項羽吧！樊噲，你傳我軍令下去，全軍在今晚天黑以前務必全部退出咸陽，駐紮霸上！天黑後仍逗留咸陽城者一律處斬！還有對於城中國庫和金府中的財物，都不能動得分毫，諸將搶得的也一律勒令歸還！」

說罷，自懷中取出了一支令箭遞給了樊噲。

樊噲見劉邦徹底省悟了過來，心下對他的氣也頓刻全都消了，當下欣然接過令箭領命退去。

劉邦、項思龍、蕭何、張良等幾人著了便服出了皇宮向咸陽城的平民居所地帶行去。

一路上行去，只見得街上到處一片狼藉，軍士橫衝直撞，百姓四處逃亡。

劉邦只看得咬牙瞪目，心下既是憤怒又是悲愧。

四人剛轉過一條街，便見數十名士兵正在一所大宅中擄掠，搶了兩名年輕婦女出來。兩名女子只是哭叫，掙扎著不肯走。

劉邦見了大怒，胸中憤火急劇狂升，身形一掠閃至幾士兵身前，「啪啪啪」的每人狠摑了一記耳光，再厲聲喝道：「你們當中誰是頭領？」

士兵中有人認出劉邦是自己主帥，頓嚇得魂飛魄散，「撲通」「撲通」向劉邦跪了下來，顫聲道：「劉將軍饒命！劉將軍饒命！我們全都是奉了左司馬曹無傷之命出來……作惡的！他說現在咸陽是咱們的了，兄弟們可以盡情玩樂去！」

劉邦聞言罵了句：「這叛徒，逃走之前還要害我一把！」但也轉念又想，一切都怪自己只顧享樂疏忽了軍律，卻也不能全怪士兵們的！

當下對眾士兵道：「頭領一律拉下去處決，兵士則拉下去重責二百大板！」

蕭何當即傳令把這數十名士兵拿了，劉邦則走向已被嚇得面無人色的婦人，溫和的道：「這位大姐，你們不必害怕，我是剛剛入城的義軍主帥，方才我的手下對你們無禮，我一定會處罰他們為你們作主的！」

接著又細細詢問士兵作惡經過，原來這兩女子乃是這家兩兄弟的媳婦，剛剛新婚不久，丈夫便被秦軍拉去充軍，已有好幾個月了。她們妯娌倆一起度日，天天盼望著丈夫的歸來。

不想，昨晚卻又數十名義軍士兵闖進了她們家中，不但逼迫她們二人連夜準備酒飯，而且在酒足飯飽之後把她們輪姦了，今晨則又想強搶她們至軍營中供他們淫樂。

此時已圍上了不少看熱鬧的百姓來，但大都是默而不言，目中敵視的看著劉邦幾人，有膽大者則是嘀嘀咕咕，對著他們暗暗指手劃腳，顯是指責之語。

劉邦聽罷二女子的哭述，禁不住長身而起的暴喝道：「無法無天！真是無法無天！子房，傳令下去，把那數十名士兵全部殺頭。還有，馬上派人下去速查民情，有怨者皆可向我劉邦伸怨！這幫目無軍律的傢伙，不殺不足以明我軍威！」

幾百名於昨晚為非作歹的軍官士卒被就地正罰，圍觀的百姓人山人海，把咸陽校場圍了個水洩不通，大家無不拍手稱快頌沛公英明。

劉邦飛身至校場中的領軍台上，慷慨激昂的對廣大軍民道：「我是劉邦，奉楚懷王之命伐秦救民，對於昨夜我手下軍兵犯下的滔天罪行，我劉邦在這裡向諸位父老鄉親陪禮道歉了！」

說到這裡，向四周民眾深深鞠了一躬，接著又道：「我們是有律義軍，豈容士兵胡作非為？對於查處出來的這些人，今天來個當眾處斬，以正我軍紀明我軍威！楚懷王與天下反秦諸侯有約在先——先入關者王之！我劉邦現在已經入關，按楚懷王之約，我就是秦王！現在為證明我義軍是人民的義軍，是拯救天下蒼生的義軍，我和父老兄弟就來個約法三章！第一，殺人者，處死！第二，傷人和盜淫者，治罪！第三，秦朝苛法一律廢除！還有，為官者，除違法欺民者外，一律留任原職！」

劉邦這話音剛落，全場頓然歡聲雷動。

約法三章的頒佈收到了咸陽百姓熱情反應，整個咸陽城是一片擁護劉邦的歡呼聲。劉邦卻還是依了項思龍之言，還軍霸上，只留了五百兵士守在咸陽。

項思龍雖是心下還擔心著劉邦在不久將來與項羽在鴻門的宴約，但也更是牽掛至今下落不明的父親項少龍，心下想道：「歷史已一如既往的向前發展，劉邦也身懷絕世武功，想來鴻門之宴他也不會有什麼危險的吧！自己若是插在其中間，或許反而不好，若是項羽看在自己情面上放過了劉邦，那又怎還有歷史上著名的鴻門宴？」

如此想來，項思龍便向劉邦辭行，劉邦雖是極力挽留，但項思龍已下了決心，還是堅持要走，只告誡劉邦今後務必小心項羽，說項羽將是他今後的大敵。

劉邦見留項思龍不住，也只得戀戀不捨的與張良、蕭何、陳平、管中邪等與他依依離別。

項思龍領著非要緊跟著自己不可的解靈、長春公主終於辭別了劉邦。

這一日到得距離函谷關只有三十幾里的一個小鎮，天色已是見晚，因長春公主亡國之痛體弱染上風寒，項思龍於是決定找店投宿，

小鎮顯是因項羽大軍將至而顯得一片恐慌，客棧開門的並不多見，三人尋了好久才找得一家，店主人是個中年婦人，頗有幾分姿色，但一副沉著熱情的態度，讓項思龍感覺此婦人非同常人，果然進店後卻見店中已坐有十多個武林中人打扮的漢子。

見得三人進店，那十多個漢子當中竟有人識得項思龍，驚喜的叫了起來道：「啊，是項少俠！兄弟們，這位就是我們武林盟主項思龍少俠！」

說著，又轉向那中年婦人店主道：「王大姐，你不是說想見識見識項少俠？那還不快搬上幾罈陳年花雕來招待貴賓？」

女店主和其他武林漢子一聽這漢子之語，頓即譁然起來，眾人紛紛上前向項思龍行禮問安，那女店主則果也真搬出了十多罈酒來，同時吩咐店夥計去準備酒菜。

項思龍被眾人的熱情給弄了個不知所措，那認識項思龍的漢子見了頓忙道：「項少俠，你不認識在下了？我就是在達摩嶺與你見識過的天風堡堡主吳俊平

啊！這幾位是我堡中的弟子！我們乃奉了向問天大俠之命正準備上咸陽去向項少俠稟報重要事情的，想不到卻在這地方小客棧遇上了項少俠！噢，店主人王大姐乃是江湖中有名的王青蘭女俠，一手散花劍法乃武林一絕，又稱散花女俠。因家道變故，不知怎的卻來了這小鎮開店做老闆娘。她可是與當年的楚原武林盟主有著親戚關係呢！聞聽得項少俠重組武林盟，乃新任武林盟主，所以極想拜見！我們方才還正談論著項少俠呢，想不到你卻真的光顧這小店來了！」

項思龍此時也漸覺這天風堡堡主吳俊平面目有些熟悉，當下坦笑道：「原來是吳堡主！在下只是虛名，武林同道推薦為武林盟主，卻實不敢以盟主自居的！嗯，向問天大俠著你們有何事轉告在下呢？」

吳俊平笑笑道：「項少俠何必心急呢？咱們坐下來慢慢聊吧！」

項思龍心下雖也真有些性急，聞言卻也著解靈和長春公主坐下，女店主此時閑了下來，走到項思龍身前落落大方的道：「項少俠光臨敝店，可也真讓我這小店蓬壁生輝！也沒有什麼好招待的，就以兩杯水酒略表小女子對項少俠拯救我中原武林盟的敬意吧！」

說罷，已是舉杯連乾了兩杯，項思龍也不好推辭，當下舉杯待飲時，解靈卻突地止住他道：「項大哥，你近來身體不大好，還是讓小弟來代飲吧！」

項思龍知曉解靈是怕酒中有毒，想先以身試酒，但自己身懷毒王魔珠，已成萬毒不侵之身，即便這酒真有毒，那又何懼之有呢？何況對方幾人也不像什麼意圖對自己不利之人，當下向解靈投以感激一笑道：「王女俠的敬意，我怎好不接呢？喝它兩杯酒也無妨的吧！」

項思龍說完舉杯就欲飲下，就在這當兒解靈突地射出一指罡氣，「噹！」的一聲，項思龍手中酒杯頓然被擊碎，接著只聽得「嗤！」的一陣異聲，潑在地面的酒竟冒出一股白煙。

解靈面上殺機一現道：「這酒果然有毒！你們是什麼人？竟然敢對我大哥不利？」

見機敗露，吳俊平和女店主幾人臉色同時大變，「鏘鏘鏘」的均都拔出了兵刃，把項思龍和解靈、長春公主三人團團圍在中心，那吳俊平又懼又駭的強作鎮定道：「想不到名震江湖的項思龍少俠行事也如此小心，看來我們倒也真低估你了！好，我們行藏既已敗露，那麼也不妨打開天窗說亮話，據聞項少俠得著了赤帝的無字天書，那本乃我天風堡的鎮堡之物，後被嬴政那狗皇帝從我太師叔祖七滅神君手上搶走，只要項少俠歸還此書，我們之間就毫無恩怨可言，並且我天風堡也聽從項少俠的號令。但項少俠如不交出無字天書，那可也別怪在下等得罪了！我們知道項少俠神功蓋世，憑我們幾人絕非你的敵手，但我們天風堡這次為了無字天書已是傾巢而出，我太師叔祖七滅神君也已為之出關，拚著個兩敗俱傷，我們也誓要奪回此寶書，項少俠請斟酌行事吧！」

項思龍還未答話，解靈已冷聲喝罵道：「幾個跳樑小丑也想來奪寶書，簡直是不知死活！項大哥，讓小弟解決了他們吧！」

項思龍卻看出這幫人必有所恃，要不決不敢向自己這太歲頭上動土，無字天書為自己所得定是趙高那老賊散播出去的消息，想不到這麼快就有人找到自己頭上來了！

「人為財死，鳥為食亡」這句話可真沒說錯，這幫人明知道惹上自己是九死一生，可還是為私心所誘不惜冒上性命也要來搏一搏，人的私欲可真是個害人的東西。還好，無字天書已被自己所毀，即便這些私心作怪的人抓住了自己，也是沒什麼利可圖！

只可惜自己看來將會有不少麻煩纏身了！

項思龍心下想著，衝作勢待發的解靈擺了擺手，轉向吳俊平淡淡道：「閣下可真是要失望了，無字天書已被在下毀去，在這世上已不復存在了，要不如證明此書真屬貴堡所有，在下倒願意奉還，以化解咱們之間的干戈。諸位現下想怎麼樣，請劃下道來吧！」

吳俊平和女店主等聞得項思龍這話，相互對望一眼，那女店主這時開口道：「明人不說暗話，項少俠也不必說這等搪塞之語了！我王青蘭在這咸陽附近埋名隱姓開店三十餘年，為的就是打聽有關無字天書的下落，半月前我曾得到消息，無字天書也為項少俠所得，這是我天風堡安插在趙高老賊身邊的一個武士從趙高口裡親耳聽得的，難道也會有假？項少俠在江湖中的大名我等是如雷貫耳，今次被迫與少俠為敵，為的也只是得回我天風堡的遺物。項少俠如能賣我天風堡一個情面，將無字天書歸還，我天風堡全體上下自是對少俠感激不盡。可如賴著不還麼，我等也只好多有得罪了！」

吳俊平這時也冷笑道：「項少俠藝業驚人，我們自是非你之敵，但據聞通天島上的鬼冥雙怪和五個嬌嬌女等都與項少俠有些關係，想來項少俠也不會視他們的性命於不顧吧！嘿，我們出此下策，也只是為了和平解決與項少俠的爭鬥而己！」

聽得這話，項思龍心頭又驚又怒，脫口道：「你們將她們怎麼樣了？」

吳俊平見了項思龍的神態，更顯有恃無恐的冷傲道：「項少俠的親人和朋友，我們恭維還來不及，又怎敢把他們怎樣呢？只是由我太師叔祖七滅神君親自率領我天風堡的一千高手，把他們給接去我天風堡作客去了罷！」

項思龍此時殺機也已湧起，他本打算著尋到父親項少龍，勸他與自己一道返回現代或在這古代覓個水秀山明的地方隱居起來，再也不理會這古代的私人和歷史爭鬥，可想不到偏偏身不由己，總有人會惹上自己，教自己脫不了身。

這也就是應了「人在江湖，身不由己」這句話吧！

以殺止殺是解決這些麻煩的最佳方法了！

殺光一切對自己有威脅的人！殺光一切對劉邦有威脅的人！

包括項羽……甚至包括如固執己見的父親項少龍！

項思龍倏地只覺心中殺機大熾，怒極反笑的道：「那麼閣下等到底想怎麼樣？在下已經說過無字天書已被在下毀去，我也拿不出什麼來交還你們了！」

吳俊平見項思龍愈惱怒反而愈是鎮定，由此可見項思龍對掌握在己方手中人質的關心程度，那麼自己等也就更加安全，當下不緊不慢的道：「我們不想怎麼樣，如項少俠實在想不起無字天書放在哪兒呢，那麼不知項少俠可有興趣隨我們往我天風堡臨時總壇鴻門一行？你的親人和朋友就在哪兒等候少俠噢！」

項思龍心下怒極，但也知自己人質在對方手中，乾著急也是沒用的，當下強壓心中怒火道：「好，我就隨你們去你們總壇！但願你們沒有傷害我的朋友，否則你們天風堡將在江湖中除名！」

雖是吳俊平等有所恃，但聽了項思龍這等狠話，心底還是禁不住升起一絲寒意。鴻門東接戲水，南臨高原，北依渭河，因雨水沖刷，形如鴻溝，北端出口處如一扇門，故名鴻門，它距離咸陽城北門只有八十來里的腳程。

項羽的四十萬大軍正駐紮鴻門，旌旗飄飄，兵進兵出，一派正欲大舉進攻咸陽之勢。

項思龍和解靈、長春公主三人隨著吳俊平等到了鴻門，見得項羽大軍的龐大陣營，前者禁不住怦然心緊，又為劉邦的安危深深擔憂起來。

項羽會不會大舉攻擊劉邦呢？以劉邦目前的實力恐還不是項羽之敵！

依歷史推算，鴻門宴在這兩日就將拉開序幕了，劉邦能安然度過項羽一關嗎？

自己現在到了鴻門，不知能否幫得上劉邦的什麼忙不？只可惜……自己也有要事纏身，不能抽身去見見項羽，要不想來自己出面向項羽說情，項羽當不會拿劉邦怎樣的吧！

唉，一切都是歷史的定數，自己既已決心退出這場歷史爭雄的舞台，又何必總掛念著劉邦呢？

劉邦是生是死是成是敗也就全看他自己的造化了！自己已為他做得夠多，現在項羽沒得父親項少龍之助還是登上了他事業的高峰，自己如總夾在劉邦和項羽中間，反是自己在左右歷史的發展，使得歷史與原樣大是脫軌了！

歷史的事情由歷史的人物自行解決，這才是真實的歷史！

項思龍心下顯得有些凌亂的想著，不覺一行人已是行至了鴻門北面的一座山峰前。山峰並不見高，只有三四百米左右，但卻奇峰突兀，怪石森立，顯得頗為險峻。

吳俊平停下腳步，對項思龍道：「到了！項少俠請稍等一會，待通報撤銷上山沿途機關後我們再行上山！現鴻門有項羽大軍駐紮，我們不得不小心為是！」

說罷，著了兩名漢子向山上發出信號，待山上有了回音後才又對一言不發的項思龍道：「好了，項少俠請隨我們上山吧！山道陡滑，項少俠還請小心一二！」

項思龍心下冷冷一笑，這傢伙現刻突又顯得對自己恭敬許多，倒不知他們葫蘆裡到底賣的是什麼藥？不過管他的呢！兵來將擋，水來土掩！難道還怕了他們不成？

毫不理會吳俊平的「關切」，項思龍只對一直面色沉沉的解靈說了聲道：「靈弟，小心看護著公主，不要讓她有什麼閃失了！咱們上山！」

解靈悶聲應「是」，雙目卻是倏地精芒一閃，顯是殺機在上升。

不消半個時辰，一行人終於上得了峰頂，卻見峰頂正南面有一個大山洞，洞內火光熊熊，甚是明亮，清晰可見洞內的一切佈置，有一座神壇，二十幾座火盒，洞口至洞內兩側站排了百多名手執刀劍的武士，看來對項思龍一行的到來是嚴陣以待。

項思龍隨吳俊平進了洞內，雙目環視了一下洞內佈置，卻感覺倒真有點在現代時的武俠電影中看到的什麼教派總壇氣氛。不過項思龍在這古代來，什麼場面沒見過，這等恐怖的氣氛還嚇不倒他，連長青公主也只是睜大秀目好奇的道：「大哥哥，這裡是什麼地方？好好玩！我以前從沒見過這等陰深可怖的大山洞！」

項思龍淡然笑道：「這裡是個大老鼠洞，你自是沒有見過的啦！」

長春公主訝異道：「老鼠洞？有這麼大的老鼠洞？怎麼沒見一隻老鼠呢？」

解靈這時也笑著答道：「老鼠見了貓自是不敢出來的啦！你不知道你大哥哥是個抓老鼠的神貓嗎？嘿，這些小老鼠見了項大哥自是不敢露出原形的了！」

吳俊平聽得三人的對答，心下雖是有氣，卻也不敢發作出來，因為他已感覺項思龍已起殺機了。

滿臉陰笑的打了個哈哈道：「項少俠可真會說笑！嗯，我這便去稟報我太師叔祖七滅神君來與項少俠見面，由他老人家來與項少俠作交涉吧！」

說著，又叫王青蘭招呼項思龍三人，自己則往神壇後走去。

王青蘭的態度比吳俊平好了許多，笑著叫項思龍三人坐下後，又命人端來茶水，苦笑著突地道：「我們天風堡本是楚原盟主所統領的武林盟的前身，自楚原盟主與北冥宮宮主孤獨無情一戰落敗下落不知所蹤後，武林盟也便衰敗至了今天的境地。一直均是由楚原盟主的師兄七滅神君主持大局，本想依楚盟主遺下的無字天書重振我武林盟聲勢，但百多年來卻無一代掌門能夠參透無字天書的秘密，因為要想知曉無字天書內的文字，必須身具天命之相的人。

「直至三十年前，嬴政不知怎的得知，我已改名為天風堡的敗落武林盟中有一本赤帝所遺的至寶無字天書，於是派了大批的大內高手前來搶奪。

「我天風堡險險也被滅門，寶書也終被嬴政奪去。無字天書乃楚盟主的遺物，他曾在敗於孤獨無情後對七滅神君說過，要想重振武林盟聲威，必須有一代門人能夠參悟無字天書的秘密，所以我們天風堡才會要得回寶書。

「項少俠如能夠成全我們振興門派的心願，歸還我們無字天書，那自是最好，如若不成，只怕一場血戰在所難免了。唉，小女子確是敬服項少俠驅除西方魔教欲侵犯我中原的壯舉，也欽佩項少俠在達摩領化解去了我中原武林同道的一場劫難，只是……在這事上，恐怕也只得與項少俠為敵了，還請項少俠見諒一二！」

項思龍心下苦笑，對方這番話說來確是甚為坦誠，可無字天書真已被自己毀去，卻教自己拿什麼歸還他們呢？更何況他們擒了鬼冥雙怪和自己的五位嬌妻等作為人質來要脅自己，這種作法也實在有失光明，自己即便有無字天書在手，卻也不會還給他們的吧！

正想著時，一陣混沉的長笑自神壇後傳來，只聽一個顯得有些嘶啞的聲音道：「這般請項少俠駕臨敝堡，可也實在不恭，還請項少俠多多見諒為是了！」

言語間，一個身著鑲金長披風，一頭長白髮，雙目閃閃有神的老者自神壇後走了出來，目光一掃項思龍、解靈和長春公主三人，最後落在了項思龍身上，打量了他一陣，接著又哈哈大笑朝項思龍抱拳道：「想來閣下便是名震江湖的項思龍少俠了吧！哈哈，果是少年英雄一表人才，老夫多年未出江湖，想不到卻出了個項少俠這般的英雄人物，真是自古後浪推前浪，江山代有才人出啊！」

項思龍只見得這老者一副老秋氣橫的模樣，心下就對他不存好感，淡淡的道了兩聲：「豈敢！豈敢！」

就直接扯入正題道：「閣下想來就是七滅神君了！我們閒話少說，你們把我朋友擒住，到底是來個怎樣的了結才肯放人，但請劃下道來！至於無字天書麼，在下已對你師侄孫吳俊平說過已被在下毀去，要叫在下拿出，卻是教在下為難的了！其他條件，可任由閣下開出，在下能夠辦得到的一定應允，如不能辦到的，閣下還得諒解了！」

老者顯也惱怒項思龍的冷漠傲慢，嘿嘿笑道：「項少俠果然快人快語，老夫甚是欣賞！不過無字天書乃老夫師弟楚原遺物，項少俠還請不要見寶忘義妄想私吞了！說寶書已毀，此話有誰相信？無字天書乃天下無人不想得之的寶物，項少俠看來也不例外了！」

解靈這時忍不住冷哼道：「我項大哥為人光明磊落，他說那破書已毀便是已毀，決不會有假，閣下可別出言不遜，汙我項大哥的人格！」

長春公主也道：「是啊，我大哥哥連皇帝可做也不做，又怎會貪圖什麼無字天書呢？你這老頭兒說話可也真是無理！我大哥哥不會騙你的就是了！」

老者雙目厲芒一閃，冷笑道：「做賊的人永遠不會承認自己是賊，難道就憑你們三人的一面之詞就可證明無字天書不在項小子身上嗎？哼，可別把我們當作三歲小孩了！」

項思龍緩緩道：「閣下不相信就拉倒！你擒了我朋友，還請快些放人！否則可別怪在下不客氣了！我項思龍行事只要對得起天地良心就夠！」

老者陰冷道：「那聽你之言是不想交出無字天書要動武囉！好，老夫也有多年未曾與人動手過招了，今日就來領教一下名震江湖的項少俠的高招吧！」

項思龍擺了擺手道：「且慢！想打咱們有的是時間！先放了在下朋友再說！」

老者已脫去披風，由吳俊平手中接過了一柄古色古香的長劍，聞言淡淡道：「放人麼，項少俠還得交出無字天書再說！不交，咱們可就要用強了！」

項思龍已有些不耐煩，心中殺機又起，當下仰天一陣長笑道：「如此強人所難，在下也無他法！靈弟，保護好公主！這幫傢伙看來是不見棺材不掉淚了！」

說著也「鏘」的一聲拔出了腰間的鬼王劍，冷冷瞪著老者，一字一字的道：「再給你們一次機會，放人！否則在下今日要大開殺戒了！」

老者被項思龍氣勢所懾，一時禁不住向後退了一步，但旋即發覺自己失態，惱羞成怒的厲聲道：「想救人，先過了老夫這關再說吧！」

說罷身形一閃，長劍脫鞘而出，化作一道驚虹，快若閃電奔雷的向項思龍攻來，手底下倒真有幾份真功夫，也難怪這老者甚是狂傲。

項思龍冷冷一笑，腳踩「分身掠影」步法，閃過對方擊來的凌厲劍勢。鬼王劍亦也幻起一道血光，「鬼王千絕斬」應手而去，「噹！」的一聲劍擊響起，項思龍身形紋絲未動。

老者則被震得身形微微晃了兩晃，目中閃過驚駭之色，沉聲道：「閣下果然有兩下子，老夫今日倒逢敵手了！」

解靈卻在一旁冷笑道：「我項大哥的真功夫還未施展呢！你這老兒可有夠受了！」

項思龍可不想多與老者囉唆，冷聲喝道：「閣下還是交還在下朋友的好，否則刀劍無眼，在下傷了閣下，咱們可又要結上新樑子了！」

老者見解靈和項思龍根本未把自己放在眼裡，氣得目中閃著厲芒，嘿嘿道：「咱們樑子早就結下，再添新仇又有何妨呢？如老夫敗在閣下手上，那也只能怨老夫學藝不精！」

說著，又是「唰！唰！唰！」三劍連環向項思龍攻出。

項思龍心下已有火氣，當下也毫不客氣的提運起八層功力的「九天神功」貫注劍身，鬼王劍頓然血光大作，發出陣陣龍吟。項思龍為求速戰速決，「天殺三式」中的厲害殺著已是施出。

劍光如電，身形如風，勁氣彌空，二人均是以快打快，在空中連連硬擊了十多招，圍觀眾人只見兩團光影在空中飛來飛往，根本瞧不清二人發招劍式。

「噹！噹！噹！噹！噹」連陣劍擊之聲響起過後，場中突地靜了下來，卻見項思龍和老者已住手，項思龍是悠然的反手插劍入鞘，嘴角浮著一抹冷酷的笑意；老者則是滿面驚駭之色，雙目睜得大大，身子動也不動，手中長劍遙指著項思龍，喉嚨裡發出怪怪的顫音道：「無形劍氣！你……已達劍命境……界！」

話剛說完，長劍「噹」的一聲跌地，身體接著「啪哩叭啦」的各散了開來。

老者竟然被項思龍的劍氣分屍啦！

圍觀者無不怵目譁然，所有人都給呆住了，還是長春公主見了這等慘狀率先驚呼出聲，打破了場中的怔靜，解靈頓一把摟住她道：「妹子，不必害怕！這惡人死也是活該，誰叫他不知死活的與項大哥作對叫陣呢？」

吳俊平等此時才又驚又駭又怒的叫了起來，紛紛拔劍把項思龍和解靈給包圍了起來，但卻無一人敢率先對三人發難，吳俊平臉色煞白的顫聲道：「你……你殺了我太師叔祖，我天風堡與你拚命了！」

說著，提著發抖的劍向項思龍刺去。

項思龍面無表情的揮手用二指夾住了對方刺來托劍，雙指微一發力，「噹！」的一聲把劍尖折斷，冷冷道：「不怕死的就上來與在下拚命吧！」

這一語把天風堡所有人都給震懾住了，連七滅神君也不是人家二招之敵，自己這些人與他拚命，那不是自尋死路麼？可……目下這僵局如何解決呢？

項思龍目光一掃吳俊平等，見眾人臉上都有了退縮的怯意，當下又冷聲道：「在下也不想把這樑子結得太深，只要你們放了在下朋友，咱們之間的過節可以一筆勾消！否則，可別怪在下心狠手辣！倘是我朋友中有任何一人得任何閃失，你們天風堡就要永從江湖中除名！」

項思龍這話說得甚是冷酷生硬，讓得吳俊平等聽了無不心下發毛。

項思龍這話可並非恐嚇妄語，以他的武功，自己這天風堡被毀了也不可能傷得他分毫！

氣氛一時又給靜住了，散花女俠王青蘭這時歎了一口氣道：「怨家宜解不宜結，項少俠既已說明無字天書已毀，我們再強行要求少俠交還寶書那也只是徒勞無益。此事咱們就此作罷。至於本門長老七滅神君之死，雙方也皆已有話在先，死傷不究，咱們也只能自認！不過，青山不改綠水長流，終有一日我天風堡出人頭地時會向項少俠討還這個公道的！」

解靈冷笑道：「想找我項大哥報仇？憑你們……？下輩子也沒這個希望！」

項思龍則是淡淡道：「只要貴堡放了在下朋友，欲討公道，在下隨時奉陪！」

吳俊平嘴角動了動，似想說什麼，但話到喉間卻是沒有說出，沉默了好一陣，才氣餒的道：「一切都依著青蘭之見吧！放人！」

天風堡的人聽得堡主發話，心下均都大是鬆了一口氣，為能保命而慶幸而已，看來是不能去找項思龍討什麼公道的了！可不，以項思龍的武功即便他們再練一輩子也是望塵莫及！

不多時，鬼冥雙怪和五個嬌嬌女被幾個武士領了出來，看他們氣色模樣，也似沒有受什麼屈辱，但一副氣恨和不明所以的神態，直待見得項思龍，七人才都齊是驚喜的歡呼出聲，五女已是又喜又悲的快步投入項思龍懷中，激動不已。

鬼老大雙目發紅的走到項思龍身前，語音哽咽的道：「龍兒，想不到……在這裡遇見了你！我們可都想死你們了！快有兩年沒見面了吧！只常聽得思龍在江湖中大出風頭的消息，我們可都高興著呢！你姥姥現在可還好吧！」

項思龍脫開五女的纏綿，苦笑道：「龍兒與姥姥分別至今也有好幾個月了，這次進入中原因處理一此事情，也正想上通天島去見見你們呢！可不想因得龍兒的一些事情累得爺爺你們……還好大家都沒事，要不龍兒可就罪大了！」

鬼老二這時罵罵咧咧的道：「他奶奶的，都是七滅神君那老怪物，他竟然對我們通天島的人下了十香軟筋散！我們不小心才著了他的道兒，要不憑打，他怎麼敵得過我們通天島上的如雲高手呢？這傢伙倒沒為難我們，只擒了我們七人來說請我們為他辦一件事——要脅思龍！我們自是不幹了！」

項思龍聽得心下一陣歉然，看來七滅神君也不是什麼大惡之徒，只可惜自己一時氣惱之下卻對他下了重手，可倒真有些對不住天風堡，不過，這卻也是他們欺人在先，也怨不得自己。

心下想著，當下隨口問道：「島上的其他人都怎麼樣了呢？阿毛怎麼沒跟你們在一起？」

這次是鬼老大搶先答道：「阿毛和其他人都還在島上，沒什麼事！嘿，也全怪我們兩個老怪物心癢難煞，想在江湖中探聽龍兒你的消息，誰知卻因此洩露了行藏！還好，中原武林現在奉了龍兒你作武林盟主，倒也無人找我們的麻煩，可不想七滅神君這老怪物竟膽大包天的……噢，聽老怪物說他門派中的寶物無字天書落在了思龍你的手中，不知這話可當真否？對了，七滅神君呢？怎麼不見他？龍兒怎知我們落在了這怪物手上？」

項思龍聞言大是放下些心來道：「有關無字天書的事說來可是話長，我得知爺爺和蘭蘭她們落在天風堡的手中，卻也是因他們的人為無字天書而找上我來。至於七滅神君……卻是已經被我給殺了！」說完，是一臉的黯然之色。

鬼冥雙怪聽七滅神君已死，似也有些傷感，鬼老二喃喃道：「這老怪物性子雖有些偏激，喜走極端，但為人卻也不錯，尤其是自他師弟楚原被孤獨無情打敗，退隱江湖，武林盟解散，這老怪物倒真為重建武林盟花費了畢生心血……唉，死了也好！這老怪物亦正亦邪，但邪勝於正，所作的惡事也算不少！」

鬼老二這話更增項思龍心下的愧悔，當下自懷中取出得自傅雪君那裡的「冰魄神功」秘笈，遞給在旁一直默然無語的王青蘭道：「王女俠，在下……這本『冰魄神功』可也算是當今武林的一門絕學，乃當年與道魔尊者齊名的冰魄夫人所留下的，現在在下把它轉遞給你，也算是在下對貴派放過我朋友的一點謝意吧！」

王青蘭略一遲疑，吳俊平卻是歡顏於色的開口道：「如此就謝過項少俠了！青蘭，還不快收下項少俠的這份厚禮？」

王青蘭聞言倒也真接過秘笈，項思龍這時拱手向她和吳俊平辭行道：「在下還有他事在身，不便久留，這便告辭各位了！」

王青蘭這時卻突地道：「項少俠授書之恩大是不能言謝，但卻還有一事相告，或許能對項少俠有什麼幫助，據聞項羽進軍鴻門，因擔心手下的章邯投向他的二十萬秦兵叛亂作反，已於前夜秘密屠殺了二十萬大秦降兵，並且因氣惱劉邦搶他一步佔領咸陽，所以決定明日一早發兵進攻咸陽，擒殺劉邦，這卻也是因劉邦手下有一個名左司馬叫作曹無傷的叛逃了劉邦陣營而投靠項羽，在項羽面前挑撥劉邦壞話，說劉邦欲占咸陽為王，在咸陽城劫殺淫搶，還沒把項羽放在眼裡，並且罵項羽不如他劉邦，有四十萬大軍卻仍敗給了劉邦的十多萬大軍。這一來使得本是對劉邦心下有氣的項羽更是惱怒，所以意圖除去劉邦。小女子知劉邦乃項少俠的義弟，望這消息能對項少俠有幫助！」

項思龍聽得心下一沉，雖然他早知項羽會惱怒劉邦搶他先一步入關，但想不到他竟然真欲除去劉邦，以劉邦目前的軍力可不是項羽的敵手！

這……自己該怎麼辦呢？要不要去勸阻項羽？

難道自己這一輩子真的再也脫不開歷史的恩恩怨怨了？

項思龍只覺心下一陣沉重的悲哀湧起，但還是強抑心緒的波動，對王青蘭抱拳道：「多謝王女俠把此重要消息相告，咱們就此別過！」

出了山洞，下得天風教的總壇，項思龍望著旌旗飄展的楚軍陣營，思緒凌亂至極點，五女也看出了項思龍心情不好，倒也乖巧的沒有再去糾纏他。

鬼老大面色沉沉的道：「思龍，你是不是為你義弟劉邦的危機煩困？項羽大軍看起來確是陣容龐大，但若憑我們幾人之力，殺入他們陣中取那項羽的首級，我看也沒什麼問題，不如我們殺進去宰了項羽吧！你義弟劉邦也便再沒危險了！」

鬼老二也道：「不錯！殺了項羽，楚軍自亂，也就再也沒心情攻打劉邦了！」

項思龍苦笑的搖頭道：「項羽乃蓋世英雄，我們何其忍殺他？再說，我與他也有過口頭的結義之情呢！在公在私，我都不能對項羽不利的！」

鬼老大皺眉道：「兩個都是結義兄弟？那思龍準備怎麼處置這事情呢？」

鬼老二哂道：「我看兩方都不要去理會了，為名為利打打殺殺的有什麼意思呢？思龍還不如與我們一起去西域冥鬼府隱居起來，那便再沒什麼煩惱了！」

項思龍歎了口氣道：「我也想從此以往不再過問任何世事，怎奈人在江湖身不由己，卻教我怎麼能置身事外呢？唉，人以和為貴，我只但願兩位義弟能和平化解這場干戈吧！」

項思龍這話剛說完，一陣馬蹄聲突地急促的傳入幾人耳中。

舉目望去，卻見十多名楚軍正在追擊一名漢子，這被追的人赫然是久違了的韓信。

項思龍看得又驚又喜，頓忙高喊道：「韓大哥，是你嗎？我是小弟項思龍啊！」

被追漢子聞喊，也發出驚喜的呼聲道：「是項二弟！你怎麼也來了鴻門？嗯，這些惡狗真可惡！待大哥打發了他們再來與二弟細述吧！我正有要事要去轉告劉邦呢！」

說罷身形從馬背上縱起，揮劍向追來的十多名楚軍反迎上去。

項思龍見了頓忙喊道：「韓大哥，不要傷人！」

韓信本欲大開殺戒，聞言頓也停住，只衝顯得慌亂的追兵怒喝道：「便宜你們了！快滾吧！否則我手下可絕不留情了！」

楚兵聞喝住馬，項思龍與鬼冥雙怪、解靈幾人已是趕至眾人身前，楚兵見得韓信這方救兵已至，又是名震江湖的項思龍，頓忙策馬退去。

韓信衝遠去的楚兵揮了一下拳頭，才三步並作兩步的走向項思龍身前，一把抱住了他，興奮的道：「二弟，可想死大哥了！據聞二弟已徹底殲滅西方魔教，大哥心裡可高興得不得了呢！做夢都想再回到二弟身邊，可你交給我的任務我可也不敢忘哪！現在逃出項羽陣營，卻也是迫不得已的，因為項羽準備明早發兵進攻劉邦了！」

說到這裡見項思龍面無異色，反是自己大訝道：「二弟已知道這消息了？」

項思龍點了點頭道：「也剛剛知道！嗯，韓大哥離開項羽軍營也好，你這次趕去劉邦軍中去助邦弟好了！現在邦弟局勢危急，可正需人手幫他呢！不過，你去投邦弟，為了要他重用你，小弟卻要你故意擺了架子，三投三逃，直至邦弟答應拜你為大將軍為止！」

韓信聽得一愣道：「這……二弟此話何意呢？劉邦軍中高人無數，大哥怕……做不了他軍中的大將軍吧！能為劉邦效力，大哥也就感高興了！」

項思龍沉聲道：「韓大哥的軍事才能小弟心中有數，如做個一般將員卻是埋沒了你的天才。我本可直叫邦弟封你為大將軍，可……邦弟此刻大權在握，我也做不了他的主，但總有人會發覺大哥才幹的吧！你好好的跟著邦弟，日後會有出人頭地之日的！」

韓信訕訕一笑，轉過話題道：「二弟不與我一道去劉邦軍營嗎？現在項羽氣憤劉邦，欲對他不利呢？這也全怪那曹無傷中傷劉邦，只可惜這傢伙卻還說二弟壞話，不知二弟與項羽也有交情，卻讓項羽也給殺了！

「不過，主張除去劉邦的卻還是項羽手下得力軍師范增，這人確有遠見，說劉邦將是項羽霸業最為隱患的強敵，建議項羽除去劉邦，項羽因受他義父項少龍的囑訓太深，雄霸天下的心理特強，雖知劉邦與二弟是拜把兄弟，也讓他躊躇不已，可范增的話還是說動了他，所以痛下決心準備明早向劉軍開戰，除去劉邦。

「在項羽大軍中的這幾個月來，我也漸熟知了項羽個性和他軍事中心的力量，項少龍乃是項羽崇拜的偶像，他對他這義父的感情極深，對項少龍的話奉若聖旨。騰翼和項伯幾人曾力勸項羽不要對付劉邦，可項少龍教他欲成大事必須不拘小節的思想占了上風，終是沒能勸服項羽。不過，二弟看來也成了項羽心中的新偶像呢？他口中常念叨著你，常說你要是能與他站在同一戰線上就好了！」

項思龍聽得心下暗歎一聲，如不是歷史從中作梗，自己和父親項少龍，還有劉邦和項羽都本該是一家人，可以和和睦睦的相處在一起的啊！

唉，該死的歷史！該死的鴻門宴！從此之後劉邦和項羽的五年爭霸戰將開始了啊！

自己到底需到何時才能功成身退呢？還有父親項少龍他現在到底是生是死呢？再助劉邦一次吧！往後他和項羽的鬥爭自己就再也不去理會了！

尋得父親項少龍後，自己一定勸父親回心轉意！如若不成……用武力征服他也是迫不得已的了！歷史……歷史的事情就由歷史中的人去解決吧！

自己來到這古代已有三年！三年的爭鬥，可真讓自己有些累了！

項思龍定下了決心，深吸一口氣平定心緒，對韓信道：「嗯，大哥在項羽軍中作的這幾個月臥底收穫可真還不小呢！你現在就去霸上，著劉邦明日大早親自來鴻門向項羽低頭請罪，如今之計只好讓劉邦向項羽求和了！否則，這一戰打起來，劉邦非敗不可！告訴他，欲成大事者必須得能屈能伸，要知小不忍則亂大謀！我則去項羽營中親自去勸說他一番，希望能勸他回心轉意不再對付劉邦！」

韓信沉吟了片刻道：「好吧！二弟一切可都小心保重了，大哥告辭！」

說罷向項思龍等拱手行禮之後，策騎快馬而去，直待得韓信背影只剩下一個小黑點了，項思龍才收回目光，對鬼冥雙怪和五女道：「爺爺，對了，長春公主你們也帶上，她跟著我和靈弟終是不便！咱們也就此別過，後會有期了！」

說完不理五女楚楚憐人的悲樣，聽了鬼冥雙怪一番無奈的囑託之後，與解靈一道策騎往項羽陣營馳去。

第四章　九死一生

　　當項思龍和解靈趕至項羽大軍所在營地的範圍地，當即有兵士阻住了二人去路，喝問他們是什麼人，項思龍說明自己身分後，幾個攔路楚兵頓即態度恭敬起來，馬上有人去向項羽稟報了，不多時項羽便領著一眾人馬迎了出來，有騰翼、鍾離昧和范增等人。

　　項羽快步走至項思龍身前，臉上神色既是興奮又是有些不自然，顯是也已猜知項思龍的來意，但口中卻還是歡快的笑道：「項大哥大駕光臨，小弟有失遠迎！咸陽一別，小弟可著實牽掛著大哥呢！上次偷盜金人計畫成功可也全仗大哥之助，小弟真想向大哥拜謝呢，不想小弟未去拜訪項大哥，項大哥倒是上門來見小弟了。嗯，項大哥此次登門，咱兄弟倆可得歡聚歡聚！小弟也正有些知心的話想對大哥說呢！」

項思龍淡淡一笑道：「無事不登三寶殿，大哥我這次冒然前來拜訪項將軍卻是為著劉邦的事情來的！還請項將軍能看在在下面上，放過劉邦一馬！其實大家同為叛秦義軍，又何必反目成仇呢？再有就是劉邦此番攻戰咸陽，其實也是我一手置辦的，這內中還有些隱情。恐項將軍還並不知道詳情，所以在下特冒險前來拜見項將軍，懇請將軍容我把心中的這些話說出，至於將軍最終如何定奪對付劉邦，那全由將軍考慮了。」

項羽似想不到項思龍開門見山就點破自己欲對付劉邦的行動，訕訕一笑，喏喏道：「這個……不知項大哥如何得來小弟欲對付劉邦之事？其實……小弟也不想如此做，俗話說『不看金面看佛面』，劉邦是項大哥義弟，看在大哥份上，小弟也不該對劉邦不利，不過，據聞劉邦驕橫跋扈，不把我放在眼裡不說，還縱容手下兵將在咸陽城無惡不作，又自封為秦王，立了那秦三世子嬰為相，這……這等人物哪還配占咸陽這古都城？」

項思龍聽項羽把話也說得如此坦然，知他對自己確是深有兄弟情義，心下一陣激動，但還是搖了搖頭，沉聲道：「項將軍這卻是聽信小人讒言誤會劉邦了！劉邦雖出身市井，但與我交情不淺，他的為人我甚為清楚，決不是什麼居功自傲之人！他雖占了咸陽，但頒下約法三章律令，嚴禁手下兵將為非作歹，並且景仰項將軍人，知道當今天下反秦功勞最大都非項將軍莫屬，所以佔領咸陽，只穩定了一下城中局勢後當即還軍霸上，恭候著項將軍大軍入城，卻是決沒有對項將軍不恭之意。

「至於項將軍所言劉邦緋言，咸陽城中的騷亂卻是那曹無傷命手下軍兵故意作惡鬧出的。這人心思深沉，想借此破壞劉邦名聲，挑起項將軍和劉邦之間的不和，而他則從中坐收漁人之利！要知秦剛亡，天下局勢還未大定，心懷不軌懷有野心之人自是想趁勢稱王稱霸，曹無傷勢小人輕。要想出人頭地自是只有再次攪得義軍內部天下大亂，而他則抱著僥倖心理妄圖趁亂而起了。

「項將軍若與劉邦開戰，雙方死傷自是在所難免。項將軍倒請算一算劉邦一共有十萬兵馬，而項將軍除去諸侯各軍，你麾下直屬兵力也只二十萬，項將軍是勝算在握，但以滅敵一千自損八百的傷亡慣例來看，全殲十萬劉邦軍，項將軍也要損失八萬兵馬，剩下十二萬戰餘疲憊之師，諸侯軍若趁勢而起，將軍則也危矣！」

項羽聽得面色沉沉的道：「是劉邦著項大哥來作說客的？」

項思龍肅容道：「不是！我只是來向項將軍痛陳利害，卻不是什麼說客！我所要說的也只言盡於此，請項將軍自行斟酌！項將軍如不信劉邦敬服你的誠意，我倒可作個中間人前去霸上，著劉邦單身獨來登門向項將軍表示臣服之意！當然，項將軍如若一意孤行，那你也可當我沒來過，其實，我乃江湖中人，本人不參與天下爭霸的紛爭，可劉邦和將軍都為我的朋友，我自是不忍看你們相互殘殺了！」

項羽這次沉吟了半晌道：「小弟有一事相求項大哥，如大哥答應，小弟即刻下令撤去攻打劉邦的行動！那就是請項大哥加入我陣營之中，小弟甘願退舍末將，讓項大哥為主將，不知項大哥意下如何呢？只要大哥一句話，那時我楚軍和諸侯軍四十萬人馬可就全由項大哥全權指揮，對不對付劉邦也全由項大哥定奪了！」

項羽這話讓得范增、鍾離昧等聽了無不臉上變色，各人心思均都不同，有喜有憂。

項思龍卻是冷冷道：「項將軍的好意我心領了！不過，我為江湖中人，不欲參與王權爭霸。說來我現今的願望就是希望天下從此太平，能有一位英明君主領導天下，讓百姓安居樂業，不再承受戰爭的苦難！我呢則是打算待尋得項少龍上將軍後，從此退隱江湖，不再過問任何世事，所以項將軍的心意我也只好謝絕！」

項羽聽得心下大是敬仰，項思龍如此不為名利所動的品格可也確是世間罕有了。試問天下間能有幾人能夠做到如此的淡泊名利？只要一句話點個頭，可說天下霸業就是項思龍的了，可他竟然毫不遲疑的一口拒絕！

不過，項羽心下卻另有一個直深埋在心裡的疑問，當下說了出來道：「既然如此，小弟也不強求項大哥了！不過，小弟有一問題甚為不解，就是我義父項少龍與項大哥非友非敵，你為何卻如此關切他呢？項大哥與我義父到底是什麼關係？項大哥能否作答呢？」

項思龍臉上浮起凄容，苦笑道：「這個問題還是待日後項上將軍來為你解答吧！不過，有一點我可以告訴你，我對項上將軍和你都是沒有惡意的！即使你將來或現在要與劉邦為敵，我都不代表劉邦身邊的人，我只是一個江湖人！」

項羽聽得若有所思的點了點道：「好！看在項大哥的份上，我就不與劉邦作戰，但劉邦卻還是需來鴻門親自向我俯首稱臣，也是項大哥那話，如此我才可以知道劉邦是不是誠心真意的向我臣服！嗯，咱們不說這煩心事了！走，項大哥，咱們去好好聚聚，喝它個痛快吧！小弟也有好久未曾痛飲過了呢！」

項思龍這刻才大是鬆了一口氣，當下也不客氣的道：「如此那我也就恭敬不如從命了！」

劉邦的危機暫刻是避過了，但是明日的鴻門宴呢？項羽會真的放過劉邦嗎？

項思龍輾轉反側在項羽和解靈安排的上等廂房的豪華大床上，卻是一點睡意也沒有，心情煩亂至極點。

項羽和范增、鍾離昧、騰翼等一眾心腹將以及一眾諸侯則在另一大廳中商議著到底怎樣對付劉邦的事，范增進言道：「霸王，末將前夜曾觀測過星象，發現劉邦星位流光斗轉，有皇者運勢，所以此乃霸業的最大勁敵，霸王不可聽了項少俠一席之話就放棄除去劉邦的計畫啊！現在劉邦羽翼未豐，霸王正好除去他可以免去後患，還請霸王三思，要不劉邦日後成了氣候，霸王恐就再也沒此大好機會了！」

其他諸侯也紛紛進言道：「范老所言不錯，劉邦這小子搶我們進一步佔領咸陽，可全仗霸王牽制住秦軍主力才被他走了狗屎運，要不憑這小子之能怎會有此成就？所以關中王應屬霸王！可現在，如依楚懷王之約，劉邦先入關中封為秦王的話，那關中的富庶之地可就全屬他所有，到時封賞也只有他有份，這不是搶了霸王的功勞麼？我們拚死拚活，歷盡萬難艱險，到頭來豈不是白忙活了一趟，為劉邦作了嫁衣裳？」

七嘴八舌的結論是——必須消滅劉邦！

項羽臉色卻是沉沉的，直待眾人表決完後，以緩緩道：「星象迷信之說我項羽不信，至於劉邦搶我功勞麼，這話也不能完全這麼說。要不是劉邦大軍牽住了北路秦兵，除去了我們後顧之憂，我們也不會如此輕易攻破函谷關；要不是劉邦先進關內，安撫了民眾，我們攻破函谷關雖可，但也必有一場惡戰，不會像現在這般不費力氣！所以，劉邦的功勞是不可埋沒的！至於劉邦欲占咸陽為王之說，項少俠也向我解釋過了，那全是曹無傷那傢伙中傷劉邦欲挑起我們和劉邦之間誤會之言，他還軍霸上已向我們證明了他並無霸佔咸陽為王的野心，再說他約法三章未動咸陽城珍寶分毫，這不更證明他無私心嗎？何況項少俠也應諾過明日劉邦會孤身一人前來鴻門向我誠心請罪，這更證明劉邦的清白，大家同是反秦義軍，何必窩裡反呢？」

說到這裡，頓了頓接著又道：「雖然依懷王之約，先入咸陽者為秦王，但這只是懷王的片面之詞罷了！真正封賞，到時還是得論功而定的！要知道除了關中之地外，關外之地可是更大！諸位滅秦有功，我項羽自是不會忘記的！」

眾將知道項羽自懷王封宋義為上將軍他為末將之事後，就一直與懷王關係不和，現在兵權全掌握在項羽中，實權可是比楚懷王還大，他們自也聽得出項羽後面一番話的弦外之音——那就是懷王的約定是作不得準的，將來分地封王，有功者人人有份。

當下異口雜聲的不再提滅劉邦之事而改為奉承項羽道：「霸王萬歲！我等願追隨霸王，赴湯蹈火，在所不辭！」

「我等願擁戴霸王為秦王！劉邦算什麼東西！」

「霸王為秦王職位太低，應為天下主，為天下帝才對！」

「不錯！請霸王承襲秦制，一統天下！」……

如此一來，本是商討對付劉邦的會議全變了質，成了諸將擁立項羽的會議，將討伐劉邦的事給完全丟到一邊去了。

項羽聽了自是滿心喜歡，不管這些將領是否真正誠心擁立他，亦或是為了拍他馬屁說出的奉承話，但看這等激昂場面，卻也可說明他項羽已成了天下諸侯的實質領袖，楚懷王的權力已只是成為個泡泡而已。

他項羽的願望終於成功，成為天下霸者的願望終於成功了！

他小時對虞姬說的要成就蓋過父親項少龍的話終於成了現實！

劉邦！劉邦又算得了什麼呢？一個市井流氓，小人物而已！

在這世人他項羽敬服的只有兩人：一個是義父項少龍！他自小至今的崇拜者；另一個就是項思龍！這是一股似承自義父項少龍身上的氣質的不由自主的崇拜！

對於否定了剷除劉邦行動最為擔憂的就只是范增一人了。

他本為楚國後人，對當年楚國名將項燕向來甚是敬服，現在項羽也可說是項燕後代，他又是項羽父項少龍拚了性命請他出山的，這怎麼不叫范增對項羽忠心耿耿，為項羽的霸業操心呢？何況項羽這人的蓋世霸氣和勇猛過人及神奇的作戰方法都也讓范增欽服不已，所以更讓范增是鐵了心跟著項羽。

可是現在……項羽卻不聽自己的勸告……

劉邦這小子可確是項羽今後霸業的強勁之敵啊！此人不除，項羽霸業就一日不能安穩！

自己在與項少龍上將軍剛識時，兩人就也一致共識劉邦是項羽霸業的最大威脅者，可是項羽……自己現在該怎麼助他呢？

范增的眉頭都快擰成了一個結，閉目冥思著助項羽怎樣除去劉邦。

明天劉邦將孤身一人前來鴻門赴宴，可是個除去他的大好機會，可如跟項羽直說，他現在中了那項思龍的圈套，卻是怎也聽不進自己話的了。

怎麼辦呢？……自己只好私下作安排刺殺劉邦了！事後即使項羽怪罪，可事已成定局，即使項羽下令殺了自己，也不枉項少龍上將軍的知遇之恩了！

可刺殺劉邦卻是需製造機會和一個絕世高手啊！

機會可以製造，在劉邦和項羽宴飲時，自己可提出讓一人出來舞劍助興，乘機刺殺劉邦，可這辦事之人必須對自己忠心耿耿，且還需武功高絕，要不劉邦一身功夫還不弱不說，又有項思龍那等絕世高手在旁護駕……

這……可是只能一擊成功啊！否則便再也沒任何機會了！

范增的雙目佈滿了血絲，他想得頭腦都快要發炸了。

對了！有一人可以擔此重任！范增腦中突地閃掠過一個名字。

騰翼、鍾離昧等與項思龍都有交情，范增自是不會選擇他們的人。

這人到底是誰呢？項羽陣營中還有什麼絕世高手嗎？

有！當然有！這就是也被項少龍作了義子，取名為項莊的騰靈！

騰靈對項羽這大哥很有敬仰，是他心目中的偶像，可因騰翼和項少龍均不允他參與軍事，說他年紀太小，所以一直都留在了塞外草原。

可是不久前騰靈偷偷跑到了項家軍中，項羽和騰翼等自是訓斥騰靈不聽話，還要責打命他返回塞外草原，幸得范增為他說情，才免打並獲准留在軍中，所以騰靈與范增關係特好，聽騰靈說他自小與項羽一道練功，得項少龍、騰翼、紀嫣然等一眾高手真傳不說，還得了前秦名將王翦的畢生真傳，並且在一次偶然機緣中被他服食了一條千年烏蟒的精血內丹，使得他內力大增，還有在偶服烏蟒精血內丹那次被他偶得了一位上古高人漠北狼人的武學秘笈，那漠北狼人也乃是幾百年前中原一位與乾坤真人、道魔尊者齊名的一位大俠，後來隱居塞外，老死洞穴，不想卻被解靈福緣深厚的得了漠北狼人武功秘本，經幾年苦練，神功已大成，與項羽竟也能對敵千招以上不敗。

就是騰靈！以他的武功偷襲之下，應可一舉刺死劉邦的！

范增臉上露出了笑意。

項思龍一夜未眠，早上起床時顯得有些精神不佳，解靈見了心下既是關切又是無奈，叫他能說些什麼呢？最好的安慰方法就是讓項思龍靜一靜！

項羽倒是早早的就來向項思龍問候了！

霸上的劉邦卻是自得韓信傳來的說項羽欲舉兵進攻他的消息，又驚又怒，急得如熱鍋上的螞蟻，當即也召開了緊急會議。不過為了不亂軍心，參與會議的也只有張良、蕭何、陳平、管中邪、韓信等一眾高級將頓和心腹。

劉邦顯得氣急敗壞的大罵道：「他奶奶的曹無傷！都是這傢伙在挑撥離間！項羽可也真是個豬腦袋，我都還軍霸上，沒得咸陽城珍寶分毫，且還頒下約法三章，擺明了向他獻城表示臣服了，他卻還是想發兵攻打老子！以為我劉邦真好欺負怕了他項羽啊！打就打唄！」

蕭何苦笑著道：「怎麼打呢？項羽他有四十萬大軍，我們可只十萬，打起來，不是拿了雞蛋跟石頭碰，自尋死路麼？我看還是依了韓兄弟托來的項少俠之話，咱們以忍為上策！留得青山在，不怕沒柴燒，咱們他日可以再報這一箭之仇的嘛！」

劉邦嗤了聲道：「老蕭你是怕死啊！說這等長他人志氣滅自己威風的話？哼，他項羽要除我劉邦，卻要付出慘重代價！叫我做縮頭龜孫子我可不幹！無論怎麼說咸陽是我們先佔領的，讓給他項羽已是夠容忍的了！難不成還要叫我跪在他面前叩頭陪罪麼？我可乃是堂堂的一支十萬大軍的主帥呢！」

管中邪也道：「不錯！項羽也實在是欺人太甚了！咱們不可屈服！寧為玉碎也不為瓦全！他項羽也只是個凡人，有什麼大不了的！」

劉邦有了支持者，更是神情激昂的道：「我劉邦打了三年天下，可也不是被嚇大的！什麼世面沒見過！他項羽能以十萬大軍勝章邯的三十萬大軍，我劉邦難道就不成！這一仗咱們接下來了，一定不屈服！」

說到這裡卻突又歎了一口氣望向張良道：「子房不知有什麼見解沒有呢？我們總不能坐以待斃啊！」

張良慢條斯理的道：「主公既然說迎接項羽之戰，那就迎戰唄！與其委屈受制他人而生，不如伸張己志而死！項羽的確是太過份了！」

劉邦訝然道：「子房你……你也贊成與項羽背水一戰？這……我看老蕭的話說得也有道理，憑咱們現在的實力根本不是項羽的對手！小不忍則亂大謀，這個……看來我是不得不向項羽低頭了！項大哥的意思也是這樣！但這口氣我可實咽不下去啊！」

張良這次卻是肅容道：「吃得苦上苦，方成人上人，越王勾踐當年臥薪嚐膽，到頭來他還不是成了最終的勝利者？主公此次去鴻門赴宴也等若勾踐臥薪，只要大難不死，咱們必有出人頭地的一天，可以向項羽報這一箭之仇的！」

劉邦歎了口氣道：「看來不去赴宴是不行的了！但只我孤身一人去鴻門那不豈若孤羊投狼群？我看咱們還是得計畫計畫以防萬一！」

陳平這時開口道：「項羽這人最重情義，性子也最剛烈，說過的話從來不會反悔，我看他既派來使者著主公明日去鴻門赴宴，必與項少俠有過承諾，決不妄動主公分毫！不過，項羽身邊的軍師范增倒是詭計多謀的深沉人物，恐會不與項羽商議對主公圖謀不利，所以我們最為擔憂的是范增，而不是項羽！」

韓信接口道：「陳平先生說得不錯！沛公此次鴻門之行是九死一生之行，但想對沛公不利的大可能是范增而不是項羽，所以沛公應特別小心此人！」

張良點了點頭道：「今晚我也得我以前的一位知交好友項伯冒險來傳說，范增已囑託了一個叫項莊的青年準備行刺主公，據項伯說那項莊武功高絕，與項羽比在伯仲之間，如此乘主公不備時突下辣手，即使主公武功不弱，又有項少俠在旁戒備，恐也……但此番鴻門之宴明知是一場惡宴卻又必赴不可，咱們只得一切小心為是，我於傍晚時分已著人察看了霸上至鴻口的路途，已安排好一切防備突發事變的準備。」

劉邦頭大如斗的又歎了歎口氣，擺了擺手道：「好！散會吧！子房、樊噲明晨隨我去鴻門赴宴！他奶奶的，是生是死也賭他一把吧！」

項思龍的心情都緊張不安至了極點。

項羽說不殺劉邦，不知可否會行諾呢？若是一旦雙方翻臉鬧僵，劉邦可就……九死一生，生死未卜了，歷史亦也會……

鴻門宴！劉邦一生政治生涯中第二個最為重要的轉捩點！

第一個轉捩點豐沛起義，劉邦成功了，但是這次呢？

時間——中午！地點——鴻門！

赴宴者——劉邦、張良、樊噲！

三人三騎來到項羽軍營的帳外，卻見距離項羽營帳裡裡外外，過了一道轅門，旗幟飄揚，排列有幾百名工兵，手執刀劍長矛，夾道「歡迎」。

前來迎接三人的是鍾離昧，見了劉邦，頓朝他行禮道：「沛公果然準時！我家霸王和項少俠等都已等候多時了，請隨末將入內！」

說罷，在前引路，待項、張、樊三人剛一踏入「歡迎」隊伍的大道，突地響起一片刀劍相擊聲，兩旁的歡迎隊手中刀劍長矛齊齊高舉，相互交錯，明晃晃的刀光劍影下，膽小的人可真會嚇得個屁滾尿流，不過劉邦、張良、樊噲三人可都是在刀劍裡打滾的人，又是抱著九死一生的心理前來赴宴，早把什麼都豁出去了，這麼一點架式自也還嚇不倒三人！

張良面色一沉低聲道：「主公，項羽這分明是在給我們一個下馬威，咱們可得小心戒備著點了，看來項羽可能真會對主公不利呢！」

劉邦聽了冷哼道：「項羽自稱天下無敵，怎會玩這種小把戲呢？這分明是另有他人在搞鬼！嗯，此人必定是項羽軍師——范增了！」

張良聽得暗服劉邦心思細密，這小子表面看來毛毛燥燥吊兒郎當的，可實質上心眼可細著呢！其機智比起自己也決不會遜色多少了。

張良如此想著，幾人已通過了幾百人組織的刀劍歡迎儀式，當走到一個營帳前時，幾名士兵阻住，其中一人高喝道：「慢著！范軍師有令——文官進，武官留！」

樊噲是武官，自是不得不留在帳外等候，張良、劉邦隨鍾離昧進了帳營，此時一武士高聲道：「稟霸王，沛公到！」

這武士話音剛落，劉邦正欲打量營帳內景，突地一陣哈哈大笑聲響起道：「劉兄來了！咱們先來親熱一下罷！」

言者間一股勁風直逼向劉邦，一道身影衝射而出，那份獨有的霸意與狂態，不用說即知來者是——項羽！

劉邦衝張良喝道：「子房！小心！」

說罷，單膝一跪，衝射來身形行禮恭聲道：「末將劉邦，參見霸王！我王萬歲萬歲萬萬歲！」

轟！的一聲巨響，劉邦身前的地面被來者拳頭勁氣擊出一個大坑，果是項羽！

飛降在劉邦身前，項羽大大咧咧的受了劉邦這一記重禮，又是一陣哈哈大笑的俯身扶起劉邦道：「劉兄請起！哈哈，方才一試之下，劉兄果是個有膽有色有義的大英雄，不愧是項大哥的結義兄弟！看來他人傳言劉兄的壞話都是虛假的了！」

劉邦心下其實早怒得不得了，但還是強抑各種心緒，臉上擠出一絲笑容道：「霸王神勇過世，斬王離，降章邯，一路劈荊斬棘勢如破竹，才是真正的大英雄呢！小弟這次雖先霸王一步入關，但也知滅秦第一功臣當屬霸王，所以封庫銀，秋毫無犯，專候霸王領軍入關。只是霸王誤聽小人饞言，對小弟生了疑惱之心，所以小弟這次特單身前來鴻門問霸王以示忠心，解釋霸王心下對小弟的不快！」

項羽這人是吃軟不吃硬，劉邦對他的恭敬態度確是大大滿足了他的虛榮心，對他的一些隔閡也頓釋然，又見劉邦在自己重勁試探之下，不但不出手反抗夷然不懼，反首先關心張良安危，這份膽色和義氣更讓得項羽對劉邦態度大為改觀，聞言又是一陣大笑的竟是攜著劉邦的手臂向宴桌上走去，口中道：「劉兄你也太客氣了！嗯，今個兒咱們兩個和項大哥三人可要喝他個痛快，最好……咱三人索性也結拜為兄弟好了！」

項思龍見項羽飛身向劉邦發難那一刻，就把一顆心提到了喉嚨上，這刻見得劉邦處理的如此美妙，竟讓項羽對他生出好感來，當下忙接口道：「霸王提議甚好，只是不知我和劉邦二人是否高攀得上霸王呢？」

說這話時，項思龍心下只覺有些怪怪的，既是有些酸味又是有些甜意，因為三人原來應是親兄弟啊！

劉邦和張良二人此時也見了項思龍，均是放下些心來，前者接過項思龍的話道：「項大哥說得不錯，劉邦一介市井出身，恐高攀不上霸王呢！」

口中如此說著，心下卻是大喜，若與項羽結拜為兄弟，自己今個兒性命有了保障不說，就是日後事業上也可飛黃騰達呢！哈，這下發達了！

項羽卻是語氣不快的道：「項大哥和劉兄弟的話是什麼意思？是看不起我項羽呢？兄弟結義哪還分什麼貧富貴賤？只要咱三人同心同德就夠了！再說項大哥貴為中原武林盟主，等若另一種形式的皇帝，劉兄弟統領十萬大軍，被楚懷王封為武安王，身分也是非等閒之輩，咱三人結義可說是天作之和的美事呢！」

項思龍和劉邦方才那話均只是客套之言，哪會是什麼真心話。這下二人再也不推脫的先後朝項羽拱手客氣道：「如此就恭敬不如從命了！」

項羽見二人同意結拜，頓大喜的衝手下兵士道：「快設案置香擺酒！我和項少俠和劉將軍今個兒要滴血為親，結為兄弟！」

項思龍對面的騰翼聽了這話，心下自是欣慰不已，一臉笑容。

其他的諸侯文武大將卻是面面相覷的驚愣無語。

范增則是又驚又急，惱怒非常，但刺殺劉邦的決心仍是沒絲毫動搖。

桌案香紙刀酒很快就準備妥當了，項羽率先跪於案前的蒲團上，提刀劃腕滴血入酒道：「兩位大哥，小弟先來一步以示敬意了！」

劉邦接過項羽遞來的匕首，笑道：「羽弟客氣，我來第二刀！」

待匕首遞給項思龍時，項思龍卻是雙目一紅，激動的道：「喝過這滴血酒後，咱三人就是兄弟了，日後可要同生死共患難，永不言打是好！」

項羽和劉邦齊聲肅容起誓道：「咱三兄弟從今而後同生死共患難！如有背叛者，定教他自刎而死！」

項思龍聽得心下一陣苦笑，三人本是兄弟卻要來個結義儀式，這不是老天在作弄人嗎？

不過，更為可悲可笑的卻還在後頭，自己這三兄弟日後的各自結局……

三人結拜儀式一結束，眾諸侯紛紛起身道賀，不過望向劉邦的卻是妒恨的目光。

圍桌坐定，氣氛大顯通異，項思龍、項羽、劉邦三人暢言談笑，其他人則只是無奈陪笑甚少言語，尤以范增臉色最是陰暗不定。

酒過三巡，項思龍、項羽、劉邦三兄弟都喝得有些昏頭轉向了。

范增目中殺機一閃，站了起來朗聲道：「如此悶喝也太沒有意思，我們楚軍素聞劉將軍偶獲奇緣武功高強，連趙高老賊也被劉將軍三招兩式所殺，今日不知可否為大家表演一番將軍神奇劍術，為大家飲酒助興呢？」

項思龍暗道：「主戲來了！」

其他諸侯卻是紛紛附和范增。

項羽此時已喝得氣血直往上湧，見眾人興趣甚高，心下也想見識見識劉邦武功到底如何，當下含糊道：「好！二哥就演上一段劍法吧！讓大家開開眼界！」

范增卻是又道：「劉將軍一人舞劍，有何興趣？還是不若讓項莊兄弟來陪劉將軍湊興吧！」

此語話音剛落，卻見一與項羽一般威猛高大的少年從帳後走過來，目光熊熊的盯著劉邦，沉聲道：「今日劉將軍與我霸王共聚結義，但軍中沒有什麼娛興節目，有幸軍師點名小弟表演，深感榮幸！還請將軍多多指教！」

說罷，「鏘！」的一聲已是拔出腰間佩劍，見劉邦遲疑不決坐著未動，又道：「請劉將軍指教！」

項羽本是面色沉沉想斥責項莊退下，眼睛一轉，又止住了，反轉向劉邦說道：「二哥不若應了我靈弟之邀吧！大家只是以武助興，點到為止即可，當不會傷了和氣的！」

劉邦這下可是不好意思出言拒絕了，當下望向項思龍，見他面色凝重，卻還是點了點頭，胸中鬥志倏地湧起。打就打唄，我劉邦難道會怕了不成！如若這項莊意圖殺我，到時我為了自衛出手過重傷了他，卻也是怪不得我的了！

范老增！連項羽都決定放過我，且與我結拜為兄弟了，你這老兒卻還是想要我的命！日後如有機會，我一定會好好整整你，叫你氣得吐血而亡！

劉邦心下如此詛咒著，卻不知他這詛咒後來卻真應了驗，歷史上范增就是被陳平施了反間計，而給項羽氣得活活吐血而死的！

從座上站了起來，眾人已是騰出一片空曠之地來了。劉邦走過騰靈對面三米遠處站定，只覺一臉濃重的殺氣頓時迫體而來，不由心下一緊，也提氣貫身，緩緩撥出了腰間的天劍，衝騰靈一抱拳，淡淡的道：「項兄弟，請了！」

騰靈卻是沒多說什麼，手中長劍一抖，幻出一片劍花，劍勢由慢入快的攻向劉邦，看起來真是在與劉邦舞劍玩樂，但劉邦卻是可深切感動對方劍勁的凝重和殺氣。

劉邦心下冷冷一笑，當下也施出了風雲劍法，提起了十成功力，與騰靈鬥了起來。

起先二人劍勢身法眾人都還看得清楚，但雙方只對拆百來招，騰靈劍勢倏地愈來愈疾，劉邦被迫無奈，也只得來個以快制快，一時間四帳營內只見劍光流傳，劍氣瀰漫，「噹噹噹」的劍擊之聲不絕於耳，只看得連項思龍和項羽的臉色都是大變，因為只有二人看出，騰靈和劉邦是在拚上命了！

劉邦見使出了八成功力，對方卻還是遊刃有餘的接了下來，並且對方劍招怪異快捷辛辣，招招都欲置自己於死地，看來自己不發狠招，自保都已成問題了！

心下想著，當即把功力提升至了第十層，施出了「天殺三式」等狠命殺著。

騰靈亦見久久攻不下劉邦，心生浮躁，把全身功力提升至了極限，也施出了自己的凌厲殺著。

劍光大作，勁氣襲人！騰靈和劉邦同時暴喝一聲，二人身形突地沖天而起，二人各飛空中來了個空前大廝殺。

項羽心下又驚又怒，臉上再無笑容，目光嚴厲的盯著空中打鬥的二人，竟是沒有出聲阻止二人脫離了以武助興為宗旨的廝殺，只顯得心思重重。

范增見了劉邦武功，大驚之餘卻是更加深了必殺劉邦的心理。

各諸侯則是只看得目瞪口呆，顯得心中對劉邦有了重新評價。項思龍則是心情煩亂之極，可見了項羽神情，又只得平心靜氣凝神戒備。

「噹噹噹噹！」騰靈終是不敵劉邦，被迫得節節敗退了。

可騰靈卻突地猛一咬牙，高喝道：「劉邦，我跟你拚了！」

說著，身形竟不退反進，欲與劉邦來個玉石俱焚打法。

項羽和項思龍見了驚呼道：「靈弟不可！」「邦弟留情！」

第五章　分封天下

項思龍和項羽在驚呼同時已雙雙飛出，向騰靈和劉邦分別射去。

「噹！噹！」又是兩聲硬物相擊之聲響起，四條身影向兩邊暴飛而退。

眾人舉目望去，卻見項思龍挾著劉邦，項羽挾著騰靈分站兩側，而劉邦和騰靈身上衣衫均是被對方劍氣給劃得破爛不堪，且嘴角都溢出血來。

項羽又疼又愛的怒瞪了騰靈一眼，轉向劉邦冷冷的道：「二哥豈可對一個小孩子痛下殺手呢？即使靈弟多有不對，二哥也該看在小弟份上手下留情吧！」

劉邦面色脹著通紅，冷哼了聲道：「是你靈弟意圖殺我，我能不出手自衛嗎？方才我已對他夠是忍讓，豈知他竟然出重手欲與我同歸於盡，我不防也便是他殺我了！」

項羽自也看得出二人方才打鬥的情形，劉邦說的倒也是實話，當下面色稍稍緩和了些，只沉聲質問騰靈道：「靈弟，是誰指使你刺殺我二哥的？」

說著時目光瞟了一眼近旁的范增。

騰靈此時一臉驚惶失措之色，暗暗道：「我……沒人指使我的！只是我記起三伯說過，羽哥哥若想成為天下霸主，就必殺劉邦這話，所以……想為你除去他！」

項羽聞言臉上掠過一絲迷茫之色，也在憶想項少龍當年三番五次著他必除劉邦的話，可現在……自己卻竟與劉邦結拜為了兄弟，這……自己怎可不聽父親的話呢？

但……劉邦這人也不壞啊！有情有義！他雖然成就了一番事業，但比起自己來卻又只是小巫見大巫，根本威脅不了自己，父親為何卻叫自己非要除去劉邦呢？

難道劉邦真是什麼赤帝化身，是自己今生的最大剋星？

這……也太迷信了吧！未來的事情怎麼可以預測到呢？

自己現在已成天下霸主，擁兵四十萬，成為了天下最大的強者，天下可說全在自己掌握之中，區區一個劉邦又算得了什麼呢？嘿，我便不信這個邪！劉邦雖是繼自己之後勢力最強的一支義軍，但他實力跟自己比來，還相差得太遠！有本事，他就來跟自己爭霸天下吧！我項羽現今已至事業的巔峰，天下群雄已全拜倒在我的腳下，可也真怕從此孤獨，天下再無對手呢？他劉邦若真有些能耐，能與自己一較高下，自己今後倒不會寂寞了！

想到這裡，項羽目光怪邪的望了劉邦一眼，卻仍是斥責騰靈道：「劉將軍已與我結拜為兄弟，是我二哥了，你難道不知道嗎？哼，簡直是胡鬧！來人，把騰靈拉下去責打五十軍棍！」

騰靈聽了臉上倒是毫無懼色，范增卻是再也忍耐不住了，舉步走到項羽面前，單膝跪地行禮道：「霸王，這一切全是由老朽出的主意，是老朽指使騰靈刺殺劉邦的，與他毫無關係，霸王要責罰的話，就責罰老朽吧！我願承擔一切責任！」

項羽臉色鐵青的瞪著范增，冷哼道：「我就知道靈弟沒這麼大膽！好！既然軍師是主使者，那五十軍棍就由你承擔吧！來人，把軍師拉下去！」

項思龍看自己不出面說話是不行了，當下向項羽抱拳道：「三弟，范老也只是為了你著想而已。既然現在雙方都沒事，我看這事就此罷了吧！范老可是對三弟忠心一片呢！」

項羽其實也知范增是為了自己好，不想真責罰他，只是剛與項思龍、劉邦結為兄弟，如就此了事面上又過不去，所以只得狠下心腸發出罰令，聽得項思龍這話，當下也趁勢下台道：「既然大哥為我軍師求情，這次之事也便算了，但決不許再有下次了！」

說到這裡，又朗聲笑道：「咱們方才還沒喝盡興，二位大哥，小弟來敬你們三杯吧！」

項思龍卻知此事過後，雙方已沒心情喝酒言歡了，反正看來劉邦的小命是撿回了，項羽決不會現刻再為難劉邦，當下訕笑道：「我看還是下次有機會再喝吧！三弟想來也有許多要事要辦，我卻也想儘快趕去函谷關與瘋和尚他們會後了，不若咱們就暫且別過吧！待下次咱三兄弟見面時，可以來喝它個一醉方休！」

項羽此刻也覺面上很是難以面對項思龍和劉邦了，聞言當下也道：「如此小弟也不強留二位大哥了！嗯，項大哥，你如一有我義父項少龍的消息，還望即刻告知！」

項思龍連道：「當然！當然！」

說罷，再與項羽等客套一番，才領了劉邦、張良、樊噲、解靈幾人出了項羽帳營，飛快離開了鴻門往霸上馳去。

待離得了鴻門四五十里之遙了，幾人才放緩馬速，劉邦罵罵咧咧的道：「那項莊要殺我，項羽就如此輕巧算了！哼，他哪當我們是兄弟了嘛！還是他自己兄弟親！」

項思龍沉聲道：「邦弟你這次能撿回小命可也算福大命大了！項羽這人性子雖是正直，但權力之心甚是強烈。邦弟是繼他之後的第二強者，自是被他視為眼中釘、肉中刺了！我看項羽已對你動了殺機，你日後可要小心著他！」

劉邦冷哼了聲道：「他項羽有什麼大不了的，只不過是小人得志罷了！一夜之間坑殺二十萬降兵，這等狠毒心腸比之秦始皇也差不了多少！終有一日他會得到報應的，只可恨我卻與這等歹毒之人結為兄弟，也算我劉邦這輩子倒了大楣了！」

項思龍歎了一口氣道：「無論怎樣項羽現今是天下第一強者，邦弟要想出人頭地，還是不能與他硬拚，最好是與他打遊擊戰！還有就是要儘量去拉攏人心，化解項羽內部的團結，獲得各諸侯的聯合，待勢力漸漸強大時，才可去與項羽一較長短，絕不可以操心之急！」

劉邦雙目放光道：「我會記住項大哥的教誨的！終有一日我劉邦要蓋過項羽！」

項思龍暗讚劉邦的宏才志氣，卻是轉過話題道：「好了邦弟，咱們也就此別過，今後的艱辛日子還長著，望你一切好自為之，一定要戒驕戒浮戒躁，大哥相信你終會成功的！我要走了，江湖人得忠於江湖！如需要幫助，大哥會來到你身邊的！」

劉邦聽得神色一黯道：「項大哥卻終是不肯跟在我身邊嗎？沒有了大哥，我始終感覺自己會一事無成呢！大哥你不要離開我好不好？要不我跟你一道去闖蕩江湖！」

項思龍肅容笑道：「邦弟不要說孩子氣話了！沒有我在你身邊的日子，你不是照樣幹得很好嗎？你現在有那麼多得力臣子跟著你，又有數十萬大軍需要你的領導，你又怎可捨棄他們呢？你已經長大了，再也不是當年沛縣的流浪兒了，你是一軍主帥，應該成熟穩重些！只要你不屈不饒，你會成功的！」

劉邦知再說也是沒用，當下沉聲道：「那項大哥可一切都要多多保重了！」

項思龍拍了拍劉邦雙肩，也道：「你也多多保重！」

項思龍辭過劉邦、張良、樊噲三人領著解靈繼續向函谷關進發。

現在他的心情是既輕鬆非常又無比沉重。

劉邦終是避過了鴻門宴一劫，但在此之後的五年楚漢相爭呢？劉邦能最終勝得過項羽嗎？如項羽真敗了，他就會在烏江自刎，這……歷史啊！你為何要如此殘酷呢？

項思龍只覺心下是一陣劇烈的刺痛，對項羽他自現代時就有著一股敬意。

雖然項羽最終敗給了劉邦，但他確是一位頂天立地的大英雄！

秦王朝的滅亡可以說沒有項羽是決不可能成功的！

劉邦只不過是一個時代的幸運兒罷了！他的幸運就是承襲了父親項少龍這現代化的高貴血統！

他的幸運就是遇上了自己這同父異母的超時代兄弟！

唉，可悲的歷史！痛苦的歷史！

一切都是源於那可惡的時代機器，源於現代科學的那份見鬼好奇心！

如果沒有時空機器，父親和自己就不會來到這古代，歷史也就不會有這許多痛苦了。

項思龍長長的歎了一口氣，心情煩亂異常。

唉，不要去想那麼多了，自己正逐漸的遠離歷史，我已經讓歷史回歸正軌，還是先尋到父親項少龍再說吧！只要自己父子二人能夠達成共識，不要干涉歷史，那麼一切的苦惱也便會沒有了！自己父子二人終是生活在這古代的虛幻之人，這古代的一切對自己父子二人來說都是不真實的，真實的還是浮燥的現代生活！

項思龍收斂心神，平定了一下心緒，望著沉默不語的解靈道：「靈弟，咱們快些趕路吧！」

函谷關雖已進駐的是楚軍，秦兵已不復存在，但這裡卻並不像想像中的那般太平。

項羽坑殺二十萬秦兵的消息終於傳遞了開來，人們把項羽連同他的楚軍已看作如瘟神任橫行一般的殺人魔王，對項羽和楚軍痛恨得咬牙切齒，雖是不敢發洩出來，但函谷關的那份緊張的氣氛，卻還是讓人可以深切的感受到人們無聲的憤怒。

要知道那些被坑殺的秦兵可是這關中一帶的親人啊！

當項思龍和解靈趕到函谷關，見了眼前的冷落景象，心下均是感慨不已。

項羽一生中所做的最大過失就是坑殺這二十萬秦兵大失人心吧！

當然他後來的怒火燒阿房宮，謀殺楚懷王也都成了他一生的致命錯誤！

項羽就是那麼剛愎自用！他的最終失敗也就緣於他的這個缺點了！一代英雄的致命缺點！要是有父親項少龍在他身邊提醒他，項羽還會不會做這些錯事呢？

說來父親項少龍的失蹤可也是歷史的幸運呢！

或許一切都是天意吧！

項思龍心下有些酸酸的怪想著，與解靈一道已走近與瘋和尚相遇的客棧。客棧大門緊閉，沒有營業，整條街都顯得冷冷靜靜的，甚至有些肅索。

項思龍看著緊閉的客棧大門微微怔了怔，卻還是舉手「邦！邦！邦」的拍了幾下，高聲喊道：「店裡有人在嗎？我們是來投宿的！」叫了老半天，店門才「吱呀」一聲開了小半，探出一個驚惶的臉來，正是先前那店主。

項思龍認識他，可店主望著項思龍，緊張的道：「客官，本店已不營業了！客官要投宿還是去別家吧！唉，這世道還做什麼生意喔，比秦朝還不如！」

說著，那店主就欲關門，項思龍用手支住了道：「店家，你不認識我了嗎？嗯，我就是懲罰函谷二狼的項思龍啊！上次就在你這店裡！」

店主終於識得了項思龍，「噢！噢！」了兩聲道：「知道了！知道了！原來是項少俠啊！嗯你是來找瘋和尚他們的吧！唉，項少俠卻是來遲了呢！他們在這裡等了項少俠足有一月有餘，可幾日前卻突來了一隊楚兵把他們給帶走了！對了，不是項少俠著那些楚兵帶他們去見項少俠的嗎？怎麼……項少俠沒見著他們？」

項思龍聽得心下一沉，忙問道：「我沒有著什麼楚兵通知瘋和尚他們去見我啊！店家，這到底是怎麼回事？還請能詳盡相告！」

店主聽得也是一頭霧水，愣愣道：「這……這……噢，項少俠還是進來說吧！這裡的楚兵可無法無天著呢！要是見了有店開門，就必會有人來收什麼營業稅的！一要就是百十兩銀子，我們這些小本營生，哪來那麼多銀子交？不是如搶劫一般要我們老命麼？」

邊說著店主也是開了門來，讓項思龍和解靈進了店內，又把門立即關上。

店主著項思龍和解靈坐了，又為二人泡了一壺熱茶，才也坐了下來，滿面痛恨的慨歎道：「原以為楚軍滅了秦兵，我們這些老百姓日子會好過一些，可誰知楚軍比秦兵還霸道！他們說他們那麼拚死拚活還不是我們秦人害的？拿我們一點東西孝敬他們也是應該的！函谷關被鬧了個雞飛狗跳！才一個多月光景哪，街上已沒人敢開店營業了！前幾日又傳出消息說，楚霸王坑殺二十萬秦兵，這不是殺人魔王麼！他們可也是人啊！都已向霸王投降了！……這怎不教我們這些老百姓心寒呢？二十萬人哪，他們可也都有兄弟姐妹，雙親兒女啊！霸王這般做是不要他的天下了！」

店主愈說愈是激動，一張老臉竟脹得通紅。

項思龍心下一陣黯然，卻還是提出自己關切的話題道：「店家，你倒是說說瘋和尚他們是怎生被楚兵帶走的呢？這事有幾日了？」

店主半闔雙目沉吟了一陣道：「應該是在四天前了！那天剛吃過晚飯，天色還不晚，瘋和尚和我一道正在聊天，突地闖進了十多名楚軍，他們一見瘋和尚倒甚是客氣，為首的軍官走到瘋和尚身前向他行了一禮，說他們奉范增軍師請他們去霸王軍中一述。瘋和尚自是戒警的問軍官道：『霸王要見我這瘋和尚？官爺沒有弄錯吧！』

「那軍官道：『沒錯沒錯！范軍師說霸王就要見你老！』

「瘋和尚訝問道：『霸王要見我這風塵中人為啥？我與他非親非故的！不去不去！』

「軍官道：『項少俠就在霸王軍中，是他要見你老！』

「瘋和尚在客棧裡等少俠都望眼欲穿了，聞言大喜道：『此話當真！真是項少俠著你們來叫我去見他的？』

「軍官道：『當然當然！項少俠說要與你商量去樓蘭古國之事呢！』

「瘋和尚聽了這話，頓信了他，於是與他的五個弟兄隨軍官去了！」

項思龍心下暗罵了一聲：「又是那范增在搞鬼！但他把瘋和尚他們騙去幹嘛呢？難道他知道自己要和瘋和尚他們去樓蘭古國尋父親項少龍？可他也沒道理阻

止啊！如被項羽知道了這事，他范增哪還會有得命在？這……范增到底抓瘋和尚他們幹嘛呢？他是怕自己尋得父親項少龍後，把父親交給劉邦威脅項羽嗎？

「如此雖是真抓著項羽痛處，可范增這次卻也是以小人之心度君子之腹了，自己怎麼會如此做呢？不過，范增對項羽可真是費盡心機的忠心！只可惜最終卻落得了個被項羽氣得吐血而死的可悲下場！」

項思龍又氣又惱的想著，店外卻突地又傳來一陣敲門聲。

項思龍警覺的向店主一望，卻見他也是一臉驚慌的茫然之色，當下低聲道：「去看看，是什麼人！不要洩露我們二人來了這裡！」

店主點了點頭，待項思龍和解靈避入後堂後，才走至門前，問道：「什麼事啊？」

外面一個洪亮的聲音沉聲答道：「請問店家，項思龍少俠可來了你這裡？」

店主心下一慌，顫聲道：「沒有沒有！客官找錯門了！」

門外聲音繼續道：「如此請店家開門讓我一查如何？」

店主嚇得有些哆嗦的道：「客官是誰？竟要強搜民宅！」

門外聲音道：「我是霸王座下的薄將軍，據我探子回報，項思龍少俠就是進了你這家客棧，店家快開門，我並沒有惡意，只是有要事欲與項少俠相商罷了！」

店主左右為難時，項思龍已走了出來，對他一點頭，店主這才開了大門，卻見門外站著六名楚兵，為首的是一個身材高大槐梧，滿面胳腮鬍子的威武大漢，一身將軍甲冑，腰懸佩刀，確是教人望而生畏，店主見了大漢「啊」的驚叫起來道：「原來是你！項……項少俠，就是他把瘋和尚他們帶走的！」

項思龍早就猜知這點，聞得店主這話並不訝異，只目光一瞬不瞬的盯著這威武的將軍，冷冷道：「我就是項思龍！不知將軍找在下何事？」

那軍官一聽這話，頓忙走到項思龍身前，恭恭敬敬的行了一禮，道：「在下蒲稿，乃霸王座下二號戰將！奉范增軍師之命特來請項少俠到府中一敘！」

項思龍心道：「范增可追得緊啊，自己前腳剛走，他後腳已是跟上自己了！好，我這便去看看他到底在耍什麼花招！想阻止自己尋父親項少龍，那可是比要刺殺劉邦更讓自己著惱！你范增可別惹毛了我，否則我可不管你是什麼歷史上有名有姓的人物，凡阻止自己尋父親項少龍者，一律格殺勿論！」

項思龍心下發狠的想著，當下淡淡道：「不知范軍師找在下有何貴幹呢？」

蒲稿還是恭敬的道：「軍師說項少俠見了他自會知曉了！」

項思龍沉吟了片刻道：「好，我隨將軍去見范軍師！」

項思龍和解靈隨蒲稿一道去了函谷關的軍政府。

一路上所有的楚兵神態都很恭敬，投向項思龍的也是景仰的目光。

軍政府並不豪華，但建築甚是嚴密，有寬寬的護城河，也有既高且厚的護城牆，府中到處都是防守的楚兵，可見其森嚴程度。

穿過兩重屋宇廊道，再走過一道石板小路，才至了一座大殿門前。

蒲稿高聲呼道：「項少俠到！」

話音剛落，卻聽大殿內傳來了范增一陣爽朗的大笑，走了出來，老遠就對項思龍拱手道：「有勞項少俠大駕蒞臨府中，可真是不恭了！請項少俠到殿中細敘吧！」說罷又傳向蒲稿道：「蒲將軍，請下令嚴禁外人踏入殿中半步！我和項少俠有要事相商！」

蒲稿立正行禮應「是」，退了下去。

項思龍也著解靈留在了殿外，才隨范增進了大殿。待婢女端來茶水，二人坐定後，項思龍開門見山的道：「軍師把在下找來，有什麼話還請直說吧！但請放了瘋和尚他們！」

范增高深莫測的笑了笑道：「項少俠快人快語，可也不要如此性急啊！瘋和尚他們關係著項少龍上將軍的下落，我把他們請來卻是為了小心起見呢！項少俠可不要有什麼誤會！

「嗯，據聞項少龍上將軍曾與一個叫作美蠶娘的婦人有過一段風流韻事，項少俠可認識這美蠶娘？我今天把她也給請了來呢！」

項思龍聽得心下「咯噔」一沉，面色變得煞是蒼白。

他所擔心的事情終於……范增已知道了劉邦、自己和父親項少龍的關係？目中殺機大漲的直盯著范增，項思龍一字一字的道：「范軍師提起這婦人幹嘛？我看你還是把婦人和瘋和尚他們一併放了，否則……可別怪在下不客氣！」

范增夷然不懼的道：「項少俠何必動火呢？那美蠶娘可是你義弟劉邦的親生母親啊！我想項少俠也不會想她有什麼意外吧！婦人把一切都告訴我了，劉邦是她和項少龍上將軍的親生兒子，項少俠也是項上將軍的兒子，也難怪少俠如此盡心盡力幫著劉邦了！這消息要是傳出去，不鬧得天下大亂才怪！項少俠應該知老朽請你來的意思了吧！」

說到這裡，頓了頓，語氣一沉道：「劉邦是項霸王今生最大的敵人，但他卻是項上將軍的親生兒子！霸王向來是對上將軍的話言聽計從，上將軍如得知他與劉邦的關係後，霸王的一切就都完了，我作為臣子的不願主上的基業毀在這點上，所以我要不惜一切代價阻止上將軍與劉邦相認！

「項少俠苦苦追尋上將軍的下落，還不是為了助你同父異母的兄弟劉邦成就一番大事業？

「上將軍現在失蹤了，老朽心下是難過萬分，因為他是為了請老夫出山而失蹤的！老朽一生心願就是能助一位明君恢復我楚國基業，現在這願望就要實現了，可如上將軍若與劉邦相認，我的一切夢想就都將成為泡影！

「所以我請項少俠出來就是為了商討此事，只要你答應尋著上將軍後，永遠也不把劉邦是他親生兒子的事告訴上將軍，我就放過瘋和尚他們，讓他們隨少俠一起去尋找上將軍！但美蠶娘卻還是得留下，我不希望她洩露這秘密！老朽知道以項少俠的人格，答應了的事情就決不會失諾，現在只要項少俠一句話。我們就仍可是朋友！否則，老朽拚著玉碎也不為瓦全！」

項思龍心道：「此話正合我意！自己、劉邦、項少龍三者的關係我也正不想洩露出去呢！我若想認了這門親事，早在吳中與父親第一次見面就認了！這可是關係著歷史發展的大事，你范增也不要洩露出去的好！若是被項羽、劉邦知道了！那可也真不知歷史會怎樣發展？」

心下想著，口上卻道：「范軍師卻是怎麼找到美蠶娘的？」

范增淡淡道：「這是我偶然一次機會中聽蒲將軍說劉邦的母親叫作美蠶娘，我聽了心下一驚，因為傳聞項上將軍當年與一個叫作美蠶娘的婦人有過一段交往，便派蒲將軍去劉邦家鄉中陽打探美蠶娘身世，證明她果真是與上將軍有交情的婦人，於是便讓蒲將軍把婦人請來，細細一問之下，得知了一切詳情，當然，對婦人老朽可恭敬得很，並沒關押她，只是把她軟禁了起來，項少俠大可放心她的安危！嘿，無論怎麼說她也曾是項將軍的女人哪，老朽決不敢把她怎樣的！」

項思龍冷哼了聲，轉口道：「那蒲將軍是什麼人？他會不會洩露秘密？」

范增聽出了項思龍話中的希望，肅聲道：「蒲將軍乃是老朽當年的一個弟子，對老朽忠心耿耿，決不洩漏半句消息的，項少俠不必顧慮！

「至於蒲將軍如何知道劉邦母親叫作美蠶娘的呢，這是因為他曾到這劉邦故鄉中陽村，是遊歷至的，那時中陽盛傳劉邦是真龍天子降世，所以他好奇之下，打探了有關劉邦的家世，才知曉此情況的！好了，項少俠到底答不答應老朽的要求呢？」

項思龍沉吟了片刻，裝作痛下決心的樣子道：「范軍師既然識破了在下的心事，那我也就只好答應軍師的要求了！至於劉邦和項羽的爭霸將來到底怎麼樣，就看他們的命運了！不過，在下也有個請求，就是請軍師不要強行叫項羽去刺殺劉邦！否則，會是什麼後果，想來軍師也定可以想像得出吧！」

范增面色忽晴忽陰的沉默了一陣，才斷然道：「好！就依項少俠之言！我們之間的約定項少俠可要記著了！來人，請瘋和尚進來！」

項少龍只覺心情沉重得有若萬斤巨石在壓著一般。

劉邦和自己及父親項少龍的關係終於被第三人知道了！

這也怪自己粗心大意，沒有想到去好好保護美蠶娘！

還好，范增雖是聰明一世卻也糊塗一時，沒能猜透自己這現代人的心事！

不過也是，這古代能有幾人能猜透自己呢？除非是父親項少龍！

但願不會因此而使歷史發生改變！要不自己和父親項少龍可就都成歷史罪人了！

項思龍本想向范增請求見見美蠶娘，想來也不會被拒絕，可因擔心著自己情緒激動之下說漏了嘴，打破了婦人的平靜生活，那可就不大好了，所以話到嘴邊還是沒提出。

反正范增也大概不會對美蠶娘怎樣吧！美蠶娘可也是父親項少龍的女人呢！匆匆辭過范增出了軍政府，唯一讓項思龍感到高興的就是瘋和尚他們也都還好，不過他們似都不知曉自己是被范增關押起來的，瘋和尚見了項思龍非常的興奮，忙為自己族人介紹項思龍是自己樓蘭古國將來的救命恩人。

項思龍見了瘋和尚情緒的激動，也沒點破范增的詭計，反訕笑著附和范增騙他們說確是自己著他請他們來的，瘋和尚聽了自是深信不疑，項思龍心下卻是有著一絲歉然，還好，沒多時就被商討去樓蘭古國的計畫所沖淡。

瘋和尚雙目放光的道：「我們先帶項少俠去見我們國王，請他允許項少俠參悟火龍龜甲殼上香香公主所刻下的養生訣，憑項少俠的智慧一定可以參透的！只待項少俠練成了養生訣上的武功，參破了養生訣天外天的秘密，救出香香公主，我們樓蘭古國的族人就有救了！噢，還有項少龍上將軍也一定可以找到的！」

項思龍淡淡的笑了笑道：「我也但願能參破養生訣的秘密，救出你們的香香公主以拯救你們樓蘭古國的族人，也希望能救出項少龍上將軍！」

瘋和尚這時卻望了項思龍身旁的解靈一眼，遲疑的道：「項少俠，你這位兄弟……你也帶著他去我們樓蘭古國嗎？這……我看不妥當吧！」

項思龍苦笑的望著解靈道：「靈弟，你還是也趕去西域地冥鬼府等我吧！待我處理好中原的一些事情後，當一定會回西域與你們會合的！」

說著從革囊裡取出一樣自己的信物遞給解靈，接著又道：「這卷天煞秘笈就送給你，見了鬼府的人取出它來就說你是我兄弟，他們自會接受你的！」

解靈一臉哀色的接過天煞神功秘笈，難分難捨的道：「那項大哥可得儘快回西域去啊，靈弟會想著你的呢！」說著雙目竟是紅了起來。

項思龍心情也是難過的拍了拍解靈的肩頭道：「放心吧靈弟，大哥會儘快趕回去與大家團聚的！嘿，我可正有些想念諸位娘子呢！」

解靈心知項思龍心意已決，自己說什麼他也不會留自己在他身邊的，當下揮淚與他辭別。

項思龍看著解靈遠去的身影，心下有一股悵然若失的感覺。

就剩自己一人了！在這古代結識的親人和朋友一個個都有了著落，可是自己呢？要到哪一天才能找到一個屬於自己的歸宿！唉，爹，你現在在哪兒呢？

項思龍和瘋和尚等一路西行，各人皆有心事，所以甚少言語。

項思龍心情又是緊張又是興奮，且有些寂寞，一路總想著自己來到這古代的種種際遇，不覺思緒萬千，或神傷魂斷，或喜顏於色。

這一日所聽得的消息，更是讓得項思龍心情更為沉重。項羽火燒阿房宮，集天下諸侯分封裂土，違楚懷王之約，把秦地一分為四，封劉邦為漢王，劉邦不服，面懷王以討公道，項羽一怒之下殺了懷王，惹起諸侯公怒，劉邦趁機高舉為懷王報仇義旗，諸侯紛紛響應，劉邦、項羽之間正式拉開戰幕。

楚漢相爭開始了！

韓信終被劉邦拜為了三軍統帥。

一切都如歷史所寫般的發展，沒有絲毫兩樣！

項思龍聽了這些消息，心下既是欣慰又是刺痛。

這到底是一場怎樣的歷史鬧劇呢？幻虛的劉邦？幻虛的項羽？幻虛的歷史？

劉邦是父親項少龍的兒子，是自己同父異母的兄弟！自己和父親卻是不屬於這古代的現代人。

項羽是父親項少龍的義子，是父親義兄騰翼的親生兒子！

多麼富於神奇色彩的歷史！會有人相信嗎？

連自己也覺得一場夢！

一場根本不切合現實的夢！古代人！現代人，滑稽的歷史！

還談什麼歷史不被改變呢？即便最終是劉邦戰勝項羽，建立大漢王朝，可……歷史已早被自己和父親項少龍到這古代之行所改變了！

歷史將如何譜寫呢？還有誰能寫出現代史記一般的歷史呢？

一切都是夢！是一場現實的神奇的夢！

這場夢也是該醒的時候了！歷史已走上正軌，自己和父親項少龍從今往後還是不要去干涉它吧！

夢般的歷史終還是歷史，它也該找回屬於它的歸宿了！

想到這裡，項思龍的心情終於舒暢了些！

現在他唯一的心願就是找回父親項少龍，父子團聚後又到底何去何從——是在這古代尋個世外桃源隱居起來，還是返回現代？

這結局似乎都不重要了！
只要歷史沒被改變，良己和父親都還不是這古代歷史的罪人！
是功臣嗎？這卻也說不清楚。

第六章　父子再聚

樓蘭古國地下城的入口處就在雲中郡城西郊北面的一座活火山口上。

火山已不知有多少年未曾噴發過了，朱紅色的冷卻熔岩上堆滿了厚厚的積雪。

此時已值深冬，項思龍和瘋和尚等一行西進之旅，差不多花了兩個多月的時間。

到了雲中郡城，項思龍心下有一股極想去與城中親人朋友聚聚的衝動，但卻還是遲疑的強忍住了！大家都已有一種平靜的生活了，自己何必去激起波瀾呢？

還是忘了吧！自己終是不屬於這古代的人！

不要再去驚擾這古代的生活！

時間可以沖淡一切，也可以掩埋一切！隨著時間的消逝，人們會淡忘自己的！

沒有了自己的存在，這古代的生活反可以過得平靜一些！

不是嗎？父親項少龍失蹤了，項羽還是堅強的活著，還是登上了他人生的巔峰！

一切本都是上天註定安排好的！自己和父親項少龍都只是這古代的局外人！

樓蘭古國也是，夢幻般不真實的東西，現代史記也沒有確定它的存在！

父親項少龍如真生存在樓蘭古國，那卻倒也是夢的歸宿呢！

自己去樓蘭古國尋找父親，不也是自己在這古代之行的歸宿嗎？

但願一切都能如願！但願父子二人能在古國裡相遇！再也不回古秦！不是劉邦和項羽楚漢相爭的時代！但願再也不回！

一切都平靜下來了！沒有了戰爭！沒有了殺伐！沒有了勾心鬥角的歷史！

一切都沒有了！遠離了劉邦！遠離了自己愛過恨過的古秦時代！

遠離了自己在那古城時代的親人和朋友。

項思龍只覺眼前一黑，腦際一片空白，隨瘋和尚幾人踏進了樓蘭古國地下城的入口，身體突地被一股莫名的強大吸力吸進了另一個陌生的世界。

黑暗的世界代表的是死亡還是新生？

項思龍有知覺時眼前是漆黑的，那種似沒有生命氣息的沉寂讓得他想大呼出聲，但喉嚨卻似被什麼氣體塞著，讓他根本呼叫不出。

有風聲！嗯，還有流水聲！身體輕飄飄的！

自己是飄浮在一水面上！還有冰涼的感覺！

不錯！是一條地下河！

河水浮力極大，自己竟沒沉入河底！

瘋和尚他們呢？這裡是什麼地方？樓蘭古國的地下河？

項思龍心神漸漸收斂起來了，提集功力在身下水面站了起來，極目望去，眼前仍是一片漆黑，根本看不清任何事物！是讓人恐懼的漆黑一團！

這到底是怎麼了？瘋和尚不是說帶自己去見他們國君的嗎？他們怎麼拋下了自己一人？

這裡是什麼地方？項思龍雖是天生膽大，但這刻心下還是禁不住發毛了！

「呼！呼！」只有風聲傳來，是愈來愈大的風聲！還有浪濤聲！

項思龍意念還沒清晰過來，狂風巨浪已是襲捲了他！

吸力！強大的吸力！又是強大的狂風！不！還有巨浪！

項思龍一身內功雖是空前絕後，但這刻他的思想在這恐怖的漆黑中崩潰了，意念再次一沉，知覺重又失去，只有身體被這莫名的狂風巨浪給襲捲了過去。

又是一個禍福難測的神秘世界！

項思龍手指動了一動，就頓即聽得有人歡呼道：「醒了！醒了！他醒了！」

呼叫聲加快了項思龍知覺的恢復，當他睜開雙目時，黑暗已是不復存在，只兩張訝異而帶著歡快微笑的面容落入了他的眼前，是一老一小，可能是祖孫女兩個。

項思龍咳了兩聲，吐出一口堵在喉嚨裡的痰，開口道：「老伯，這裡是什麼地方？瘋和尚他們呢？你知不知道你們樓蘭國王？我要見他！我是瘋和尚請來拯救你們樓蘭古國的！是來救你們的香香公主的！」

老者卻是聽得愣愣不知所以道：「樓蘭古國？瘋和尚？香香公主？我不知道公子在說些什麼嗎？我們是西域的苗人，在一次途經死亡谷時遇上了龍捲狂風，族人大半在狂風中死去，我和孫女被狂龍捲進了一個流沙漩渦，原以為必死無疑，誰知醒來後卻發現自己二人置身在這個古墓裡了！嗯，古墓裡有長明燈，也有許多食物，我們就沒死了！公子不是也被流沙漩渦捲到這裡來的嗎？」

項思龍聽了這話又驚又喜，忙問道：「那老伯在半年多前見過一個四十來歲的漢子嗎？」說著時，身體都禁不住劇烈的顫抖了起來。

老者卻是搖了搖頭道：「我和孫女只掉進這古墓才兩個多月，整個古墓都走遍過了，沒有再見過其他任何一個活人，公子是我們所見的第一個活人！這裡有的只是屍骨和腐屍，再有就是一些古古怪怪的墓中存有的東西！我們救得公子卻也說來甚是巧合呢！我孫女無意中觸動古墓的一個機關，發現裡面有一個地池，公子就浮在地池水面上，我們原以為你死了，救你上來一看，發覺公子心臟還在跳動，所以就把你帶到這間墓室來了！」

這時老者身邊一個十五六歲顯得甚是活潑開朗的女孩接著也道：「是啊，你這大哥哥是我和爺爺所見的第一個活人哩！我們原以為這一輩子都再也見不到外人了，想不到還能見著大哥哥你呢！嗯，大哥哥身上有把血紅的寶劍，你是練過武功的人嗎?那你膽子一定很大了！這古墓古古怪怪的，我和爺爺都怕亂走動，所以雖想出去卻也找不到出口！大哥哥你來了，幫我們去找出口好不好？這古墓很嚇人的！經常傳來海嘯聲和狂風聲！似就在耳邊似的！

「不過，這古墓倒結實得很，沒有被風吹垮！嗯，我在墓中發現一些竹簡，上面寫有什麼『本人乃黃帝之師成子，因畢生參研養生訣隱居此天外天古墓！此古墓乃是星外來客所建，位於地底大洋之西口，集自然狂風之源頭，建墓材料水火不浸，寶刃難斷』等等一大類讓人看不懂的話！大哥哥要不要看？」

項思龍聽得心下大訝不已，想不到真有個什麼天外天之地，且是黃帝之師成子的居所，但卻又說什麼是星外來客所造，真是聽來匪夷所思了。

不過，聽瘋和尚說香香公主就困於這天外天之中，看來這古墓建築龐大得很，父親項少龍說不定也困在這裡的了！

想到這裡，項思龍精神一振，心下一陣緊張興奮，可才不管你是什麼天外天，什麼星外來客所建，什麼地底大洋，自然狂風呢！找父親項少龍才最要緊！語氣緊張急促的道：「姑娘，那你快把那些竹簡拿來讓我看看！」

姑娘見了項思龍的焦急模樣，「噗嗤」道：「還沒問大哥哥你叫什麼呢？幹嘛這麼急呢！反正有的是時間，噢，我叫甜甜！是甜蜜的甜！」

項思龍見了姑娘的樂觀，心下不覺也舒鬆了些下來。

不錯！自己已脫離了一切歷史所帶來的苦惱了，的確是有的是時間！人間祖孫倆在這不知有沒有生路的古墓裡都如此樂觀，自己何必要緊張呢？有得是時間去參研這古墓的秘密的了！

不過，自己如一輩子也無法出這古墓去，那豈不要老死在這裡？如不能再見父親項少龍一面，自己死了可真會死不瞑目！

憑著對古文字稍有研究，還識得不少古字，項思龍終於費了好大力氣，才破譯出了甜甜交給他的一卷厚厚竹簡上的古文字，這可也得多虧甜甜的幫忙。

竹簡已經差不多要腐爛了，還好上面的字是用刀劍刻上去的，並且刻字之人內力頗深，竹簡上的字如行雲流水，刻得較深，還可看得清楚。

上面的內容大致是說黃帝之師成子多年修道，研參一本不知哪朝哪代所留下的養生訣，被他得知此天外天古墓的所在地，於是費盡心血找到了這古墓，但只能依著養生訣的介紹，進入這天外天古墓的北面一個小角，至於古墓深處的景況他就不知道了，這是因為他不能參透養生訣的全部內容，但他還是知曉了這天外天古墓據養生訣所載乃是上古時代星外來客來到我們地球的一個飛行器，被這地底的大洋吸力和自然狂風吸力所吸住，所以留在了地球上。

地底大洋吸力乃是我們地球上太平洋上的一個特大漩渦，自然狂風則是地球內部爆發出的一種氣體！這古墓中的建築材料質地堅硬無比，任何寶刃也切不破它，所以能抗抵地底大洋吸力和自然狂風。

養生訣就是星外來客逃出這古墓時遺落在地球上的，被成子無意間撿到，但他進入這天外天古墓後因觸動古墓內的神秘機關，受了重傷，養生訣秘卷也告失落，自知必死，所以特寫上了這卷手記，留待有緣後人，希望有緣人能找回養生訣，發掘出天外天古墓的秘密。

養生訣乃是一種吸收天地日月精華使人與天地合而為一的一種神奇心法，練至大成，可長生不死，神遊宇宙天地，端是神效無比，可成子因沒能完成參透他所得到的養生訣，所以也沒能修成正果，沒能探得天外古墓的全部秘密，不過卻指出了養生訣中所說要開啟天外天古墓之秘必須得到兩塊寶玉，一塊就是和氏璧，另一塊就是月氏光球，有這兩塊寶玉，天外天古墓就會有新的動力，或許可以衝脫出這地底大洋的吸力和自然狂風的吸力。

神乎其神的話說了一大堆，接著後面又是成子臨終前所默記出的他所參悟出的養生訣口訣和他在進入這天外天古墓後所探出的一些機關指示圖。

看完後，項思龍心下不勝唏噓，想不到在這古代就已證實了有外星人，這就連現代也只是猜測，卻還未見過外星人呢！可自己現在卻是在這什麼外星人的飛行器上，想來都覺玄乎，現實就更不可思議了！

不過，寧可信其有不可信其無，自己來到這古代三年多所見過所遇到的稀奇古怪的事情簡直太多了，超強的古武功，什麼元神不死，什麼殭屍等等，在現代的自己還不是把這些當作神話，可在這古代裡就真碰上且親身經歷過了。

嗯，日月天帝也對自己提到過天外天，說要開啟其中秘密就必須同時得到和氏璧和月氏光球，當時自己還以為他在講神奇故事，可想不到自己現在卻真到了他所說的天外天上了！

哈，真是刺激，有若科幻片一般！

月氏光球的能量全被自己吸收到體內去了，和氏璧麼，秦始皇的玉璽就是用它做成的，只可惜到了劉邦手上，劉邦又把他送給了項羽！

瘋和尚說他們的香香公主得到了養生訣，那看來成子所遺失的養生訣秘卷被那香香公主得去了吧！唉，與瘋和尚他們的失散對自己來說也不知是禍是福？要不隨他們安然到了他們地底古國，自己就可得到養生訣全本了！

不過這希望破滅了，自己和瘋和尚他們進入火山口，很可能就是被成子這遺書中所提到的地底大洋吸力和自然狂風吸得失散的，也不知瘋和尚他們是生是死呢？自己還算幸運，沒丟小命！

或許這也是樓蘭古國的註定命運吧！要不自己得了養生訣，參破內中秘密救回他們香香公主，使他們樓蘭國人得以重見天日呢！

歷史上只聞樓蘭古國之名，未見樓蘭古國之遺址，或許也就是因錯失了自己拯救它樓蘭古國的機會的緣故吧！

嘿，那麼說來自己誤打誤撞的又沒有去改變歷史呢！

不過，不知從這古代直到現代，樓蘭古國的人是否一直存活在他們國家災難後的黑暗中？如是的話，那老天真是太殘酷了！

項思龍心下怪怪想著，人性天生的好奇心卻也油然而生。

好，我項思龍就來繼承你成子的遺願，探探這所謂的天外天古墓的秘密！

當然，探秘最主要的目的也是為了尋找父親項少龍！

只要找著父親項少龍，其他的一切就都不重要了！憑自己父子二人的超時代智慧想來一定可以找出這古墓的秘密的！出了古墓，自己就與父親一起用時空返回器返回到現代去，徹底的與這古代脫離！

想到這裡時，項思龍心下既興奮又是黯然神傷。

唉，即使自己到時說服了父親項少龍不再干涉歷史，可自己和父親捨得放下這古代的親人朋友嗎？可是有著深愛自己和自己深愛的妻兒啊！

不過……也只有狠下心腸了！要徹底的與這古代歷史脫離，唯一可靠的辦法就是返回到現代去！現代裡也有親人和朋友！

母親周香媚、阿姨鄭翠芝，還有培育自己的國家和人民！

那些不也同樣是讓自己和父親魂牽夢縈的嗎？

人有悲歡離合，月有陰晴圓缺，此事古難全！

世上本就沒有絕對完美的事物！在古代和現代二者之間，自己和父親只能共同的選擇其一！可為了維護歷史，自是得選擇現代！

自己和父親本就是現代的人，就自覺得回現代中去！

這古代對自己父子二人來說，只是一場夢，一場辛酸的夢！

項思龍用鬼王劍運足十層功力的九天神功去劈古墓的壁牆，卻果也真沒能劈損分毫，反把鬼王劍迸了一個缺，這由不得項思龍不相信這古墓真是外星人留下的飛行器，對成子的遺書也相信了幾成，於是抱著幾分認真的心態研究起這古墓來。

食物和水都是放在一個冰庫裡的，都是項思龍從沒見過的壓縮食物，水也不同於地球上水的味道，倒可能真是外星人留下的，不過也可以食用，味道不錯！經過這不知多少年代了，還很新鮮！技術可是比現代還先進。

可以活動的就只一個活動室，一個通氣室，一個冰庫，其他是些古古怪怪的管道，細看起來倒真有點外星人所遺之物的樣子。

項思龍先前被甜甜祖孫倆發現的池庫就是通氣室。

看這些構造如此，古墓真是外星留下的飛行器的話，那麼三人可以活動的地方應是這飛行器的一個倉庫，且看這外星人的生活環境與自己地球人差不多。

只是甜甜祖孫二人被流沙漩渦捲到這古墓來，為何古墓中不見任何沙粒的影子呢？還有，既有進口就也應有出口，可兩日的細察卻是再無其他發現。

要知道項思龍通過三年的古代生活，已是個機關學的高手，連他也看不出這古墓的破綻來，那由此可見這古墓建造的精密了！

還是成子遺書上的指示圖幫了大忙，讓項思龍總算開啟了另外的兩個大倉。

但倉庫內空空如也什麼東西也沒有，更不消說找到外人了，除了項思龍和甜甜祖孫二人，古墓裡就再無其他任何生命的跡象，靜得讓人簡直都快悶死了！

父親項少龍到底有沒有跌入這天外天古墓呢？他現在到底是生還是死呢？

現在該怎麼辦？這見鬼的古墓機關之精妙簡直是超越了人類的想像！

這裡極有可能真是外星人所遺下的一個飛行器！那麼它一定應該有個總控室！自己如能進入那裡，就可知道這天外天的全況了！

但是怎麼去找總控室呢？自己身上又沒有現代的一些探測器和破譯密碼的儀器！難道就在這裡坐困愁城、坐以待斃了？

不！不行！我還不能死！我一定要找到父親項少龍！

項思龍驀地大喝一聲，怪事卻出現了，他呼喊出的含有內勁的氣流突地閃出一道道亮光在室內空間飛轉，古墓發出一陣顫後亮光刹然而逝。

啊！這……這是月氏光球的亮光！難道……自己體內吸收的月氏光球異能能與這天外天古墓產生感應？心念電轉之間，項思龍禁不住大是興奮起來。

倒是可以一試的呢！自己以內力催發體內月氏光球的能量，說不定會有什麼奇效！

心下想著，當即提運內力，把功力提升至了最高境界，卻見他全身上下突地豪光大作，有若一個灼亮的發光體般，讓人不敢正視，而這刻古墓內也突地發出了「轟轟」之聲，他身體發出的亮光似被一股無形吸力給吸收了去，並且古墓自封閉的門戶只要項思龍內力所致，就會頓即自動開啟，古墓內出現了只有現代裡才有的電力燈光，眼前出現的奇異景象，讓得項思龍看了也是瞠目結舌。

電腦程式控制門，各種精密的電腦儀器，還有特大的螢幕……這……不是如現代的太空船一般的裝置設備麼？

項思龍在現代特種部隊時也曾接受過高科技的訓練。

啊，真是外星人的太空船！太不可思議了，在現代裡也只是神話一般的外星人的存在，卻被自己在這古代證實了！宇宙間真有外星人！科技超越了地球人類不知多少年月的外星人！這發現已可驚世駭俗了！

項思龍被眼前的景象驚呆得整個人都怔住了。自己體內的月氏光球能量是這外星飛船的動力。

原來天外天的神話是真的！這外星飛船定需和氏璧和月氏光球作為動力才可

重新啟動，可自己體內只有月氏光球的能量……啟動飛船是不可能，但可以使飛船內部的一些儀器恢復功能……這已足夠！

嗯，快去視察一下這飛船，看看能不能找到父親項少龍！

項思龍強抑內心的興奮和驚詫，斂了斂心神，卻見甜甜祖孫倆人不知何時已暈迷了過去，想是被景象驚嚇過度或不能承受這飛船的某些能量昏過去的吧！

這也好，方便自己行事多了！項思龍走過去探了探他們的鼻息，還有氣，證明沒死。

放下心來，項思龍這時才細細打量飛船的內部景物來，目光剛一觸及程式控制室中的特大顯像屏，讓得他幾乎失叫出聲。

啊！是……是父親項少龍！是他？他果真在這外星飛船上！

父親沒死！他在這外星飛船的另一個儲倉室裡！

他似乎也在驚詫這飛船為何突地大現光明！嗯，父親似乎也正朝自己所在的這程式控制室走來了！

項思龍只覺一顆心都快迸出胸口來了。

父親沒死！他還活著！自己……就要與父親再次重聚了！

失蹤了半年多的父親還活著！自己終於可以功成身退了！

項思龍突地衝著螢幕中項少龍的身影近乎歇斯底里的高聲喊道：「爹！爹！我在這裡！我是思龍！」

邊說著邊身形衝向右側的大門。

項少龍的身影終於出現在項思龍的眼前！

啊！果真是父親！項思龍在距離項少龍十多米遠時停止呆站住了，怔怔的看著也是一臉呆容與激動的項少龍，眼淚一下子脫眶而出，嘴角微微抖動著，卻又久久沒能說出一句話來，心情是一種說不出的異樣感覺。

父子倆怔怔的呆立良久，項少龍才率先開口，語音顫抖道：「是思龍嗎？真的是思龍嗎？這……不是在做夢吧！我們父子倆還有再見面的一天？」

這話打破了項思龍心內波濤洶湧的平靜，身形疾衝向項少龍，一把緊緊抱住項少龍的虎腰，語音欣喜而激動的道：「爸！是我！我是思龍！你可知道孩兒找得你好苦啊！現在終於被我找到你了！」

項少龍雙手也緊緊搭住項思龍的雙肩，熱淚縱橫的道：「我還以為這一輩子就這樣要老死在這古怪的地墓裡了，想不到我們父子倆還有再見面的一天！嗯，龍兒你也是被那次的龍捲狂風捲入這地穴裡來的嗎？……經過這段不見天日的日子的思量，我也知道那日月天帝教主就是你假扮的了！」

項思龍點了點頭又搖頭道：「上次在死亡谷與你相見的日月天帝的確是孩兒裝扮的，不過我不是被那次龍捲狂風捲入這裡的，而是歷經千辛萬苦尋到這裡來的！」

項少龍聽得心頭一熱，神色卻是黯然的道：「我執意助項羽意圖改變歷史，並且多次派人刺殺劉邦，思龍你不恨我嗎？」

項思龍靜默片刻，強作歡顏道：「爹，過去的都已經過去了，歷史還是在依史記所載般的演譯著，我們不要再去想那麼多了吧！只要爹你從今以後不再去干涉歷史，孩兒就當什麼也沒發生過！我們終究不是這時代的人，這時代的一切就都不屬於我們，我只望今後能跟爹你一起遠離這古代的一切，回到我們應屬的時代去，古代裡的事情還是讓古代裡的人自己去解決吧！」

項少龍聽得愣了愣道：「思龍你不恨我？現在外面的情況怎麼樣了？項羽他還好吧？范增和騰翼他們……都還沒事吧？」

項思龍聽出項少龍對這古代的牽掛，看來要勸他與自己一道遠離這古代不再干涉這古代的事情是很難的了！那麼自己告不告訴父親劉邦和他的關係呢？自己真要用武力來阻止父親的野心嗎？這……自己父子二人能不能出這天外天還不知道呢！

唉，一切還是待出了這天外天後再作決定吧！如不能尋到出路，自己父子二人可就一輩子都要被困在這裡了！項思龍心下長長的歎了口氣，當下淡然笑道：「大家都沒事呢！項羽已經攀上了他人生的巔峰，統一天下號稱西楚霸王了，范增成了他的得力軍師，出色得很，騰翼卻是也一心想尋找爹爹，劉邦和項羽也正式展開正面爭鬥了。」

項少龍聽得眉飛色舞的脫口道：「羽兒可真是好樣的！沒有我在他身邊扶持，竟然也幹得有聲有色！只要我一回到他身邊協助，定能取得更大成就！」

說罷，見了項思龍陰陰的臉色，頓覺自己失言，又訕訕道：「思龍你非要相助劉邦嗎？只要我們父子倆聯手。歷史也可由我們來主宰沉浮！你想想，那種親手創造歷史的感覺是多麼的動人！這世上沒有什麼樂趣能勝過這種感覺了！」

項思龍想不到父親被困這半年多，野心不但絲毫未減，看來還增強了，竟然想勸自己與他「同流合污」，這……心下一冷，語氣不由轉硬道：「歷史終究是歷史，一切都有天意的冥冥安排，我們是不可能改變的！當年爹一手締造了秦始皇嬴政，你卻又真正主宰了歷史嗎？嬴政還不是如史記中所載般的殘暴荒虐？他一手建造的大秦王朝還不是在秦三世子嬰手中就滅亡了，爹，你還是清醒清醒吧！憑我們的能力是不可能改變歷史的大趨勢的！要是我們真能改變歷史的話，爹你當年締造了秦始皇，又何不把他改造為一個好皇帝呢？為何不讓他秦家江山永世不滅呢？你又讓項羽來反你一手締造的大秦王朝，這些不都證明了歷史是不可改變的嗎？

項少龍聽得有些氣餒，卻還是強辯道：「嬴政不是我親手帶大的，可是項羽不同，他自一生下來就由我一手訓導，對我的話言聽計從，並且他心性忠直坦誠，史記中記載他也是個有情有義愛民如子的好將軍，由他來領導中國這古代的歷史，一定會比那劉邦繁榮昌盛得多了的！劉邦只不過是個市井流氓，品行不端又好色自私，完全一介無賴形象，連史記也並不稱他是英雄，只不過是時代的一個幸運兒，思龍你又何必相助這樣一個人呢？可不是嗎？如沒有思龍你相助劉邦，他能有什麼成就？現在項羽成為西楚霸王，我們如教他除去劉邦，開創帝業，那歷史也定是將成為我項家的天下了！你我也定會永垂青史的！那些難道不動人嗎？」

項思龍真覺父親簡直是無藥可救了，自己還不如不來救他的好！

心裡一陣鑽心的劇痛，項思龍苦歎道：「有許多的事情是不以人的意志為轉移的！倘若歷史被改變了，項羽開創了帝業，那爹你想沒想過我們中國今後的歷史怎麼樣？想沒想過我們生活的現代會發生怎樣的動盪？雖然那些是不可測的未知，但極可能是恐怖的未知啊！歷史的進步與文明可能都將會被扼殺掉！還有我們現代的親人與朋友……你難道就那麼狠心嗎？」

項少龍臉色變了數變，最後也歎了一口氣沉痛的道：「誰叫我已經走上了與項羽同進退的這條路呢？難道你叫我真的眼睜睜看著項羽被劉邦逼於烏江自刎？那難道就不殘酷嗎？項羽可是我的義子啊！還有項羽如敗了，他的親人和朋友的命運又將如何呢？那可也是我在這古代的親人和朋友啊！你叫我放棄他們不理會他們，我做不到！絕對做不到！除非是我死了！否則，只要我活著一天，我就一定會盡自己所能去改變那種悲劇！我已經泥足深陷了，我不可能離開項羽和這古代的親人和朋友而獨活，這也就叫做人在江湖，身不由己吧！」

說到這裡，頓了頓，接著又道：「我也知道思龍你的心情和處境，你奉了人民所寄予的歷史使命，你與劉邦也產生了兄弟感情，……你……還是出手殺了我吧！只有如此，我想你才能阻止我改變歷史的決心！否則我決不會後退的！能死在思龍與我再次見面的時候，我也不覺此生有憾了！其實，你如不來這裡找我，我還不是如死去了一般？你下手吧！」

項思龍聽得面如死灰，出手殺死父親，這種事情他是無論如何也做不出的，但是聽父親的語氣，他卻是已堅定的要與自己為敵，這……自己到底該如何是好呢？

難道自己真要對自己父親出手？這……自己怎麼狠得下心腸來呢？自己來古代的主要目的就是為了尋找父親！自己自小立志勤學苦練的目的也是為了尋找父親？誰知今天……自己再一次費盡千辛萬苦找到了他，卻……不……自己絕不能做大逆不道的事情！不過，為了歷史，自己還是施展「移魂轉意大法」控制住父親，再用時空返回器與父親一道返回現代去就是了！

想到這裡，項思龍淒然道：「爹，我要是想殺你，就不會冒著九死一生的生命危險來救你了！我只是想勸你回心轉意不再去干涉歷史，就算孩兒求你了！在現代時，我從小便沒有父親，小朋友們都嘲笑我，娘也更是承受著社會各方面歧視的壓力。自我懂事時起，我就發誓，我一定要找回父親！

「後來我從鄭翠芝阿姨口中得知爹你被什麼時空機器送至了古秦時代，我便認真學習有關這古代的一切歷史，並且報名參加了國家特種部隊，我一年三百六十五天從不間斷的苦練武功，苦學各種軍事知識，才終於在全軍人擂台賽上奪冠，如願以償的奉命來這古代尋你，爹，你可知道我那刻是多麼的興奮和激動？可誰知……與父親雖是見面了，但造化弄人，使得我們父子……爹，難道你不覺得，如我們拋棄了歷史的矛盾，不是可以好好的相處在一起的嗎？

「即便我們不回現代，我們也可在這古代尋清靜地，隱居起來，過一種無憂無慮的世外桃源生活？現在歷史已回歸正軌，爹你又何必固執的意圖去打破歷史的平靜呢？你以為一切都正會如你所想般的如願以償嗎？這不但傷害了我們父子之間的感情，並且或許會使我們父子倆成為歷史的千古罪人。你知道嗎？爹，也不是我語氣過重，你清醒清醒吧！只要有孩兒在這古代的一天，你的野心是永遠不會實現的！即使你派人刺殺了劉邦，我也可以效法你般重新締造一個劉邦！」

項少龍面上是一臉的傷感，項思龍的話說得並不是沒有道理，確實是打動了自己的思緒，但是叫他離開這古代或遠離項羽隱居在這古代，他的心卻是怎也不會安寧，他是一個多情的漢子，在這古代的親人和朋友叫他怎麼放心得下呢?項羽也是他一手締造起來的，明知道項羽將來的可悲命運，他又怎能不管呢?

不!我不能放棄項羽!可是……眼前自己在現代的親生兒子……卻也是自己最最親的親人啊自己難道真的要與兒子作殊死爭鬥嗎?憑他的智慧，……自己恐怕是難及他萬分之一的，自己又怎麼鬥得過兒子項思龍呢?

難道這就是命運?既定的命運?難道自己真要眼看著項羽死去?

項思龍——自己的親生兒子!項思龍——自己這古代最大的敵人!

第七章　命運難測

項少龍的心境是沉痛至了極點，本來他自被龍捲狂風捲入漩渦後，就自以為必死無疑，頓覺萬念俱空，可發覺自己只是被流沙捲入了一個神秘世界，自己還活著時，求生的迫切心理油然而起，因為他不甘心如此死去，因為他在這古代還有許多的心願未了啊！

項羽的霸王之路，沒了自己還可以成功嗎？歷史是否真會判決項羽死刑呢？范增、騰翼他們都怎麼樣了呢？會遭劫難嗎？

許許多多的困惑充塞著項少龍的心，不及他作細想，便開始搜尋自己跌入的神秘世界出口，因為他也如項思龍般想，有入口就必有出口。

可是搜尋了十多天，仍是一無所獲，項少龍禁不住失望了。他在搜尋出口的過程中，也發覺了自己所處之地的古怪——這地方建築材料質地的異常堅硬，這地方構造的精密程度，這地方收藏食物的冷凍倉庫，還有這地方許多只有現代才有的儀器……這些發現讓項少龍也幾疑是回到了現代，但是他同時發覺，這地方除了自己一人外，就再無其他任何一人。

這到底是什麼地方呢？是地獄，自己難道已經死去了？可咬一咬手指，仍有疼痛的感覺，那麼證明自己還活著啊！但這裡到底是什麼地方呢？是回到了現代？卻怎麼不見一個人影？是還在古代？卻怎麼會有如現代般的尖端科技？

項少龍心下雖滿懷疑問，但更為焦灼的是如何找到出口，無論另一個世界是何處，也總比待在這靜寂的地方裡好！不！最好還是能再回古代，找到項羽他們！

自己助項羽成就霸王的事業才只走了一半，決不可半途而廢啊！何況自己還有更大的野心一意欲為項羽除去他的勁敵劉邦，把他扶持為千古一帝呢！

項羽如沒了自己的幫助，任他如何勇猛，想來也是鬥不過思龍的！

思龍他不但通曉這古代歷史，而且一身古武功也是深不可測，為人又機警，連自己多次派殺手去行刺劉邦，全都沒有成功，這可全是因有思龍在幫助劉邦的緣故。

思龍雖是自己的親生兒子，可項羽也是自己一手撫養大的義子啊！自己怎可明知項羽必將被劉邦追至烏江自刎而不顧呢？如果項羽真如歷史所載般的敗了，自己花在他身上所費心血白費了不說，還有不知會有多少人會為他悲痛得死去活來，甚至說不定劉邦一旦得勢，下令屠殺項羽的親人和朋友，那自己、嫣然、琴清等所有人，可都將遭遇一場浩劫啊！

小盤當年得勢後況且想殺自己滅口，劉邦與自己非親非故，他還能不痛下殺手排除異己？

歷史上有哪一代開國皇帝不是心狠手辣的？欲保江山，不擇手段！這可是每一個朝代的慣用伎倆，自己可是已經在小盤身上深切的感受到皇者的毒辣！

人在江湖，身不由己！自己既然選擇了這條為項羽造就霸業之路，就一定要堅持走下去！現在事情已經發展開了，即使自己想收手，也由不得自己選擇了！

項少龍心下酸酸的想著，在這困境之中，他的心情是平靜了，但卻有著痛感。

上天為何要如此捉弄人呢？自己和思龍是父子，卻因這古代歷史的悲劇導致自己二人的敵對，甚至將產生悲劇，自己自思龍一生下來，就沒有盡到絲毫作為人父的義務，又怎狠得下心來傷害他呢？可以看得出思龍對自己的感情，也可以看得出思龍阻止自己意圖改變歷史的堅定決心，這……自己到底該如何處決和思龍的關係呢？難道就沒有兩全之策嗎？叫自己順了思龍退出歷史舞台，這……卻教自己如何做得到呢？叫思龍與自己一道同心協力幫助項羽，想來思龍也不會答應！難道上天真註定了自己和思龍也將如項羽和劉邦他們是以悲劇結束嗎？

這……是何其殘酷的悲劇啊，要知道思龍是自己的親生兒子！自己如殺死了他，如何對得起他的母親周香媚，這女人含辛茹苦的把思龍撫養長大，已經是夠她苦的了！現在又日日飽受對思龍和自己的相思之苦……還有，自己如殺了思龍，如何對得起自己的良心呢？

到時即使項羽成功了，自己也會沒有喜悅而只會悔恨內疚一輩子！自己如索性準備被思龍殺死，那自己意欲把項羽諦造為千古一帝的心願豈不也就沒了，還有嫣然、琴清……自己在這古代的親人和朋友的命運也不知道會是個怎樣凄涼的結局？

自己又何其忍心放下他們不管呢？勝者為王，敗者為寇，敗者的命運可大半都是死亡啊！

項少龍只覺心如刀絞般的痛著，種種矛盾都快讓他痛苦得呻吟出聲了。還好，時間可以掩埋一切，也可以沖淡一切，隨著多日仍尋不到出路的失望，項少龍內心的痛苦也平靜了許多。

也不知多少時日過去，他對自己重見人世的希望都麻木了，整個人都失去了所有的信心和生命力，無聊的時間都只有靠修練武功來打發，這一來倒讓得他的精神有了些許寄託，終日醉心武學參悟中，他把墨氏心法有了很大的突破同時，把他在塞外草原隱居其間從王翦、項梁、騰翼、紀嫣然那裡自磋武功學來的一些武學都練得甚為純熟，百戰刀法也再經改造變得更為猛厲，武功有了一個質的飛躍，使他不知不覺的進入了絕項高手的行列。

再有就是他自被龍捲狂風旋入這種神秘地方來後，體內莫名其妙所具的一股巨大漩渦，內勁也被他納入丹田可運用自如，使得他的內力不知比先前精進了多少倍，也可揮出氣力，達至三花集頂的巔峰了。

武功有了大成，項少龍欲出去的心理突又增強，怎奈任其內力如何超絕，卻也攻不破這裡的建築材料，也參透不出這裡的任何機關，使他再次心灰意冷，本欲就此在這古怪的地方了此殘生，再也不問任何世事，可誰知項思龍卻突地闖了進來並且尋著他，使得他欣喜若狂之下野心再次萌發，時間倒給沖淡了，與項思龍再次見面的興奮便與他唱起了對台戲。聽著項思龍滿富感情卻又語氣堅定的話語，項少龍心下矛盾的傷感又給湧生了起來。

唉，一切都是歷史的過錯了！不！是馬瘋子那時空機器的過錯！

如果沒有那勞什子的時空機器，自己和思龍也不會來到這古代，不會弄至如今的緊張態勢，而是在現代裡享受闔家團圓的天倫之樂了！

真是見鬼的時空機器！

想到這裡，項少龍長長的歎了一口氣，語氣緩和了些道：「思龍，我們還是不要談這些不愉快的事情了吧！噢，剛才到底是怎麼回事？這裡又是什麼地方？怎麼……會有現代裡才有的高科技呢？嗯，思龍你是怎麼找到這裡來的呢，這地方像是座太空船呢！」

項思龍也不想與父親的關係弄僵，如能勸說得他回心轉意那是最好，如不能，那也得待出了這天外天再說，不過無論怎樣自己也是不會允許父親再去干涉歷史的了。

心下想著，當下也轉過話題，自訴了九死一生巧然闖入這天外天，被甜甜的祖孫所救，後來從黃帝之師成子遺記中得知這天外天乃是一座外星人遺在地球上的一座飛行器，以及自己怒喝之下巧然以體內的月氏光球能量啟發了這天外天的一些儀器，從總控室螢幕上見著父親身影，於是便尋了來等等事情說了一遍，當然對於自己怎樣挾制趙高，利用他來創造真實歷史和在鴻門宴上自己救了劉邦一命等是不會說的了。

項少龍聽了卻是不勝唏噓的慨歎道：「想不到在現代裡只是猜測的外星人在這古代裡被我們父子證實了，並且這外星人的科技如此高明，如現代人發掘了這艘外星人太空船，可不知是個怎樣掠震世界的消息！思龍可真是福大命大，竟能逃過地底太洋吸力和自然狂風吸力的劫難。還有，想不到歷史上真有樓蘭古國的存在！對了思龍，我們把香香公主也救出來吧！

「這姑娘為救族人不惜以身探險的獻身精神可真是讓人敬佩，我們如能助她完成心願那是最好了！噢，還有那甜甜祖孫女倆我們也需一併救了出去！」

項思龍苦笑道：「我雖是因禍得福找到了爹你，可我也沒尋到出這天外天的出路啊，也不知我們是不是也要在這裡困一輩子呢？不過，我倒希望如此，這樣就再也沒有歷史所帶來的煩惱了！」

項少龍聽得一愣道：「思龍你……竟是抱了死亡的心理來尋我的！」

項思龍動情的點了點頭道：「只要能找到爹你，能夠與爹一起，孩兒終是死也心甘情願，我這輩子自小時至現在，一直都是為了尋找爹你而生存著，找到了父親，想來娘也會開心的！我會托夢給她！」

項少龍聽得鼻子酸酸的抽動了幾下，靜默了好一陣才道：「好！思龍，我答應你，之後無論我們能否活著出這天外天，爹我也決不會再想去改變歷史！但是如果項羽他日真敗給了劉邦，我卻希望你能向劉邦求情，不再傷害項羽的親人和朋友，你做得到這點嗎？」

項思龍聽得這話倒是一怔，語氣卻是興奮的道：「爹，你真的答應我不再意圖去改變歷史嗎，這……這太好了！好！我答應你，異日劉邦登上漢高祖之位，一定叫他赦免項家的親人和朋友，決不為難他們，其實劉邦他本也是……他也是我結義兄弟，與我們是一家人呢！」

項少龍卻是又閉目沉吟了片刻道：「我答應你不再去改變歷史，但是我也不想項羽死去，我想叫他也退出歷史舞台，過一種平靜的生活，我想只要我們父子倆同心協力，歷史也會由我們左右的——我們可以想個辦法，既不改變歷史又不讓項羽死去！」

項思龍聽得眼睛一亮道：「爹，你是想……又使個李代桃僵之策……讓羽弟活著，而另找一個來作替死鬼？這……確實是個好辦法，但是如何才能讓項羽接受我們的建議，並且不讓他人知道這個秘密呢？要知道項羽現在勢頭正旺，他又為天下諸侯領袖，我們要想他合作，做得神不知鬼不覺卻是很難呢！如稍有差錯，天下反會更加大亂了！」

項少龍點了點頭道：「思龍你的顧慮的確不錯！項羽的脾性我最清楚，他由於自小受了我的薰陶，一心想著雄霸天下，讓天下英雄全都臣服於他的腳下，意圖功業蓋過我當年扶佐秦始皇時的風光境界，要想他收斂這種權勢欲望，的確是有些困難，所以我們不可在他得意時叫他跟我們合作，而需待得到了英雄末路心灰意冷時才叫他跟我們合作。

「那時我們依早先安排好的計畫，讓另一人代替項羽，而讓項羽從今往後隱姓埋名不再出世，那麼我們既沒改變歷史，又救了項羽，可以兩全其美了！此後我們一家人可以全都重新隱居塞外，再也不過問世上任何勾心鬥角的戰爭，過一種無慮無憂的生活！」

項少龍說到最後，雙目現出迷離之色，顯是在緬懷往昔的草原生活。

項思龍心下雖是大為欣慰，終於勸說成了父親不再改變歷史的圖謀，但自己與父親真的可能留在這古代嗎？母親周香媚呢？她可是在現代對自己父子倆日思夜盼啊！

心下想著，口中卻也喃喃道：「留在這古代？爹，難道你不想念娘親嗎？」

項少龍被兒子這話勾起深深的回憶，依稀的想起了自己尚未來這古代前與周香媚的纏綿光景，不由一陣暖意的傷感湧上心頭，歎了一口氣道：「爹又何嘗不想回到現代去與你母親團聚？想當年我日日詛咒馬瘋子和他研製的那勞什子的時空機器，可是在這古代裡時間一長，與這古代的人也便產生了感情，卻又叫我怎忍心離開他們呢？說來思龍也不想離開這古代吧！」

項思龍低頭輕輕的道：「我是也不想離開這古代，可我們終究不屬於這個時代的人啊，現代的世界才是屬於我們的家，我們是應該回去的！」

項少龍苦笑道：「與這古代有了感情也便把它當作家了，我們在這古代裡沒有遭到遺棄，而是成了這古代的幸運兒，生活得很好啊！再說我們與現代失去了聯繫，即使想回去也不可能了！」

項思龍連忙道：「只要爹答應與我一道返回現代，我會有辦法的！」

項少龍訝然道：「難道思龍你有從現代帶來的什麼時空返回器？」

項思龍點頭道：「不錯！我共帶了兩個時空返回器來，正是準備帶你返回現代的！」

項少龍既興奮又黯然的道：「真有時空返回器？這……待我們在這古代的事情全都處理完畢了，再談回現代去的這事吧！嗯，我們還得儘快去找到出這天外天的出口才是！」

項思龍此刻心情大悅，不管父親隨不隨自己重返現代，能夠說服父親不再改變歷史，讓他達成協議，這已經夠自己高興的了，總算了結了自己最大的一樁心病，從今往後自己父子二人可以不再勾心鬥角而開開心心的相處一起了，這不也等若是功成身退了嗎？

可是，劉邦是自己親兄弟的秘密告不告訴父親呢？如告訴父親，他會有什麼反應嗎？會對歷史的穩定有什麼影響嗎？現在一切都可說很是平靜，自己還是不告訴他為好吧！免得再生什麼變故！

可是……范增卻也知道這個秘密！這……又該怎麼辦呢？如洩入他人耳中，被父親和項羽知道歷史說不定都會受到影響！雖然范增曾說他只要自己不用父親與劉邦的關係來要脅項羽，他永不洩露這秘密，並且他是懼怕自己洩露這秘密，可一旦他發覺自己與父親交往過密，又怎知他不起疑心來偵察自己和父親呢？要知道范增可是個絕代智者！

這……看來得想個法子控制住范增或……除去他！還有美蠶娘，在歷史未大定之前，決不能讓他與父親見面！為了維護歷史，自己不得不擇手段狠下心腸了！

項思龍心念電轉的想著，口上卻是應和項少龍道：「不錯，我們先得尋到出路！」

甜甜祖孫倆還沒醒來，項思龍也沒去叫醒他們，只與父親項少龍一道細細的察看起這天外天太空船來。這太空船非常大，有總控制室和武器庫及多個儲藏倉庫，看來是座供太空探測的太空船，不過對於內裡的許多儀器開關，父子二人從螢幕上可以看到這太空船內中的一切景物，也可看清太空船外面景物，這裡果然是一個地心的巨大氣孔，地底的巨大吸力把這太空船給吸住了，並且下面是一個巨大的地下河，狂風陣號浪濤洶湧。

項思龍和項少龍看得心驚不已，如一旦開啟機艙大門，自己幾人一出去不被地底氣孔或地下河淹沒才怪，雖可出這太空船，卻也只是死路一條！

怎麼辦呢？難道自己父子二人真要困死在這天外天裡了！

項思龍和項少龍面面相覷著，心情均是沉重沮喪至了極點。

項少龍歎道：「這裡原來是個死胡同，看來我們父子二人必死在這天外天裡了！」

項思龍凝視著螢幕上的景象，卻是想起了什麼似的，突地搖頭的興奮道：「不，我們還有一線生機，那就是養生訣！黃帝之師成子遺記，只要弄通了養生訣，就可出這天外天！」

項少龍聽得精神一振道：「可是我們去那裡找養生訣呢？思龍你只有半套啊！」

項思龍沉吟道：「瘋和尚說他們的香香公主知曉全套的養生訣，那看來成子當年遺失的養生訣秘卷是被那香香公主得到了。而瘋和尚又說他們公主現今還被困在這天外天中，所以只要我們尋到香香公主，我們也就可以得到全套的養生訣了！」

項少龍拍掌道：「不錯！那我們快去尋那香香公主啊！」

項思龍邊擊拍著按鍵邊密切注視著螢幕，把太空船內的每一個角落都搜尋到了，當螢幕出現太空船後艙的一個冷凍倉庫時，父子二人同時叫了起來道：「那裡有個姑娘！」

不錯！螢幕的確是出現了一個美貌若天仙的少女，這少女一身少數民族的打扮，整個人都置身在一個大冰塊裡，秀目緊閉，雙手合什置於丹田處，像是修練一門什麼內家功夫。

這……這少女就是香香公主嗎？父子二人心裡同時如此想著，相互對望了一眼，又同時站了起來道：「走！去後艙的冷凍倉庫看看！」

項思龍有月氏光球異能在身，這太空船的每一道門像把他認作了主人似的，只要他身上豪光一現，門就會自動開啟，所以二人沒費多大功夫便行至了後艙的冷凍倉庫。

看著倉庫冰塊玉潔冰清的少女，項思龍和項少龍這見過無數美女的父子二人還是禁不住泛起驚豔的感覺，尤其是少女那副不食人間煙火般的清純，深深的打動著二人。

正當項思龍和項少龍怔怔的看著冰塊內的少女時，卻突地有一清脆悅耳的聲音傳入二人耳中道：「你們是什麼人？是我們樓蘭國的武士嗎？你們是怎麼進入這天外天的？有沒有練成養生訣中所載的武功，如沒練成，那麼你們只能是有來無回！」

項思龍和項少龍聽得均是又驚又喜，驚的是發話之人真可凝氣成音，武功之高可想而知，喜的是聽這發話之人的語氣，看來必是香香公主無疑了，自己二人終於找到了她，這下可是真有救了！

只不知她為何要置身在這冰庫裡練功呢？難道是為了延長壽命？

二人心下懷著許多疑問的怪怪想著，項思龍已向冰塊中的少女深深作了一揖道：「在下項思龍，乃是受貴國長老瘋和尚之托來尋公主的，想不到終於找著公主了！」

清脆悅耳的聲音又響起道：「瘋和尚？他是誰？我怎麼沒聽得此人字號？」

項思龍笑了笑道：「公主已經存世有八千年了，貴國族人自是幾經易代了！」

悅耳聲音訝異道：「我已經存活了數千年？這……我們樓蘭族人豈不……他們有沒有發生什麼變故？少俠可以告知嗎？唉，數千年！我已經老了，看來拯救族人……」說到這裡卻沒有再說下去，只滿懷傷感似的悠悠歎了一口長氣。

項思龍卻還是恭敬答道：「公主，貴國族人……他們都在深切的期盼著公主去解救……

不過，在下也並沒有去過貴國，所以不知貴國詳情，在下所知的一切，都是貴國長老瘋和尚告知的！」

悅耳聲音聽了這話大是失望道：「什麼？少俠沒有去過我樓蘭國？那麼你們也沒練養生訣中的武功囉！唉，天數！一切都是天數啊，看來是天要亡我樓蘭國了！但不知二位少俠又是怎樣來到這天外天的呢？這裡可是個死地啊！常人根本進不來的——沒有人可以抵抗此處的地心吸力，連這天外天也不能！而你們竟然絲毫無損的進入，真是奇事！」

項思龍簡要的把自己和父親進入天外天的情況說了一遍，且說了自己在這天外天中得到了成子的遺記，知曉了些養生訣之秘的事，同時也說了自己體內身具月亮光球異能之事，當然對自己二人能通曉這太空船些許儀器之事是不會說的了，免得對方心生疑念，因為對於這太空船的科技，這古代人連想像也想像不出，更別提能夠操作了！

對方聽了項思龍的一番介紹，靜默了好一陣，才道：「看來二位都是異人了，我們樓蘭國或許生機有望！不過，你們即便得到了養生訣，弄懂了內中含義，卻也非經千年以上的修練才可大成。我看得出二位都有迫切想出這天外天的心理，好！那我也就成全你們吧！反正我是再修練千年也突破不了養生的巔峰達到神遊虛空的境界了，臨終前能為二位少俠作一點好事，也不枉我香香公主多年參修養生訣的用途。要不，再過千年，我就要灰飛煙滅了！唉，我樓蘭古國能不能重視於世，一切都要看天命！」

話音剛落，只聽得「咔嚓！咔嚓！」一陣冰裂之聲，冰塊內的少女竟然破冰而出，甦醒過來了，那水靈靈的一雙秀目和那容顏上一抹淡淡的哀愁笑意，讓得項思龍和項少龍見了心下同時泛起一股異樣的感覺，二人一時之間只顧怔怔看著少女，忘了說話。

活過來的少女比冰塊中睡著的少女可不知要美多少倍，尤其是她那……父子二人發愣想著時，少女已是盈盈站起，對二人微微一笑道：「妾身為了苟且生命，不得不借助冰塊寒氣保養精力修練養生訣，倒教二位少俠見笑了！」

項少龍率先冒失的開口道：「姑娘可練成了養生訣嗎？」

少女臉上掠過一絲淒容，搖了搖頭道：「我當年闖入這天外天時因遭受了這裡地底地下河的寒毒，又經地心吸力震傷內腑，本來是必死無疑，卻被我在這天外天內無意間得了一本養生訣，依著內中練氣法門修練才得以保住性命，不過因心脈受損，難以使真氣貫通任督二脈，所以雖修練數千年，卻也無法練至大成，尤其是近百年，我發覺自己體內器官竟在老化，想來再也難活千年了，原以為會憾鬱此生，不想卻遇二位少俠，說來也是有緣，我就把養生訣傳給你們，並且用養生訣中隨天入地的奇門武功把你們送上世間重見天日，成全二位少俠是了，也算我臨終前作了一件好事！」

項思龍聽得心下酸酸的道：「姑娘何不隨我們一道出了這天外天呢？」

少女滲然一笑道：「我如可出去早就出去了，因我在地底生活了數千年，可以說已成鬼魅，如一見天日，軀體必將化為灰燼！再說，我運功把你們二人送出這天外天內力也將大損，離死期也就不遠了，少俠一番好意，妾身只得心領！」

項思龍心下只覺突地泛起一陣刺痛之感，當下沉默不語起來。

叫他能說些什麼呢？叫少女不助自己和父親脫困嗎？可自己和父親卻有事關歷史的事情要去做啊！可依少女之言，讓她助自己和父親脫困呢，如此一個美麗的少女就要香消玉殞了！

項少龍此時也一臉傷感的沉默著，少女卻爽朗的一陣脆笑道：「二位少俠何必為妾身悲痛呢？新陳代謝是世間萬事萬物的自然規律，妾身已經在這世上苟活了數千年，若不是得了養生訣，早就死去了！何況我現在活著只是一具行屍走肉，雖有生命，但卻在這空無一人的天外天裡活著，還不如死去了一般？

「唉，想來我樓蘭國也是無人能夠參破龜殼上的養生訣尋到這天外天來了！我的苟活也就再也沒有任何意義！如能用我無意義的生命為二位少俠做點什麼，即便我死了，我的生命豈不也就顯得有意義了嗎？」

項思龍真為少女的這種寬大心懷所深深感染了，禁不住虎目發脹的暗暗道：「姑娘，在下……一定會去完成你的遺願，去拯救你們樓蘭國的族人的！」

說話時，項思龍的語氣甚是堅定，少女聽得展顏欣然一笑道：「如此妾身就先行代表我樓蘭族人謝過少俠了；人的生命，軀體的存活只是一種形式，其實精神的存活才是最有意義的！世上萬物能存能量置換，能量既不會增加也不會消失，人的生命不存在了，只是他的生命能以另一種形式存在於世間罷了，人的一生最主要的是要活得有意義，其他什麼金錢也罷，權力也罷，都只是虛幻的！

項思龍和項少龍聽了少女這番話，都不禁心下詫異同時也有所感觸，詫異的是這能量定理只有現代化才能知道的，想不到這少女竟然信口說出，感觸的是少女說得確是不錯，人的一生最重要的是活出精神意義的存在，而不應旨在對於金錢和權力的追求，可是涉及人生目標的有關金錢和權力的勾心鬥角呢？這些是否有損於人生意義的光彩？

項思龍和項少龍心下怔怔的想著，突地傳來兩聲驚呼聲打斷了二人沉思。

少女臉色微微一變道：「怎麼這裡還有外人？是二位少俠的朋友嗎？」

項思龍聽出是甜甜祖孫二人的驚呼，聞言當下搖了搖頭，強擠出一絲笑意道：「是的！在下就是他們二人救的！噢，他們祖孫二人也是被流沙捲入這天外天的，僥倖存活了下來！」

少女聽了面色舒緩下來，卻是眉頭微微一皺，嘴角動了動，似想說什麼卻又沒有說出。

項思龍卻看出少女的為難，試探道：「姑娘……莫非有什麼為難嗎？」

少女望了望項思龍，卻是反問道：「不知少俠可否顯示一下你的功力呢？」

項思龍大約猜出了少女的心思，聞言點了點頭，當下深吸一口氣，把九天神功提升至了十層以上的功力，全身頓然紫光大作，當他正待發掌試功時，少女卻是一臉喜色的道：「少俠功力原來如此深厚！這我就放心了！要不以我功力要送你們四人出去，卻也有些困難呢！」

項思龍聽了當下收了功力，對少女報以一笑道：「姑娘過獎了，在下這點武功在姑娘面前，只是現醜罷了吧！嗯，我們也不急於出去，姑娘給我們介紹一下樓蘭國的情況吧，也好方便我們日後去營救你們族人，至於你們樓蘭國當年遭受巨變的情況，瘋和尚已略略向在下說過，但他也說姑娘知道怎樣救你們族人了，那到底是用什麼辦法呢？」

少女面上又現哀容道：「當年的一場地殼巨變，把我們樓蘭國全部埋入了地下，讓我國人從此過上了不見天日的生活，我們國人因受到地底生活環境的影響，體形也漸漸發生了變化，變得人不像人魚不像魚的怪模樣，下肢已全都變成了魚尾狀，並且身上肌膚也出現了鱗甲，這全都是因為我們國人喝了地底地下河的水，而這地下河水中含有一種叫作赤眼線魚的毒素，才會如此的。

「當年我為了破解這赤眼線魚的藥物，搜尋遍了自己所能達至的每一個地方，把從中毒素的人身上抽取來的血液做試驗，可依然是一無所獲。

「直到有一天，我為了尋找解藥遇到龍捲狂風，被捲入這天外天，大難不死後，被我發現這天外天裡冰庫的玄冰可解赤眼線魚之毒，我欣喜若狂之下卻又為不能脫困而大是焦急，於是想拚命修練養生訣來脫困以拯救國人。

「但是當我譯解了全部的養生訣，卻發現自己不知要到何年何月才能修成養生訣中的武學，便冒險出關在地下河中捕捉到一隻千年海龜，心中靈機一閃，把養生訣的內容刻在了龜殼上，想利用海龜把養生訣傳給我們國人，看能不能有資質好的人快速練成養生訣，前來天外天取玄冰救國人。不想海龜倒是通靈，尋至了我們樓蘭國且被國人發現，可惜數千年來讓我等得都失望了！嗯，我這裡繪有我們樓蘭國所在地底的方點陣圖，少俠如有心救我國人，就請拿去作個參考吧！這裡的玄冰卻也怪異得很，即便受百多度的高溫它也能不融化，少俠倒是可以拿些去帶在身邊！」

說罷從懷中掏出兩卷帛布，一卷是布的，一卷卻似是什麼超薄金屬製成的，把這兩卷東西遞給項思龍後，少女面容一肅道：「這裡其中一卷是全套養生訣的秘訣，讓兩位少俠能善用內中武功，千萬不要用來作惡！另一卷就是我樓蘭國的方點陣圖了！」

項思龍慎重接過兩卷什物，正色道：「姑娘就請放心吧，在下一定不會有負所望的！」

此時甜甜祖孫二人也已尋至了項思龍、項少龍和少女所在的倉庫，見了少女，都瞪大雙目怔怔的望著她，顯是被少女的絕世容顏所驚呆。

少女向甜甜祖孫二人投入輕柔一笑以向他們示禮，見二人還是雙目發直的望著自己，也沒說什麼，只轉向項思龍道：「好了，少俠的時間寶貴，現在就讓妾身施展遁天入地大法來送你們出了這天外天吧！據養生訣中記述，此天外天如欲再次恢復功能，必須有和氏璧和月氏光球二者齊備作為動力才行，如二者只具其一，啟動的將會是天外天的毀滅裝置，在十二個時辰裡必將發生大爆炸。現少俠已用月氏光球能量啟動了天外天內的儀器，那麼毀滅裝置也已啟動。已經過了差不多有五六個時辰了，剩下時間無多，你們準備受法吧，四人手拉手排成個口字形，當我把能量輸入你們體內啟動遁天入地大法時，你們四人要心無旁念，只把全身勁力真氣運發出來，配合我輸入你們四人體內的能量，讓我們五人的能量在你們四人體內自行流動，這樣才可以使大法順利成功的把你們送回地面！」

口中說著，雙掌突地揮出一輪輪有若敕光般灼烈的罡氣圈，拍向了項思龍等四人，使他們四人身不由己的依言手拉手排成了口字形，雖然，項思龍心下拒絕，內力也深厚無匹，可遭受少女掌勁，卻也是全身顫了顫，不由自主的任由少女擺佈。

項思龍和項少龍、甜甜祖孫四人閉眼靜受著少女的能量輸送，四人的體內有一種異樣的感覺，項思龍是只覺身體似乎有一種紫外線輻射的感覺，全身都似癱瘓了。

但由不得四人多作細想，少女雙掌已愈揮愈快，最後竟幻化作一團光影，身體消失無蹤，而四人身上卻是豪光大作，只覺身形突地沖天而起，如一束鐳射般無堅不摧的破阻而出，但對於這一切，四人都已全然喪失知覺、混然不知了。

是太陽的光線刺得項思龍睜開雙目醒了過來，卻見甜甜撲在她爺爺身上低聲抽泣著，而父親項少龍還未醒來。再舉目一看身處之地，卻見是在一處峽谷的草坪裡。

感覺渾身痠痛無比，似沒有一絲力氣，但項思龍還是掙扎著站了起來，走到甜甜身邊，柔聲訝問道：「甜甜姑娘，你怎麼啦？幹嘛哭啊？」

甜甜聽了項思龍的安慰之語，哭得卻是更為傷心，哽咽道：「我爺爺……我爺爺他……」

項思龍心下一緊，向甜甜爺爺望去，卻見老人面色蒼白，雙目緊閉，四肢僵硬……心下顫顫的伸手觸了觸老人鼻息，只是一片冰涼感覺襲體，老人竟是……死了！

想起自己在天外天時為老人和甜甜祖孫所救，並且同共患難過，但這刻竟……鼻中也不由一酸，雙手不自覺的摟緊了甜甜雙肩，啞聲道：「甜甜放心，你爺爺雖不在了，可還有我這大哥哥啊！我會照顧你一輩子，不會讓你受苦受累的！」

甜甜哭得更為傷心了，語音嘶啞的道：「項大哥，爺爺死了！甜甜在這世上再也沒有一個親人了！你可不要丟下甜甜啊！要不甜甜可就活不下去了！」

項思龍雙目發脹的拍了拍甜甜的酥肩柔聲道：「大哥哥不會丟下你的！甜甜不哭！大哥哥會疼愛你的！大哥哥要讓你成為這世上最幸福的人！」

二人喃喃說著時，項少龍已是也醒了過來，只覺全身也是瘐軟乏力異常，還以為是勞累所致，也沒太在意，見項思龍和甜甜相擁低語著，不覺微微一笑，當下背過身去，仍由二小親熱，但聽了二人對話，始知甜甜爺爺死去，於是走到二人身前，輕聲道：「姑娘，你節哀順便吧！人已入土為安，我看我們還是把你爺爺埋了，讓他老人家早點安息吧！」

項思龍聞言也回神過來，看這荒山野嶺的也不知會否有狼群猛獸，倒也確是得把老人埋了，自己和父親還有要事去辦，不若把甜甜順便送去西域安置下來。心下想著，當下也安慰甜甜道：「好了，甜甜，我們埋了爺爺吧！大哥哥帶你去一個新家，那裡的人都會很疼愛你的，他們是大哥哥的朋友！」

甜甜卻是玉容劇變道：「大哥哥要丟下甜甜不管了嗎？」

項思龍伸手擦拭她臉上淚漬，但柔聲道：「怎麼會呢？只是大哥哥有些重要的事情要去做，待事情處理完畢後。大哥哥會回來跟你再在一起的！那時無論到哪裡，我都帶你在身邊！」

甜甜半信半疑的喜道：「真的？大哥哥可不要騙我喔，要不我會獨自去尋你的！」

項思龍正為自己在騙眼前這姑娘而心下有些愧意，聽了她這話心下不由一緊。

又是一個任性的女孩！或許說到真會做到的呢！自己日後又有得麻煩了！

心下正如此想著，突地一陣狼叫聲傳入三人耳中，項思龍心神一斂的頓忙長身而起，可當他欲提氣拔出鬼王劍時，卻發覺體內一絲真氣也提不起來。

第八章　武功盡失

這……這到底是怎麼回事？自己體內的真氣……怎麼像是全消失了似的？

項思龍面色蒼白的望向項少龍，卻見他正一臉驚駭之色的望向自己。怎麼……父親的功力難道也……也消失了嗎？這……這到底是怎麼回事？自己身處天外天中時功力還在的，怎麼……被香香公主施法送出地面來後，全身功力卻突地消失了呢？

難道是香香公主的養生訣內力有什麼古怪？對了，自己在她施功輸入自己身上時，全身似有一種紫外線輻射的感覺，難道……就是那一刻……自己功力消失的了？

養生訣是外星人留下的一本秘卷，這裡面一定有古怪！這……天啊！自己的功力竟全然消失了！

項思龍的額上都冒出了冷汗來，而狼嚎聲卻愈來愈近，愈來愈是淒厲。

甜甜嚇得玉容失色的緊緊摟抱住了項思龍，連抽泣也給暫時停了下來。

項少龍這時震顫道：「怎麼……思龍，你……你的功力也消失了嗎？這……到底是怎麼回事？我的功力也是……全沒了，現在該怎麼辦？怎麼應付即將圍來的狼群！」

項思龍深吸了一口氣，強作鎮定道：「無妨！我還有兩隻金線蛇，今天看來得靠牠們護駕了！」

說著打開盛裝金線蛇的革囊，呼喚道：「大飛、二飛，準備出來應戰！」

可項思龍連喚了幾遍，革囊中卻是一點動靜也沒有，心下一緊，忙伸手往革囊掏去，當手指剛一觸及革囊內的金線蛇時，整個人都給呆住了，原來兩隻金線蛇……也已全都死去！

一陣傷感狂湧上項思龍心頭，眼淚也差一點奪眶而出，只在眼簾打轉。

大飛、二飛伴隨自己可都快有兩年了，在這兩年來，二飛不知幫了項思龍多少忙，讓他不畏任何毒物，並且曾盈和張碧瑩也是二飛救下的，還有舒蘭英的父親舒寒……項思龍可是已把二飛當作親密的朋友寶貝了，可想不到……今天……二飛卻……還能不讓項思龍傷心嗎？

人類的感情本就是這樣，除了可以與人溝通產生感情之外，與物相處久了也可產生感情。現在……看來只有拚死與狼群一搏了！是生是死全靠天命！

項思龍咬了咬牙，與父親項少龍對現了一眼，二人像是可以心意相通似的同時分向對方點了點頭，困難與危險始終是靠勇氣與鬥志去解決的，悲痛與虛怯又有什麼用呢？

項思龍和項少龍可不是常人，他們是現代人，是現代特種部隊的優秀軍人！沒了功力，他們照樣不是可以任人宰割的！在現代時，他們沒有神奇的古武功，不是照樣可以以一敵十甚至以一敵百嗎？他們有著現代軍人的沉著與鬥志！他們還是強人，超強人！沒有什麼困難可以嚇倒他們！

項思龍拍拍甜甜的酥肩，沉聲道：「甜甜，怕嗎？」

甜甜點頭又搖頭道：「怕是怕，不過，只要有項大哥在我身邊，也就不怕了。」

項思龍朗聲長笑道：「果然不愧是我項思龍的妹子，爹，狼群快圍近來了，我們準備戰鬥吧！」

項少龍也哈哈長笑道：「龍兒，今天是爹最開心的日子，我一直為我們父子倆的敵對態勢感到憂鬱不安，現在終於化解開了，想不到我們還可並肩作戰！」

項思龍傷感的笑道：「只要我們父子倆今個兒大難不死，日後並肩作戰的機會可多著呢！」

二人說著時，狼群已是厲叫著馳至三人十多米遠處把三人重重包圍了起來，足有三百多隻，都閃著綠瑩瑩的目光，虎視眈眈的瞪著三人，雪白鋒利的狼讓人看了心下不覺發毛。

這個狼膽子可也真是夠大，大白天的也敢向人圍攻，想是餓得極了，大概峽谷中的動物被牠們給獵食光了，才這般瘋狂大膽吧！牠們的鼻息可也真靈，這麼快就發覺了人的氣息。

狼群躍躍欲試的想向項思龍幾人發動攻擊，卻或許是見了項思龍和項少龍二人都是精光閃閃的寶劍，知道二人不是善輩，所以不敢冒然向他們進攻吧！

這世上可沒有哪一種動物不怕死的，不是有句俗話說：「螻蟻尚且偷生」

嗎？何況狼乎？

不過這些狼群也是夠幸運的了，若是項思龍和項少龍功力未失，還哪輪得牠們這般對二人虎視眈眈，怕不早就被殺了個盡光，或被二人烤來當美餐了！

項思龍和項少龍此時心情都不禁有些緊張，三四百隻惡狼，在以前自是沒放在心上，可是現在自己二人功力全失，卻是不得不提起精神嚴陣以待了，要知道除了二人之外，還要保護一個甜甜，再說他們二人的生命可也是貴得很——歷史還得靠他們創造和維護呢！好不容易從天外天裡逃出生天，可說是付出了絕大代價，想不到現在卻又遇上了狼群，且不說自己二人生命如何重要，如就這樣死於這狼群之口，卻也死得太無價值了，更對不起香香公主吧！

狼群駐步注視著三人，項思龍和項少龍也不敢冒然主動向狼群發動攻擊。雙方就那麼對峙著，峽谷氣氛靜寂異常，一場人狼之戰一觸即發！

項思龍握劍的手心都不禁慘出了冷汗，他自來到這古代以來，還從來沒曾像今天這般緊張過。

狼群似也看出了兩個手握兵刃的人有些外強中乾，忍不住性子的騷動起來，狼嚎之聲震徹峽谷。

雙方又對峙了約莫兩盞茶的工夫，狼群中有十多隻狼終於向項思龍幾人發動了試探性進攻。厲叫聲中，狼群分為三夥，分別向項思龍、甜甜、項少龍飛撲攻來。

項思龍心斂神集，衝項少龍道了聲：「爹，小心點！」言罷把甜甜納入後背，手中鬼王劍紅光一閃，把「雲龍八式」劍法應手揮出，雖無功力貫注，卻也迅猛異常。

兩聲慘叫，鬼王劍所過之處血光迸現，有兩隻惡狼中劍倒斃。

甜甜只聽得玉臉蒼白，甚想驚叫出聲，卻又怕分擾項思龍心神，只用玉齒緊咬著下唇，硬是沒有叫出。

夥伴被殺不但讓得狼群叫出聲，反而激起牠們凶性，狼群中又有二十多隻野狼向項思龍撲來，不過有十來隻在中途為爭搶同伴屍體吃食而先自打了起來。

這一來倒緩解了項思龍壓力，大喝聲中，腳踩「百禽身法」的步法，天殺三式的厲害殺著又已應手揮出，劍光閃處，又有四五隻惡狼中劍，狼血只濺了項思龍和甜甜一身。

撲上來的狼群又為爭搶同伴屍體顧不得向項思龍發動進攻。

可這時怪事出現了，吃食同伴屍體的惡狼均慘叫著相繼倒斃。

項思龍看得一怔，繼而又大喜，知道這是怎麼回事了，原來自己功力雖失，但毒王魔珠的藥性卻還保留在自己體內，鬼王劍先前被自己貫注過功力，魔珠毒性也自然的貫入劍身了，被鬼王劍所殺的惡狼中具有鬼王劍中的毒王魔珠毒性，狼群去搶食死去惡狼的屍體，自也給中毒死了！

哈，這下自己或許有救了，毒王無涯子的使毒功夫天下無雙，自己身食無涯子的舍利子，得到畢生毒道真傳，只是尚不知如何運用體內之毒，如能知曉，那麼這區區幾百隻惡狼何足懼哉？

心下興奮的想著，舉目望去，卻見父親項少龍也已擊殺了十多隻惡狼，渾身狼血斑斑，可狼群這時卻再也不敢向二人發動進攻了，想是見同伴莫名死去，終是有些懼怕了！

人狼雙方再次緊張的對峙下來，此時天色已是漸晚，夕陽的餘輝照在這峽谷之中，卻是沒有美感，只增幾許悲壯的恐怖。

狼群發出嗷嗷怪叫，相互交頭接耳，似在商量著下一步向三人發動進攻的對策。

項思龍讓父親項少龍照顧甜甜和關注狼群動靜，而自己則自革囊裡掏出黑鷹送給自己的毒王密經細閱起來，可內中除了各種天下奇毒的配方，煉製方法和使用之法外，卻是沒有關於如何運用體內具有的毒性的使用方法，讓得項思龍看了甚是失望。而就在這時，項少龍緊張的聲音在耳際響起道：「思龍，狼群又欲向我們發動進攻了，你找到對付狼群之法沒有？」

項思龍聽得心神一斂，舉目向狼群望去，卻果見狼群正緩步向自己三人逼近過來，這次卻再也不是什麼試探性進攻，而是三百多隻狼整體性的向自己三人漸漸緊逼。

心下驚駭下，項思龍虎牙一咬，沉聲對項少龍道：「爹，沒有他法！看來咱們只有硬拚了！」

言罷，身形突地疾衝向狼群，瞧準這群惡狼之中的狼王揮劍狂攻過去，口中同時高喊道：「爹，照顧好甜甜！如果孩兒不幸戰死了，那孩兒只有一個願望，便是遵守我們之間的約定！」

狼群見自己狼王受險，又見過項思龍的厲害，對他也最是顧忌和仇恨，頓即蜂湧齊都向項思龍圍撲過去，而再也顧不得攻擊項少龍和甜甜二人了。

見得此況，甜甜和項少龍同時驚呼出聲，可狼王見項思龍揮劍向自己攻來，頓向自己「子民」發出呼救，眾狼卻是只向項思龍圍攻，而不管甜甜和項少龍。

項思龍在狼群「交頭接耳」時已是觀察過狼群中的頭頭，準備冒險向其出擊，引開狼群以讓父親項少龍和甜甜脫險，現見自己此舉果也奏效，頓時精神一振，暴喝聲中把自己所會的絕妙攻擊劍式一一施出，只顧追殺狼王，而渾然不顧其他野狼的嘶咬。

狼王見項思龍有若瘋了般追殺自己，又駭又怒，頻頻向自己手下發出向項思龍反擊的命令，不過自己卻是保命要緊，拚命的向峽谷深處奔去，狼群隨後緊追。

一幅激烈的畫面出現了，幾百隻狼追擊項思龍一人，而項思龍則玩命的追擊狼群中的狼王。項思龍身上不知已被野狼的爪子抓傷和咬傷了多少處，也不知殺死了多少隻野狼，劈頭劈腦全身上下都是血，簡直成了血人，在他心中只有一個信念那便是引開狼群營救父親和甜甜，狼群雖是凶殘，但卻也似被項思龍的瘋狂勁給駭得怕了他似的，漸漸的不敢再靠近他了，當項思龍又傷又累得實在無力追趕狼王，停下喘氣，狼王趁機逃走時，所餘二百來隻野狼頓狼狽而逃。

哼！自古以來就只有人怕狼，想不到今個兒卻顛倒過來，成了狼怕人了，想來這也是項思龍開創的前無古人後無來者的壯麗局面吧。

狼群散去，項思龍心中意念終於一鬆，來不及細察自己所在地的環境，再說天色已是大黑，又沒有月亮，項思龍又已經近乎虛脫，只「撲通」一聲撲倒在地。

項少龍和甜甜看著項思龍引開狼群的壯烈場面，只駭得亡魂大冒。

項少龍驚忖道：「思龍內力盡失，單槍匹馬與四百隻惡狼鬥，還不是無異於自尋死路麼！」

心下驚駭想著，當即身形也衝了出去，口上同時高叫道：「龍兒，爹陪你一起鬥狼群！」

可這話音剛落，只聽甜甜「哎呀」痛呼一聲，讓得項少龍記起項思龍托自己照顧甜甜的話來，當下停住了身形，回首一看，原來甜甜情急欲追自己之下，不小心，給山石絆了一跤，跌倒在地了。

心中焦煩之極的返至她身邊，促聲問道：「你沒事吧，真是的，怎麼這麼毛燥！」

甜甜一臉痛苦之色，卻因擔心著項思龍，強作笑顏道：「沒事！我沒事！伯父，你……你快去幫項大哥吧，他一個人……那麼多的狼……伯父你快去幫項大哥吧！」

項少龍這時已發現甜甜腳骨被山石刺進去了，傷勢也較為嚴重，這姑娘能如此為思龍著想，不顧自己傷痛，看來是對項思龍動情了，那也或許將是自己媳婦呢！

又驚又急下只得耐下性子來，邊撥開甜甜掩去腳部傷勢的手，有些心痛的道：「瞧，石頭都刺進腳骨有二寸多深了，還說沒事！把手拿開，腿伸好，讓我為你療傷！」

強忍心中焦灼，為甜甜拔出腳骨中的尖石，又為她用金創藥綁好，可當二人再次向項思龍和狼群遠去方向望去時，卻只見一路野狼屍體，而再也不見項思龍和狼群了。

甜甜和項少龍都給怔愣住了，靜默了好一陣，甜甜才失聲大哭的狂呼道：「項大哥！項大哥！你在哪兒啊！快回答我！」

可只滿山空谷回音，迴蕩在二人耳際，只驚擾了欲歸巢的鳥兒展翅驚鳴，項少龍雙目失神的喃喃道：「龍兒！龍兒……你可不能出事，要不爹活著還有什麼意思？都怪爹，我若不固執己見，如若在吳中時我聽你勸告就收手，那麼我們父子，還有羽兒……我們一家人就可在塞外草原過一種無憂無慮的生活了，唉，歷史！罪惡的歷史啊！」

一陣傷悲瀰漫在峽谷上空，竟引來幾隻巨鷹的嘶鳴……

項思龍作了無數的噩夢，他夢到時空機器把他送回到了二十一世紀，並且責斥他沒有完成維護歷史的人民重托，沒有把父親項少龍帶回到現代。一會兒又夢見劉邦和項羽兩人拔劍相向，鬥了個你死我活。不多時又是父親項少龍又愛又恨的竟然提劍向自己刺來，自己也出劍刺向了父親，自己父子二人同歸於盡。

然後又出現了無數自己熟悉且親切的面孔，包括了母親周香媚、阿姨鄭翠芝，姥姥上官蓮，還有曾盈、張碧瑩、舒蘭英、孟無痕、石青青……韓信，蕭何，樊噲，張良……等等。

耳內不時響著各種怪異的響聲，讓得他頭痛欲裂。

隱隱中他知道自己正徘徊於生死關頭。

不！我不能死！我要活下來！我不能死！

在死亡邊緣也不知掙扎了多長時間，項思龍終於大呼一聲醒過來。

模糊間，他感覺自己全身似輕飄飄的懸在空中。

神智頓然一斂，強力猛的一下睜開了雙目，卻果見自己……竟是懸掛在一萬丈高崖壁上生出的一棵樹枝上，身下還是一眼望不見的深崖。舉目上望，崖頂也怕不有百十多丈高，還幸得是被狼群撕爛的破衣衫掛在了樹枝上，真是大難不死！

但是現在……自己功力全失，身處懸崖，上不見天下不見地的，這還不是等若死去了一般嗎？這萬丈高崖卻是有誰會來救自己？唉，一切只有聽天由命！

項思龍歎了一口氣，正待閉目養神時，卻突見自己身處大樹下端三四來米遠處有一突出的岩石，岩石上雜草叢生，但項思龍的目光還是看清了岩石內側似有山洞。

啊！這下或許有救了，項思龍心下一動，身體也禁不住一陣晃動，只聽得「嘶」的一聲撕裂之聲，掛在樹枝上的衣衫一經用力，竟是自行撕開了，嚇得項思龍再也不敢亂動了，只目光望著那突出的岩石發愣。

難道我項思龍今個兒真的要小命不保嗎？

甜甜哭叫著要依狼屍的蹤跡去尋找項思龍，生要見人，死要見屍。

項少龍卻猜測項思龍定是凶多吉少，項思龍武功雖高，智慧雖敏，但功力已失，任他怎生勇猛，卻也不能敵得過三四百頭惡狼。心下悲痛非常時，卻也記著項思龍叫自己照顧甜甜的囑託，見天色已晚，如帶她連夜去尋項思龍，要是碰上狼群，那自己二人也或許將遭遇不測了，這樣豈不是辜負了思龍捨身救己的代價！自己可一定得活下去，完成思龍的遺願——

助他維護歷史！

項少龍的心如刀割般痛著，真感覺命運是在捉弄自己，先前自己一心想助項羽成就千古霸業，不惜與思龍反目成仇，現在思龍……自己卻反又要繼承他的遺願，這……自己是何苦來著呢？唉，命運啊，你到底交於我項少龍的這古代一個怎樣的歷史使命呢？

項少龍也不知自己是在悔恨，還是出於良心的一時衝動，才有這種助項思龍完成維護歷史使命的想法，不過他心中此時為項思龍的悲痛和感動卻倒是真實而深切的。

邊安慰著甜甜，說等天明後定帶她去找項思龍，心下邊有些木然的想著，費了好大的勁，項少龍才勸說好甜甜，於是心情沉痛的攜著她在峽谷尋了處山洞住了下來。

不過這一夜，項少龍和甜甜自是都無心睡覺休息的了，定會各有心事的坐上一夜。

項思龍身處險境，又自己生機無望，心情卻又轉到了父親項少龍和甜甜二人身上。

也不知他們是否逃過狼群圍攻的劫難了呢？如他們沒事，自己只但願父親能不再意圖去改變歷史，遵守自己父子二人在天外天時商妥的約定，如此自己也可死得瞑目了！

現在自己只能是向死神乞求父親不違前約定吧！要不……自己死了也不會安心。

甜甜呢？一個喪失親人的可憐姑娘，她救過自己的命，且似乎喜歡上了自己，想來父親會好好待她的吧，但這妮子性子似有剛烈，也但願她不要做出什麼傻事來。

項思龍思潮洶湧的想著，長長的歎了一口氣，自己看來只有是等死了！可長痛不如短痛，自己還是不如早些了斷了生命吧，免得掛在這崖壁樹上活受罪！

心下想來，當下身體一陣掙扎，掛上樹枝上的布條沒費多大功夫，只聽得嘶的一聲——斷了。項思龍把雙眼一閉，準備接受死亡的降臨。

「呼……呼……」

一陣狂風突地刮起，就在項思龍身體下墜的當兒，他先前聽見的突出岩石的山洞突地飛竄出一條巨蟒，捲托住了他下墜的身體，再「呼」的一聲黑影一閃，巨蟒捲著項思龍又給飛回至了岩石內的洞穴。

翌日清早，天剛放亮，甜甜就又吵著要去尋項思龍了。

項少龍在心情沮喪悲痛中也存了一絲渺茫的希望，於是用玄鐵神劍在峽谷中砍了一棵小樹，為甜甜削了根拐杖，二人也便沿著狼屍蹤跡一路尋了下去。

項少龍邊一路搜尋有無項思龍的行蹤，邊凝神戒備著有無狼群來攻。

二人足足沿途尋了五六里路之遠，卻只見狼屍遍野，既再無狼群出沒，也卻沒見著項思龍的屍體，甚至連屍骨也沒有見到。

甜甜滿是哀傷的俏臉上現出了些許興奮的對項少龍道：「項伯父，我們一路尋來，怕不見有三百來具狼屍，而沒見著項大哥……或許他殺光了狼群卻還活著呢！我們快點吧！嗯，狼屍沒了，有血跡，定是項大哥流出的，我們快去找他！」

項少龍的心情其實也早活躍起來，聽了甜甜的話，也雙目放光的激動道：「姑娘說得不錯！我們快沿血跡尋下去，說不定真可找到思龍呢！」

二人說著，均是心神大振，可沒走出四百多米遠，卻見血跡竟是……流滴至了一懸崖盡頭的岩石上，還有……項思龍的鬼王劍！

二人剛剛提起的興奮情緒頓時如遭雷擊，一時間兩個全都震住了。思龍他……跌入這萬丈深崖之中？那他……哪還會有得什麼活命！

項少龍拾起項思龍遺下的鬼王劍，雙目發直雙手發抖，腦中只覺一陣嗡嗡轟響。

思龍他……真的離自己遠去了，為了救自己而……跌入這萬丈深崖之中！

項少龍只覺心如萬針齊刺，虎目熱淚終於脫眶而出。項思龍終究是自己的兒子啊！如不是為了救自己，他又怎會遭遇不測呢？是……是自己間接害死了思龍的！

自己在這世上現代和古代唯一的親生兒子為救自己而離開了人世了！

項少龍心下只覺一片空虛，什麼戰爭、權力、天下、歷史都成了模糊一團。天啊！你為什麼要這麼殘酷？我項少龍是這輩子還是上輩子作了什麼孽嗎？是老天在懲罰自己意圖改變歷史的罪惡嗎？

可自己已經決心改過了啊！

自己剛與思龍達成協議，父子倆也剛化干戈為玉帛，本以為從今以後二人可以和和睦睦的相處在一起了，可誰知才從天外天裡死裡逃生，思龍卻又……

項少龍望著深不見底的懸崖，心中的悲痛真是難以用筆墨形容出來。

甜甜卻是玉臉上沒有了絲毫的表情，只口中喃喃的嘀咕些什麼，竟是茫然也欲向懸崖跳去，只讓得項少龍見了心下大驚。

顧不得心下悲痛，頓忙拉住距離懸崖盡頭只有二尺來遠的甜甜，慌急的問道：「姑娘，你想幹什麼？」

甜甜卻是用力的欲脫出項少龍的拉扯，口中突地瘋狂的道：「放開我！放開我，項大哥在懸崖下面，我要去尋找他，他說過今生今世都把我帶在身邊的！」

項少龍又驚又怒，雙手用力抱住甜甜，大聲道：「姑娘，你清醒點！思龍已經……不在人世了！他用生命來救了我們，你怎麼可如此輕視自己的命呢！這豈不辜負了思龍捨命救我們的一片苦心嗎？你要堅強的活下來，這樣你項大哥才可死得瞑目！」

說著這話時，項少龍的淚又是不由自主的奪眶而出。思龍可是叫自己照顧好甜甜的啊！又怎可讓她輕生殉情呢？

甜甜聽得一怔，喃喃自語道：「死不瞑目？項大哥一個人在這深崖上不會瞑目嗎？他一個人孤伶伶在這深崖下定會很寂寞的，甜甜在這世上也再沒有親人了，我應該下去陪項大哥的！」

說著，又欲脫開項少龍的懷抱，項少龍此刻也正有一種想大聲哭出的感覺，心中又是各種情緒匯集煩亂異常，見甜甜固執，心下有些火起的「啪」的猛摑了她一個耳光，怒吼道：「你去陪你的項大哥吧！如果你想讓他死不瞑目，你就跳下去陪你的項大哥吧！我再也不阻攔你了！」

甜甜被項少龍打得倒給怔呆住了，又目愣愣的看著他，靜沉片刻卻突地又「哇」的一聲大哭著投進項少龍懷中，泣聲道：「伯父，項大哥他……離開我們了！我好想他好想他啊！」

項少龍也覺自己方才太衝動了點，若是甜甜一時任性真跳下山崖，那自己又怎麼向思龍的靈魂交代呢？不過還好，自己那一巴掌似打醒了她，心下憐愛之意狂湧，伸手輕扶著甜甜秀髮哽咽的柔聲道：「甜甜，你項大哥雖然不在了，但是我們還要堅強的活下來啊，你項大哥是為了救我們而犧牲的，如果我們不珍惜自己的生命，又怎麼對得住你項大哥在九泉之下的亡魂呢？所以我們一定要活下來，要去完成你項大哥生前尚未完成的任務，這樣我們才算實現了你項大哥救我們的價值，知道嗎？」

甜甜這次卻是乖巧的點了點頭，但語氣卻是堅定的道：「伯父說得是，項大哥生前一定有許多未了的心願，甜甜要活下來，要去助項大哥完成他的心願。」

項少龍聽得心下鬆了一口氣，終於說動這任性的小姑娘了。可在欣慰之餘心中更多的卻是悲痛的沉重，悲痛的是項思龍的死，沉重的是自己將到底怎麼去處理歷史呢？

一股濃重的血腥味把項思龍嗆得甦醒了過來，極想睜開雙目，但全身如被猛浸的痛苦讓得他意識甚是模糊，但他身體的顫動卻讓得一個蒼老的聲音欣慰的道：「啊，娃子你醒了，不要亂動，你身中狼毒，傷勢嚴重，失血過多，並且你體內組織似在蛻變，脈象不穩，貧道正為你用五年蟒血浸流消毒呢！老夫在這無量崖隱居千年了，小娃子是老夫千年來所見的第一人呢！也幸你福大命大，被崖上樹枝掛住，老夫正細察你娃子的氣機心性，看你是否是正道之人，誰知你卻意欲求死，只得著黑子也即一條萬年蟒蛇去救了你了！看你身懷嵩山太平寺的羅漢金像，又身懷我武當山逍遙道觀的信物，看來你娃子來歷不淺，可你怎會跌入這無量崖的呢？」

項思龍此時腦際一片空白，對以往的一切似什麼都記不起來了，只對方提到太平寺、逍遙道觀時腦中似有印象，但又甚是模糊，細想時。頓覺頭痛欲裂，禁不住抱頭慘叫起來。

幾縷罡氣射入項思龍的幾處穴上，讓他終於安靜下來，但人卻昏了過去。

蒼老的聲音又響起，自言自語道：「這娃子看來身懷重大秘密，可他到底是什麼來路呢？看他滿身狼抓之傷，定是闖進了狼群，可受傷如此之重，卻還能保住一絲心脈，看他脈象又無絲毫內力，可也真是奇蹟！看他方才痛苦樣子，似是記憶不存了，唉，真是可憐的孩子，貧道玄玉，自當年與日月神教教主狂笑天一戰，心脈全斷，全賴本門無量神功神功苟且偷生，本想閉關在這無量崖的無量洞府內修練神功無上心脈，可誰知歷經千年，終是沒有成功，本門的無量神功也自我玄玉這一代而絕傳於世了。

「千百年來貧道日日盼望有門人能尋到這無量洞府來，可總是失望，今日這娃子入無量崖得以不死，看來是與貧道有緣，貧道一定要救治好他，讓他傳我農缽，重振我逍遙道觀在江湖中的聲望，當年我被狂笑天震斷心脈後，本想給繼承者傳授無量神功，可誰知門中幾個師兄弟見我傷重欲死，竟明爭暗鬥動起刀槍，讓我逍遙道觀掀起血雨腥風。

「我見門中弟子心性不正，如傳了無量神功，或許會遺禍武林，也便沒把無量神功傳及門人了。唉，一切都是天數！還幸貧道今日能遇這娃子，看他氣色神質想是個俠骨柔情的正義之士，貧道可放心授予他的罷！」

蒼老的聲音自語到這裡時，項思龍突地又呻吟了一聲醒過來，老者欣喜道：「娃子，感覺好些了嗎？這萬年蟒血本是貧道用來療傷苟且延續生命的，神效異常，這蟒血浸身流體，又可覺脫胎換骨，你娃子傷勢過重，貧道也只好忍痛割捨了，嗯，看蟒血變清，能量應被你所全然吸收。你可以動了嗎？好！太好了！不要亂動，坐在血池中休息一會！」

項思龍此時確是感覺精神和身體狀況都好了許多，睜開雙目，卻見一面含慈祥微笑，頭髮鬍子全白又長的老者正望著自己，目光滿是關切，但自己腦中卻是一片空白，什麼也記不起來了，愣愣問道：「這裡是什麼地方？前輩是誰？我怎麼會在這裡？」

老者微笑著道：「你先不要問這麼多，貧道會一一告訴你的，還是先養好傷勢再說吧！」

項思龍聽得一怔道：「我受傷嗎？我怎麼受傷的啊，我怎麼在這血池裡，嗯，我是受了傷，身上很痛呢，可我是怎麼受傷的呢？我怎麼不知道啊！」

老者聽得心下微微一歎，看項思龍說話的語氣和神色不會是做作的了，那麼他的記憶看來也正消失了，這樣也好，自己就把他改造為另一個人，讓他永遠也記不起從前，只曉現在。

此念想來，微微一笑的試探道：「你真不知自己是誰，發生什麼事了嗎？」

項思龍側首沉思了片望，搖了搖頭道：「我是誰？發生了什麼事？我不知道啊，前輩，你告訴我我是誰好不好，我很想知道呢！我是誰呢？」

老者聽得再歎一口氣，卻也放下心來，口中念了聲「無量壽佛」後，面容一肅道：「你就是貧道新近所收的關門弟子天遠啊！師父前日著你去洞中後山採藥，你失足跌進了無量崖，所以受了重傷，你難道連師父也不認識嗎？看來你的腦子有了問題了！」

項思龍半信半疑道：「前輩是我師父！你叫我去採藥？我記不起來了啊！師父，那你又是誰呢！你可以把本門情況再次向徒兒講述一遍嗎？」

老者心下有些愧然，卻也徐徐講了起來道：「貧道玄玉，乃武當逍遙道觀的第十代掌門，我逍遙派的開山祖師是無量道人，你是我在年前救下投入貧道門下的，師父也不知你的來歷出生，只是給你取名為天遠，在師父救下你時，你的記憶就喪失了，本經我一年時間的醫治，你已可記起自貧道救下你後所發生的事情，想不到這一次失足受傷，又讓你舊病復發！唉！」

項思龍聽得喃喃自語道：「原來師父也不知道我是誰！」

項少龍領著甜甜出了峽谷，二人的失魂落魄之態，讓得不少行人用詫異的目光看著他們，幸好項少龍身上還有些銀兩，可以供以度日。因心情悲痛，項少龍也沒有說出自己身分打探項羽下落。

這一日二人到得了一座叫作龍港的鎮集，鎮上甚是熱鬧，人們都笑容滿面，一派繁華影像。武當山乃楚地之境，項羽威震天下，又自稱西楚霸王，這裡自是一番太平場面了。

不過項少龍卻是不知自己現在楚地境內，要不只要他一報姓名，想是當可與項羽見面了。

甜甜雖是一副悲苦模樣，但她的絕世玉容卻還是讓得路人頻頻向她注目而視。

對這些人懷著各式心懷的目光，甜甜雖是心生厭惡，但只要沒人來招惹自己，也便不理會他們。

天色已是漸漸見晚，項少龍強擠笑容對甜甜道：「我們找處地方投宿吧！明日再行趕路！」

甜甜漫不經心的「嗯」了聲，可就在這當兒，突地一粗野笑聲響起道：「喲，想不到武當山腳下小鎮中卻還有如此標緻的美人兒呢！啊，看美人一臉愁苦，是誰欺負你了，還是被你家相公拋棄了？」

這話音剛落，又一個尖聲尖氣的聲音響起道：「吳兄弟，你色心又起了，人家可是有主的呢！你沒看見美人兒身邊有個酸秀才嗎？還配有兩柄劍呢，看來是個會家子，你可別碰壁了，再說，這裡可是人家逍遙派的地盤，逍遙一向以正派自居，他們可也不許你在這裡獵色的呢！」

粗野聲音大大咧咧的「呸」了聲道：「那牛鼻子老道算個什麼啊！整天自稱名門正派，擺著一付臭架子在我們武林同道面前指手劃腳，芝麻大小的事情也要管上一管，像他武當逍遙派是武林盟主似的！真他奶奶的，我吳天德早就看不順眼！嘿，他們若管到老子頭上，老子非鬧他逍遙派個雞犬不寧不可！」

說到這裡，噴著一口酒臭之氣，竟是明目張膽的走到甜甜身前，雙手一伸攔住欲入客棧的身子，淫笑著道：「張兄就看我怎生在他武當腳下戲弄這小美人吧！」

說著，伸出一張油油的大手欲去摸甜甜臉蛋，甜甜心下早就氣怒這漢子的淫言淫語了，再加上心情本就因項思龍的死而甚是難過，這刻見對方竟然過分的真實……調戲自己，只氣得銀牙玉手一揚，「啪」的狠搧了這漢子一記耳光，口中怒訴道：「滾開！」

調戲甜甜的漢子被打，尖細的聲音頓時戲謔道：「哈，這是朵帶刺的花兒呢？吳兄可慘了，被小美人給打了一記耳光，嘿，被女人打可是不吉利的事情噢！」

吳姓漢子目中凶光一閃，獰笑著道：「張兄知道什麼？帶刺的花兒我吳天德喜歡，就看我來收拾這小美人吧！」言罷，一手閃電般抓向甜甜肩井骨，看他身手武功也算個一流高手了。

眼看著甜甜就要遭難，一直冷眼旁觀的項少龍再也忍不住了，冷哼一聲，手「鏘」的一聲拔出身上兩把寶劍中的一把，只見血光一閃，墨氏劍法中的第三式殺著「攻守兼備」已應手發出。

吳姓漢子本就要抓著甜甜了，突見劍光自己手腕擊來，嚇得頓忙縮手，對項少龍的精妙劍法，心下為之一稟，身形閃退後，冷視著項少龍道：「原來閣下果真是個會家子啊！嗯，你不知憐香惜玉，惹得你的小娘子悲苦憐人的，就讓大爺我來教訓教訓你這惡丈夫，為小美人消消氣吧！」

說著，也鏘的一聲自腰間拔出一把精光閃閃的大刀，看來也非次品。「唰！唰！唰！」三刀連揮，在身前幻起一片刀光，正待向項少龍出手時，突地一聲冷喝聲自幾人身前客棧內傳出道：「萬里獨行吳天德，你也太過份了吧，竟然真在我武當腳下意圖作惡！」

喝聲中，卻見客棧內閃出了瀟逸的中年道長，正是逍遙派掌門青松道長，目光落在項少龍手中拔出的鬼王劍時，面色又驚又喜的道：「啊，項少俠的寶劍！」

這話一出，項少龍和那吳天德身形同時一震。

第九章　無名小子

項少龍心下巨震的原因卻是因為青松道長勾起了他對項思龍之死的悲痛，而吳天德呢卻是誤以為項少龍是項思龍了，雙目瞪得大大而驚惶的望著項少龍，由此可見項思龍在江湖中的威望。

但吳天德一聽項少龍並非風雲江湖的項思龍，頓即又來了神氣，陰冷的怪笑道：「項少俠失蹤江湖三四個月，他的寶劍落入這酸傢伙手中，定是遭他所害了！嘿嘿，今天老子要殺了你這傢伙為項少俠報仇！」

說著，手中長劍又是一提，欲向項少龍出擊，青松道長卻是沉聲喝道：「閣下且慢動手，咱先聽這位朋友解釋他手中寶劍得何由來再說！如項少俠當真遇害，自有我逍遙派出手為項少俠討公道！」

吳天德聞喝收劍，望著青松道長，冷笑道：「你這牛鼻子老道想獨霸這酸傢伙，莫非是想從他手中獨得項少俠所遺的寶物？嘿嘿，無字天書的確很誘人呢！咱今個兒碰上了，豈容爾等平時自詡正道的偽君子私心得逞呢？至少也得把得來寶物分吳天德一份！」

跟吳天德一道的張姓漢子這時也開口附和道：「吳兄說得不錯，寶物應是見者有份！」

項少龍聽著對方幾人爭議，心下暗驚的同時卻又是怒火熊起。這些人渣，思龍才死，他們見了自己手中鬼王劍就頓然意圖取他的遺物了，當真是可惡之極！不說自己身上沒有思龍任何遺物，就是有也絕不會讓爾等鼠輩得到！心下火著想發作出來，但目光落到甜甜身上時，卻又遲疑住了。

自己是可以拚著一死，反正思龍也不在了！自己爺子二人本非這時代的人！但是甜甜呢？思龍臨終前卻是叫自己照顧好她的啊！還有歷史，也需自己去維護啊！

不！自己絕不能死！為了甜甜，為了歷史，為了項羽，為了……自己絕不能死！

如此想來，項少龍心下的怒火頓然平熄了些，望向青松道長，施了一禮道：「在下二人是項少俠的朋友，道長如欲知曉項少俠的下落，在下可隨你去貴派詳述其中內情！」

青松道長也為吳天德和那張姓漢子的話而心下惱怒著，聞得項少龍這話，目光疑惑不定的沉吟了片刻，緩緩點頭道：「但願閣下能給貧道一個心服的解釋！」

說罷又冷冷的轉向吳、張二人道：「你們兩個武林敗類滾吧！貧道今日有他事，就放過你們，但是下次再被貧道遇上你們作惡，可休怪貧道要出手為武林除害了！」

吳天德聽了卻是仰天一陣哈哈大笑道：「牛鼻子老道，別人怕你逍遙派，我萬里獨行可不怕！你以為三言兩語就可把我嚇唬走嗎？嘿，我可不是三歲小孩子！今天這酸秀才我是要定了！想打架麼？劃下道來，我萬里獨行接著就是！但想來武當逍遙派自詡名門正派，當不會仗勢壓人以多勝少吧！」

青松道長知道不用武力是打發不走吳天德二人的了，當下冷冷道：「萬里獨行，你可也不要那麼囂張！你師父雲石道長當年欲奪本門至寶無量玉璧而被貧道逐出師門，自創了個什麼無敵門，一直為禍武林，貧道若不是念在同門師兄弟份上，早就挑了你無敵門了！哼，說來你無敵門的武功乃源於我武當逍遙派，今天貧道也就讓我徒兒白玉來領教你這雲石道長得意門徒的高招吧！」

話音剛落，身後四道人中一面目冷沉的道長走了出來，衝吳天德微一點頭道：「閣下，領教了！」

說著「鏘！」的一聲長劍已是脫鞘而出，幻出一片劍光直向吳天德全身十八大要穴，劍術之精妙確是教人見了歎為觀止。

可吳天德卻是冷笑一聲，身形沖天而起，脫出白玉劍光籠罩，反是身形在空中翻轉，劍勢連發，由下至下挑削刺歸反擊向白玉。

這時那張姓漢子為吳天德喝了「好」道：「好一招穴凌八面！吳兄輕身功力真不愧萬里獨行這稱號，劍術也是精妙絕倫！逍遙派的兩儀劍法和登雲梯功夫張兄應是達至爐火純青之境了！」

吳天德在空中一陣行意長笑道：「武當逍遙派的武功算得了什麼？我師父創出的乘風破浪輕身功夫和飛雪劍法才當真是武林絕學呢！張老弟且看我這招怒雪

滿天！」

言語間劍法果是一變，劍光幻化如滿天飛雪般直捲向白玉道長，勁氣森冷。

白玉卻是夷然無懼，口中冷冷道：「兩儀劍法行雲師叔是習了前三十六式，其最精妙的卻在後面的四式呢！好，就讓你萬里獨行見識一下兩儀劍法第三十七式風起雲湧！」

冷喝聲中，劍氣頓然大作，猶如刮起狂風般讓人睜不開眼來，幸好眾人身處街道，地面乃是石板，沒有什麼沙土，要不可真要飛沙走石了。

吳天德所發劍花悉數被白玉此招凌厲劍法所擊散，有若飛雪遇上陽光般，一點威勢也沒了。

吳天德見了又驚又怒，暴喝道：「風起雲湧？也沒什麼大不了的！且看我這招雪冰天地！」

喝聲中吳天德手中長劍突地放緩下來，有若太極拳似的慢慢揮出，可劍光所過之處那股刺骨寒意卻讓空氣為之一冷，看來此招果是有點古怪！

青松道長看出了這招的凌厲狠毒之處，白玉如不出狠招是必敗在他此招之下的了，當下沉聲道：「白玉，施出兩儀劍法第四十式——兩儀生天地！」

白玉劍勢正被吳天德的森冷劍氣給續黏住而心頭大急，聞得師父這話，頓忙暴喝一聲，身形先是向後射出，再突地在空中一陣急劇旋轉，且愈轉愈快，空中的氣流也被他太快的身速劍光給凝合了起來，形成一個巨大的氣光團，如脫弦勁箭般疾射向吳天德。

「轟！」的一聲巨大勁氣炸裂之聲響起，只聽兩聲悶哼，吳天德向後蹬蹬連退數步，才穩住身形，臉色煞是蒼白，嘴角也溢出血絲來；白玉身形也是向後退了數丈，在空中連倒翻幾圈著地停身，一張老臉脹得通紅，「嘩」的一聲噴出一口鮮血。

二人的打鬥此時引來了不少圍觀之人，但見雙方都是武林人物，自也無人敢近前圍觀，只遠遠站著瞧熱鬧。

吳天德伸手抹去了嘴角血跡，目光狠狠的盯著青松道長，怨毒道：「這筆帳吳天德記下了！他日必會向你逍遙派討還的！」

說罷向那張姓漢子打了個手勢道：「咱們走！」

看著吳天德二人身形遠去，青松道長才走到白玉身邊，關切問道：「玉兒，感覺怎麼樣？不要緊吧？」

白玉慘然一笑道：「不礙事的師父，只是有些氣悶，調息一下就可好過來！」

青松道長揮出掌向白玉背上中樞穴上渡過一口真氣，直待白玉面色恢復了紅潤後，才收掌憂心忡忡的道：「吳天德功夫尚且如此，看來雲石師弟的功夫更是非同昔日了！唉，我逍遙派乃至當今武林的浩劫已不遠矣！項思龍少俠若不再出來主持武林大局，我中原武林必危矣！」

說到這裡，又轉向項少龍道：「這位朋友，請隨貧道上我武當山吧！」

項思龍全然喪失了以前所有的記憶，不過他的智慧卻還尚在，玄玉道長傳授給他的無量神功和無量劍法他沒費十來天功夫就全然記住了，只是他的內力是絲毫也恢復不起來，玄玉道長給項思龍服下了不知多少靈藥，連救了項思龍的那條萬年巨蟒也犧牲了，把牠的內丹讓項思龍服下，項思龍體內仍是毫無內息，這些靈丹妙藥和蟒蛇內丹就是凡人服下也可平增數百年功力，對項思龍卻毫無效用，不過也無負面影響，讓得玄玉道長也對項思龍的這種情況莫名其妙。

這到底是怎麼回事呢？看這年青人身上武功秘笈如此之多，連自己也不知曉的一些古絕世神功典藉都有，理應是個當代絕世高手啊！可他……為何卻沒有內力呢？以他的聰明才智和超然體能，當不會出現這種現象的啊！這年青人根骨奇佳，是個練武的曠世奇才……這到底怎麼回事呢？旁人服了萬年巨蟒內丹應會出現過敏現象，可這年青人卻如吃豆豆般一點事也沒有……

玄玉道長為項思龍身上的怪異現象，想破了腦殼也想不出個所以然來。

其實連項思龍在神智未失時也想不出自己為何功力全失，何況是玄玉道長呢！

原來養生訣是外星人遺失地球上的一本武學秘藉，可因地球人和外星人體質有別，練功方式也不一樣，養生訣吸納的是各種帶有輻射性質的能量，人體根本無法承受，香香公主無法達至養生訣的大成之境，也是因靠練養生訣時吸收的輻射能量改變了她的生理機能，使她心脈受損之故，但外星人遺下的養生訣確是神奇異常，可保人永世不死，香香公主便活了數千年。

直至把體內養生訣的能量用來送項思龍等四人出天外天時，也形神俱滅而亡。可香香公主因對項思龍心有好感，所以在向四人輸送能量時，她的意念是定向了項思龍，能量也便第一個送到項思龍體內，養生訣能量的輻射物質在那同時破壞了項思龍的生理機能，使他功力盡失。

項思龍功力失去的原因也是因為如此，甜甜本就毫無武功所以渾然無傷，甜甜爺爺因年老休近，承受不住養生訣能量的巨大衝擊，所以死去。

至於項思龍記憶的喪失呢，也是因養生訣能量侵襲入了他的大腦，把他腦內的記憶庫給破壞了。

項少龍和甜甜則因養生訣能量先被項思龍吸收，所以他們記憶並沒受到破壞。這卻也不知是項思龍的禍還是福了。

項思龍因對以往前事毫無記憶，玄玉道長也無從向他問起事由，對項思龍不能具有內力雖是心下暗歎，但對於他的過人才智，卻又是欣慰不已，無論怎樣他逍遙派的武功也是後繼有人不至失傳了。

但是這青年到底是什麼來歷身分的人呢？他身上為何有那麼多武功秘笈？還有，他身懷嵩山太平寺的羅漢金像，五岳劍派的鐵劍令和自己武當逍遙派的逍遙令，看他樣子在當今武林中地位極是崇尊，可他為何會喪失記憶，身陷狼谷跌入這無量崖呢？這……到底是怎麼一回事？

玄玉道長心下疑念重重，卻也是絲毫找不到也想不出任何答案來，還幸項思龍真把他認作了師父，對他恭敬非常，又勤奮好學，不但看完了他自己身上的許多武功秘笈，對玄玉道長所教武功也一一記住領會。

二人這般平靜的在這無量洞府中隱居著，雖是寂寞卻也快活無憂，項思龍則更是安然這種生活，因為這無量洞府並非不見天日之處，而是內中別有洞天，有一處與世隔絕的峽谷，谷中草木盎然，鳥語花香，可也確是處人間樂土，世外桃源。不過，項思龍時時獨坐冥思，目中十分憂鬱的神色，像是在覸懷他記憶中已失去的以往前事。

玄玉道長也知這年青人絕非常人，待自己所學悉數傳予項思龍後，這一日把他叫至自己身前，面色慈祥嚴肅的道：「天遠，你隨師父學藝已有兩個多月了，除你功力不能突破之外，師父一身所學你已全然盡得，你也可以出師了，明日你便出了這無量洞府出外歷練去吧！一來去尋回原來的你，恢復你的記憶，二來將師父所傳武功傳於我武當逍遙派具有正義的門人，不至讓我逍遙派的武功失傳。「記住，外出行走江湖要多行善事，不得仗勢為惡！好了，你去打點一下你的行李，明日師父便送你出洞吧！你我師徒一場，也只緣盡如此了！」

項思龍聽了面容一戚道：「師父，我不想走！你老人家身體不好，我還要照顧你呢！」

玄玉道長聽得心中一暖，卻還是狠下心腸來微笑著搖頭道：「師父還可以自理得過來，你不必為師父擔心。為師已經行將就木了，而你還年輕，卻是不能在這與世隔絕的山洞裡陪為師虛耗時光的。對於你的一片孝心，為師心領了！你還是聽師父的話出洞去吧，如你日後有心，可來這無量洞府探望師父！」

項思龍與玄玉道長相處的時日雖短，但對於他對自己的悉心教導和深切照顧卻是銘記在心的，在師徒二人相處的這兩個多月來，二人已是建立了深厚的師徒之情，現刻玄玉道長著項思龍出洞，心下雖是難過非常，卻也似有著一股模糊不清的莫名興奮，像是這洞外的世界有個聲音在急切的召喚自己似的。

雙目一紅下，項思龍也不再堅持留下，只「撲通」一聲向玄玉道長跪下「咯咯咯」的叩了三個響頭，哽咽著道：「師父的救命之恩和教導之恩，徒兒會永世記在心上的！徒兒出洞後，還望師父一切安康如意！」

玄玉道長喉嚨發澀的扶起項思龍，裝作歡顏道：「傻徒兒，師父這麼多年都能一個人熬過來，你離開後自也能自理的，師父現在是很開心，平生的心願終於了卻了，又收得了你這麼一個出色的乖徒兒，師父真的是很開心！這兩個多月的時間是師父這一生中最開心的日子了！」說著雙目卻是也不自覺的落下淚來。

師徒二人緊緊相擁著，良久良久也沒分開，許多的情感在二人心中流通交融……

項少龍領著甜甜隨青松道長一行上了中國的武林第二大名山——武當山。

在現代時項少龍曾到過武當山一遊，那裡的名勝古跡隨處可見，但是現刻所見的武當山卻是盡然不同，到處都是古木參天，林蔭森林，只一條寬敞的白石台階直通山頂逍遙道觀。

逍遙道觀的建築倒是較為宏雄，不比現代時的武當道觀遜色，周圍環境也顯得甚是雅靜別致，整個逍遙道觀的主建築包括練武校場怕不有千畝之大，可也確是甚為氣派了。

青松道長領了項少龍和甜甜到了內殿的一座神殿，著四個徒弟打發走神殿周圍的他人，並邀其他幾個在逍遙派中身分地位較為崇高的幾大長老入了神殿。

殿中氣氛甚是嚴肅，待眾人坐定道童端上茶水退下後，青松道長雙目精光一閃，望向項少龍沉聲道：「朋友，現在你可以說出你手中的鬼王劍究竟得自何處了吧！」

項少龍可真有些不習慣對方這等像是在審問犯人般的語氣，但念著他們是在關心項思龍的下落，還是耐著性子答道：「項少俠是在下的至交好友，這把鬼王劍是他臨終前遺交給在下的！」

項少龍此話一出，在場中人無不為之色變，青松道長更是長身而起，顫聲道：「你……你說什麼？項少俠他……他已經……這……到底是怎麼回事？還請閣下詳實道來！」

項少龍臉上顯出悲傷神色，淒然道：「這事說來話長了！」

當下把項思龍為尋自己，陷身天外天，後得香香公主之助得以脫身，跌身至一峽谷，醒來後自己和項思龍都發覺功力盡失，可禍不單行，又遇狼群追擊圍攻，項思龍為救自己和甜甜，隻身引狼群，在自己和甜甜沿狼屍尋找項思龍時，卻發現項思龍的佩劍遺落在一萬丈高崖上等等說了一遍，當然對於自己和思龍的父子關係卻是沒有說出。

甜甜這時又是失聲抽泣起來，青松道長則是面若死灰的悵然歎道：「一世英豪想不到……就這般離開我們了！唉，貧道本以為有項少俠這等英才來統領中原武林，江湖就可有一段太平時日了，可……看來江湖中的一場血雨腥風還是避免不了的要爆發了！劫數！劫數！一切都是劫數！中原武林的劫數！正道不景，魔道崛起，當年狂笑天的日月神教聞項少俠乃他們魔教教主日月天帝門人，已是重振旗鼓，由幾大魔頭組織意欲重出江湖了。

「當年魔教還有嵩山太平寺的太虛上人，五岳劍派的君子劍敦峰大俠和我武當逍遙派的玄玉道長幾人克制，可自當年他們與狂笑天的最後一戰，各自閉關隱居不出江湖，幾大門派的絕世神功也便相繼失傳，到了我們這一代人才凋零，再也沒有當年幾位大師之勇了。原以為有項少俠出面統領中原武林，魔教也便可安份下來，可想不到……項少俠卻遭遇不測，看來中原武林的一場劫數是在劫難逃了！」

其他幾位逍遙派的長者也是一臉憂心忡忡之色，其中一位身體瘦長五十上下的老者站了起來，問項少龍道：「不知這位朋友可見過項少俠的屍首？你們所處的是何處峽谷呢？」

項少龍苦笑搖頭道：「我只知那裡四處古木參天怪石紛異，項少俠所跌下的山崖便是深不見底，只見雲霧繚繞，怕不足有萬丈，人跌了下去哪有能活命的呢？在下也正欲找一位熟悉此地山勢的人去崖底尋找項少俠屍體，可因心情不好，所以還沒有行動。我們醒來後所處峽谷離你們武當山也只有十來里的腳程吧，在東面，卻是不知是什麼地方？」

青松道長聽得面容一震道：「狼谷？無量崖？一定是那裡了！狼谷和無量崖乃是我們逍遙派的禁地也是絕地，狼谷中到處野狼遍佈，並且有桃花毒障，無量崖則是傳聞乃是我逍遙派的練功之處，但千年來從無人敢去崖底，也不知那裡到底是個什麼樣子的，只據祖師代代相傳說崖底乃是處沼澤地，瘴氣人畜觸之即死。項少俠跌入此崖那也定是凶多吉少有去無回的了！唉，這股一代英傑英年早世，這老天可真是不公！但願它還能有一絲善心，拯救一下我中原武林的一場浩劫吧！對了，貧道還未請教朋友高姓大名呢，但望能夠賜教！」

說罷，衝項少龍單掌合什以示禮意。

項少龍遲疑了片刻，也抱拳還禮道：「在下項少龍，乃項羽……」

話未說完，青松道長已「啊」的一聲驚喜道：「閣下原來是……當年風雲七國的項上將軍！真是久仰了！傳聞項少俠已失了蹤，原來卻是真的！項羽霸王可正四處尋你呢！」

項少龍淡笑道：「在下賤名想不到道長這等高人也知曉，以往風光可真是讓在下慚愧死了！」

青松道長此時又來了精神，朗聲道：「項上將軍的大名是誰人不知哪人不曉，當年扶嬴政，征戰七國所向無敵，最後傳聞上將軍被嬴政所殺，世人無不悲痛。直待上將軍扶佐你義子項羽討伐大秦，世人才知項上將軍還活著。項羽勢起，上將軍居功首位，再次大展雄風，貧道可也景仰得很呢！」

項少龍連道：「哪裡哪裡。」

青松道長又接著道：「項上將軍俠膽忠心，深受天下大眾所敬服，此次與項霸王推翻罪惡的秦王朝，更是讓世人拍手稱快，我楚地能有今日這般繁榮安定，可也全仗貴爺子討伐大秦，還我大楚河山之故。上將軍英雄了得，又為項少俠的生死至交，此次如能助我中原武林一把，除去魔教，那我中原武林同道無不對上將軍感恩戴德的了！」說著走到項少龍身前向他深施一禮。

項少龍忙扶起青松道長，連連道：「在下無德無能，何敢受此重托？更何況在下武功盡失已是形同廢人，卻是萬萬無力拯救中原武林的了！道長德高望重，武功超絕，區區魔教黨徒卻又何懼之有呢？」

青松道長有些失望的歎了口氣道：「上將軍所言本是不錯，如我中原武林同道能夠同心協力，魔教確也無懼，怎奈前任盟主楚原敗於孤獨無情之手失蹤下落不明後，我中原武林就如一盤散沙，誰也不服誰，懷有異心對盟主寶座虎視眈眈者大有人在，就是武林中正道最具威信的嵩山太平寺，五岳劍派和我武當逍遙派也難以齊心協力，上次在達摩嶺本已推出項少俠為武林盟主，大家也無不對他心服口服，對我中原武林前景生出希望時，可誰知，項少俠卻……

「唉，魔教武功怪異狠辣，尤其是當年魔教的光明左使楊天為和光明右使包不生以及魔教四大法王武功更是高深莫測，現在他們幾人的傳人重出江湖，以為狂笑天報仇為由正式向我中原武林正道挑戰，項少俠又不在，我們這些正道的驚世神功又已失傳，我中原武林確是危矣！」

項少龍沉默不語，這事叫他也無能為力，自己已決心遵守對思龍的承諾退出這古代的一切紛爭，又怎可以去理會江湖中的事情呢？

自己功力全失已形同常人這卻也是件好事，再也不會滋長什麼野心了！在這古代本就是以武力稱雄，自己武功一失，又能有什麼作為呢？

唉，現在一切的後悔都沒有用了。思龍已經不在，自己唯一要去做的便是如何成功的退出這古代的歷史舞台，而後再回塞外草原，決不再涉入這古代的一切爭鬥了。

項少龍心下想著，口中也是說道：「在下雖是有心相助，卻也無能為力，自古有言『邪不勝正』，只要道長努力，讓大家團結一致，一定可以戰勝魔教的！好了，在下還有他事在身，卻要向各位告辭了！」

青松道長沉吟片刻，卻是出言勸止道：「吳天德和那張保山二人見了上將軍手持項少俠的鬼王劍卻是誤以為上將軍得了項少俠的所遺至寶，一定會在江湖中大加宣傳，項上將軍如出去，定會有危險，依貧道看來，還是讓我發出武林帖邀請天下英豪來我武當山，讓項少俠講明情況還你清白後項少俠再離開吧！至於項霸王那邊，貧道自會派門下弟子送去項少俠消息的！」

項少龍感激的搖了搖頭道：「道長一片好意在下心領了，在下如留在貴派，武林中的一些不肖貪心之徒定會找貴派麻煩，在下還是下山去吧！至於在下重現於世之事，請道長暫且還不要洩露出去，在下不想驚動羽兒他們，況且我目下還有些要事去辦，便是把甜甜姑娘送回西域地冥鬼府去，把項少俠不幸的消息告訴他的親人和朋友，倘他們有意承項少俠遺志，說不定會不讓魔教逞兇作惡呢！」

青松道長聽得一喜，即又搖頭道：「能有地冥鬼府出面維護我中原武林，那魔教自是成不了什麼大氣候，只是項上將軍此番去西域路途遙遠，江湖敗類定會纏上你，上將軍功力又失，更是危險重重，反正即便上將軍離開我武當山，江湖敗類也必會找上我逍遙派——他們定懷疑上將軍把項少俠生前遺物給了我們，我逍遙派已是接下這些麻煩定了，所以我看項少將軍還是留下來，待江湖同道同集我武當山，項上將軍解釋清楚後，再讓各派派出數名好手護送上將軍去西域吧！對於上將軍暫且不欲讓項霸王知道你下落，肯定會著門人嚴守上將軍身分之秘的！」

項少龍沉吟了片刻道：「既然如此，那在下就恭敬不如從命，打擾貴派了！」

無量洞府雖是處在無量崖的萬丈高崖之間，卻還是有一條履道可直通武當山後山的一處溫泉之口進行出入。玄玉道長邊送項思龍行走在秘道，邊介紹道：「這條秘道乃是處天然熔洞，當年被逍遙派師祖無量道人發現，於是便在無量崖上開出了無量洞府作出閉關修練之所，對此秘密逍遙派只傳掌門知曉，可自為師這代以後門人卻是再也無人知曉了！天遠，你出洞之後，可也要記著這條門規，絕不許把此洞之處告訴外人。為師送給你的赤霞神劍乃當年師祖無量道人之物，你可也要好好保管了！記住，人在江湖，要廣積善德，如此才能成為一代大俠！

「為師也知你身世不凡，不過你現在面容被毀，為師救下你時，你的臉已是血肉模糊，所以也無法用易容為你恢復本來容貌，你現在面目乃為師當年之貌，想是當今世上已無人識得你，你記憶又失，所以要尋回原來的你，可也要全靠你自己的造化了。

「現在的你出了江湖只是個無名小子，一切都得從頭開始，不管你從前多麼風光也已成為過去，所以你要好自為之，可不要丟了為師的臉。你以前身上之物，為師都暫且為你保管，因你功力盡失，如遇不軌之徒奪過這些典藉，江湖必會再生風波，所以你要尋找親人朋友都有難處，但世上無難事，只怕有心人，終有一日你會知道你本是誰的。

「你革囊中的兩隻金線蛇為師已煉製成十粒丹藥，既可解世上萬毒，又可增千年功力，待日後你尋出自己武功失去原因，找到還原功力之法後你可服下，鐵劍令、逍遙令、羅漢金像你可要保管好，那可都是武林至寶，無一不象徵著當世武林的權威，羅漢金像更是當年嵩山太平無極禪師所遺，內中隱有極大機密，你決不能遺失。好了，師父也就送你到這裡，出了江湖後，你一切可都要小心謹慎，江湖險詐，凡事小心為上策！」

項思龍聽得一一點頭，但當玄玉道長說至最後幾句時，卻又是悲從中來的低呼道：「師父，我捨不得離開你啊！」

玄玉道長胸中也是極不好過，伸手慈愛的摸著項思龍的頭，強忍離情別緒微笑道：「癡兒，咱們今日一別又不是永世不再相見了，何必難過呢？你可是個大人啊，還這麼婆婆媽媽的！」

玄玉道長心下其實也捨不得項思龍離開自己，想他在無量洞府中一個人待了數千年，自是孤寂非常，好不容易有了項思龍來陪他，現在自己卻又要送他走了，他心中能不難過嗎？

不過，他卻不知他這次和項思龍的一別卻當真是永無再見之日了，因為項思龍他……

項思龍聽玄玉道長的安慰後，果也心情好了些，卻還是哽咽道：「待弟子把無量神功傳給本門具有資質的師兄弟，探聽出自己身世後，徒兒定回來陪老人家！」

玄玉道長點頭柔聲道：「外面的世界很大很精采，你卻不要迷失了自己才是！」

項思龍肅容沉聲道：「一定不會的，師父，徒兒永遠是現在這般的天遠！」

玄平道長欣慰道：「師父相信你！不過你出谷後先不要道出你是我逍遙的門人，更不要說你承了師父的武功，要裝什麼也不知道的樣子。這樣你既好保護自己，又利對考察本門弟子的資質，以擇人授功。俗話說『樹大招風』，你還是保持沉默，讓自己平凡些的好，不可爭功名利祿之心。

「要不你一洩自己身懷異寶，又懂多門神功口訣，而你只會招式沒有內力，對付個二三流的高手還可，但要對付一流高手或絕頂高手卻是不能的了，這樣你就會招來殺身之禍！師父的話你可要謹記了！」

說到這裡卻突又似記起了什麼似的，接著又道：「你是為師的俗家弟子，不宜用天遠這法號，為師還是為你取俗名吧！嗯，志比天高，笑傲江湖，你就叫作凌嘯天吧！」

項思龍喜道：「多謝師父賜名，徒兒走了，師父多多保重！」

說著跪下向玄玉道長叩頭。

玄玉道長扶起項思龍拍了拍他的虎肩，哽咽道：「你也要多多保重！」

項少龍依青松之言與甜甜一起留在了武當山，二人因悲痛傷心思龍的不幸，所以各自閉門不出，在青松道長為他們安排的廂房內獨自冥思，還好數日來，並無人找上門來惹逍遙派麻煩，項少龍心下的擔憂漸漸淡了些，只思想著自己來到這古代後所發生的一切事情。

與秦始皇當年的交往自是不必說的了，最讓項少龍心煩意亂的就是項羽了。自己把寶兒諦造為項羽到底是做對了？還是做錯了呢？歷史中真正的項羽死去了，自己把寶兒造就成西楚霸王項羽，在另一角度來說不但沒改變歷史還是在譜寫歷史。如沒有自己，寶兒不成項羽，歷史卻才是真不成歷史了呢！自己做的錯事卻是意圖刺殺劉邦，為寶兒除去將來的心腹大患了。

現在思龍為救自己而死，自己也向他承諾過不再改變歷史，可是自己是否有能力把寶兒從歷史中成功的救出呢？如不成，難道真眼睜睜的看著寶兒被劉邦迫得烏江自刎嗎？

還有嫣然、琴清、烏卓他們，羽兒一敗，他們的命運又將會是什麼樣子的呢！

項少龍真不敢想下去了，心下的痛苦真無法用筆墨來形容之。自己到底該怎麼辦呢？老天啊，你為何要如此苦苦折磨我項少龍？思龍死了，寶兒的命運也是悲局，我……我現在到底該怎麼做呢？

項少龍都快痛苦得呻吟出聲來，這時一陣敲門聲打斷了他的沉思，只聽青松道長的聲音在門外響起道：「上將軍，你休息了嗎？不知貧道可否進來與你一敘？」

項少龍聽青松道長的語氣顯得有些沉重，心神一斂，頓忙從座上站起，邊走去開房門邊道：「在下只是在打坐養神而已，道長有什麼事嗎？」說著時房門已是打開，卻見青松道長一臉凝重之色，當下又沉聲問道：「是不是發生什麼事了？道長的臉色這麼難看？有歹徒上山來擾亂了嗎？」

青松道長緩緩的點了點頭，走進廂房，語氣沉重的道：「近兩日來接二連三的有些貪心膽大之徒上山搗亂，但悉數被貧道門下弟子以七十二罡劍陣擋了回去，但我們卻也從來犯敵人中看出，除了一些不入流的三四流角色外，竟還有些混在其中的正派弟子，所以……依我看，再過二十天的武林大會，我逍遙派或許將有一場浩劫，看來江湖中是沒人會相信上將軍的話了，他們都誤以為貧道從上將軍身上得了項少俠的遺物。唉，人心不古，也難怪魔教會迅速發展起來乘虛而入的了！」

項少龍面有愧色的道：「都是在下給貴派帶來的麻煩，真是教在下內疚於心了！我看我們二人還是離開武當山吧！如此江湖中的異心邪士就會轉移目標，貴派許能化解這場劫難。」

青松道長苦笑道：「上將軍離不離開都是沒用的了，貧道已經發下武林帖，天下群雄於不日就會齊齊趕至我武當山，若上將軍離開，反會教人心中疑念更深，所以也不必了吧！如上將軍遭遇不測，那可是我逍遙派的責任，會讓貧道羞愧難當的了！

「反正事已至此，貧道退無可避，身正不怕影倒，真金不怕火煉，只要無愧於心，他人誤解又何必放在心上呢！上將軍是項少俠的生死至交，又是項霸王的義父，項少俠為救上將軍而英世，貧道作出點犧牲又算得了什麼呢？只是上將軍的安危，卻教貧道不安於心，如在英雄大會上有人向你發難，上將軍卻是危險了，貧道正是為這事發愁呢！」

項少龍聽得感激道：「道長此番好意在下心領了，但生死由天，在下倒也無懼旁人發難！」

青松道長欣賞道：「上將軍果是有股凜然正氣！不過據貧道門人探子回報，說西域地冥鬼府也已得了項少俠失蹤消息，已派了大批人馬前往中原追尋項少俠下落了，如能得他們信任相助，中原武林同道當應還無人敢跟他們作對吧！地冥鬼府現今實力可比之百年前鼎盛時期還旺得多呢！」

項少龍聽得心下莫名一凛，卻又是喜道：「道長有何與他們連絡的方法沒有呢？在下或許可以有辦法說服他們，助我們化解眼前這場浩劫呢！」

青松道長面容一展道：「上將軍願出面與地冥鬼府的人交涉那可是太好了，貧道這便著人去與他們連絡！」

說罷辭了項少龍快步離去，只讓得項少龍心情起伏的怔立當場。

項思龍沿著秋道行至盡頭，從武當山後山的溫泉出口處走了出來。

此時已是春三月，下午的陽光柔和的射在人的身上，感覺舒服非常。

項思龍的心情也是又傷感又興奮，且還有一絲茫然。

現在這世界對自己來說是陌生的啊！自己該去做些什麼呢？師父玄玉道長叫自己上武當山卻又叫自己隱瞞身分，裝作什麼也不懂的一介無名小子，這……自己卻是該如何去做呢？

心下思緒莫明的想著，但整個人仍是顯得精神非常。一個全新的武林生活將在項思龍腳下展開，他這「無名小子」能尋回原來的自己嗎？

武當山上英雄群集，但卻並無什麼熱鬧歡快的氣氛。

各門各派的人都在為傳來的項思龍的死訊而心情紛呈著，與項思龍打過交道的圓正大師，向問天和青松道長等心情自是既悲痛又沉重，其他之人則大半都是在打項思龍遺物的主意。

大家都各懷心思，所以也甚少言語，一股濃重的火藥味在武當山上瀰漫著。

只待武林中黑白兩道的人一來齊，項少龍一出現只怕一場大戰就要爆發了。

在這緊張的氣氛中，最為活躍的就是曾見過項少龍和甜甜的吳天德和張保山了。

這二人在一些品質低劣的門派中竄來竄去，大肆宣傳他們親眼見過項少龍手中握著項思龍的鬼王劍，並且添油加醋的編造說項少龍已得到項思龍的遺物，其中包括武林至寶無字天書，又說什麼項思龍被項少龍所殺，項少龍親口承認等一些謠言，還說青松道長心懷私念想獨吞項思龍的遺物，所以軟禁了項少龍，召開這次武林大會只不過是為了掩人耳目等挑惑人心的話。

這一來，果也鬧得人心各異，許多門派都私下裡盤算起怎樣奪取項思龍遺物的計畫來。

對於各大門派對自己逍遙派的敵視情緒，青松道長自是瞧在眼裡，心下有數，雖是暗驚，卻也夷然無懼，坦然笑臉的與武林群雄打招呼，因為他一來自信自己沒有做什麼虧心事；二來他也作好了一切意外發生的防範，武當山已有若銅牆鐵壁，再加上他與地冥鬼府派出中原來尋項思龍的天絕地滅、鬼影修羅、孤獨驚鳴等一眾絕頂高手聯繫上，且通過項少龍的解說獲得了他們的信任，他們也決定幫助他逍遙派對付那些懷有異心的傢伙了。

圓正大師和向問天則是大歎天妒英才，對項思龍的不幸痛心不已，不過他們卻倒也信了青松道長的話，顯出名門大派的風範，只是對中原武林危機四伏擔憂非常。

武當山已成了天下武林矚目的地方，大家除了關注項思龍遺物之外，卻也不少關注中原武林安危的俠義之士在憂心忡忡的談起了日月神教復出江湖之事。

對於這次的武林大會，魔教會不會有人潛伏進來呢？

危機隨著舉行武林大會的日子越來越近，也越來越濃。

逍遙派的重地每當夜間就時有不少蒙面黑衣人意圖私闖，但均都被守衛其中的逍遙派高手擊退或擊殺亦或未成重傷亦或擒住，可闖重地的人不是聞警止步而是愈來愈多，武功也愈來愈高，雖是終未有一人得逞，可逍遙派的守關之人也死傷不少。火藥味越來越濃，眾人的心情也越來越沉重。逍遙派能逃過這場劫難嗎？項少龍呢？他出現後，武當山上將會出現怎樣混亂的局面？

可笑！項思龍卻是未曾真死呢！他這「無名小子」正出了無量洞府往武當山趕來呢！

第十章　武林危機

當項思龍踏進武當山山腳的龍港鎮時，卻見此鎮熱鬧非凡，隨處可見腰佩刀劍的江湖中人出沒街頭大街小巷，各大酒樓客棧更是全都暴滿，只喜得店家眉開眼笑卻也憂心非常，生怕得罪了這些出手豪闊卻是難惹的爺們。

項思龍記憶全失，乍見這麼多的江湖中人，只覺既是新鮮又是警覺，記起師父玄玉道長著他不得出風頭的話，所以甚少言語，但年青好奇的心性卻也讓他混跡於武林中人群聚的一家酒樓上，點了幾樣小菜要了一壺上等好酒，慢慢自酌自飲，旁聽起他人議論紛紛的話來。

只聽近旁一桌有十多人的三十上下的粗野漢子指手劃腳的道：「嘿，聽說此次武當山逍遙派召集的武林大會，是為了處置那殺害項少俠的一男一女，他們殺了項少俠，並且奪得了項少俠的遺物，其中就包括了當年赤帝留於世人的至寶無字天書，傳聞誰得了無字天書，就可以成為天下武林第一人，秦始皇當年得天下平定六國，也是因得了無字天書之故呢！」

另一名模樣斯文的中年文士慢條斯理的接口道：「項少俠威震天下，乃當年魔教教主日月天帝的記名弟子，為魔教教主、地冥鬼府鬼王、北冥宮少宮主、修羅殿的修羅王，又控制了匈奴國。他的遺物自也是武林中人夢寐以求的了，逍遙派的人擒了那害死項少俠的一男一女，只怕項少俠的遺物都落入了人家逍遙派手裡了。唉，我們恐怕都只是來湊湊熱鬧而已！」

再一名面色陰沉的老者冷哼了一聲道：「他逍遙派算得了什麼！項少俠乃日月神教教主，他的遺物也自應歸神教所有，任何人都無權私有，欲奪寶物者，唯有死路一條！」

先前那粗野漢子聽得面色一變道：「閣下是誰？你這話是什麼意思？日月神教乃武林公認魔教，閣下怎可以為他邪教說話呢？這不是……」

話未說完，冷面老者已嘿嘿冷笑截口道：「日月神教，千秋成萬載！一統江湖，唯我獨尊！勝者為王，敗者為寇？我神教教主狂笑天當年被自命不凡的江湖正道之士圍攻，敗北退隱江湖，此番項教主清除西方魔教，重振我日月神教聲威，他現在遇害，可我神教萬千教眾還在，自是要繼承項教主遺志，為他和狂笑天教主向武林討個公道！嘿，本座乃日月神教大陰法王弟子馮劫。此次前來武當山正是奉光明左使楊天為之命前來武當山向逍遙派取回項教主遺物的！爾等鼠輩最好不要想混水摸魚，我神教此次足有千人已至武當山，弄不好什麼也沒撈著反會白送了性命的！」

這話一落，酒樓上一片混亂，有膽小怕事的也有義憤填膺的，驚呼聲怒喝聲響成一片。

粗野漢子腰間長劍已是拔出，直指冷面老者，沉聲喝道：「魔教一出，江湖必亂，在這武當山腳下，豈容爾等魔教之徒從中作亂？在下天山派流星劍花雲，今日也要為江湖除魔衛道了！」

冷面老者嘿嘿一陣冷笑道：「米粒之光也敢逞強？好，就讓我馮劫來領教一下閣下高招吧！」

言語間二人已是出劍對打了起來，粗野漢子顯然不是冷面老者的敵手，但是在場中人卻竟無一人上前幫粗野漢子的忙，反是均都退了開去，在旁看起熱鬧來。

店主聞訊酒樓發生打鬥，只急得眉開眼笑的臉變成了苦瓜色，可也不敢出言制止。

項思龍此時心中雖是想上前幫忙，卻因一來自己也無能為力，二來也怕因此而洩露了身分，所以也只得退往一旁，心下卻是對那冷面老者的霸道甚是不滿，對粗野漢子卻是有些敬仰，對眾武林同道的冷漠則又是大歎人心不古世風日下，如此江湖，哪能重振什麼雄風？

只不知眾人口中所說「項少俠」是什麼人，正邪兩道似都對此人懷有敬畏之間，卻又不知這「項少俠」是怎麼死去的，他的遺物為何有這麼多的人去爭搶？不過「人為財死鳥為食亡」這話是不錯的了！幸好師父把自己身上的一些武功秘笈等寶物都留在了無量洞府中，也幸得師父告誡自己要小心江湖人物的不詭之心，讓自己不可出風頭，這話也確是大有道理的呢！

項思龍心下如此想著，卻是不知眾人口中所說的「項少俠」正是自己，眾人可都是為著自己的「遺物」而鬥個你死我活，且一場更大的武林暴風雨正為自己而拉開序幕呢！

思忖間，粗野漢子被冷面老者迫得節節敗退，正往自己所站的位置退來。

項思龍眉頭一皺，正欲閃身避開，不想此時粗野漢子一腳踩住了他的腳尖，當下心念一轉，故作後退不及之狀，但暗地裡卻施展斗轉星移的巧勁教粗野漢子施出了記憶猶存的月氏劍法。

劍光直閃，冷面漢子嚇得身形暴退「咦」了一聲，雙目緊緊的望向項思龍。

項思龍此時卻裝作身形被粗野漢子撞得「撲通」一聲跌了個仰面朝天，一臉驚惶。

冷面老者嘴角浮起一絲嗤笑，目光終於移開項思龍的臉，轉向粗野漢子花雲冷冷道：「想不到閣下倒還是個深藏不露的高手呢，方才那一招所使的是什麼劍法，本座倒是從未見過！」

花雲死裡逃生，也是一臉驚詫莫名，自己突地所使的絕世劍法感覺似有人在幫助自己，但對方卻又無一絲內力，說是身後這顯得不解世事的忠厚青年在暗中相助自己吧，他卻又當眾被自己撞了個四腳朝天，想來也不會是他的了！那這相助自己的到底是何方高人呢？為何不聞其聲不見其人？

心下想著，卻也對這暗中相助自己的人感激不已，同時也膽氣一壯，沉聲道：「高手不算，但要對付爾等魔教之徒竟還是綽綽有餘的！今天的比試咱們就到此為止，日後在下定會再次向你魔教挑戰的！」

冷面老者身上衣衫被項思龍暗助花雲的那一劍刺了十多個小洞，還幸好花雲是意知全無的發劍，要不可就要在他身上刺十幾個小洞了，不死也會重傷吧！心下對花雲也存了戒心，雖是不信花雲會使出如此驚世劍法，但如真有高人相助的話，自己再與他纏鬥，卻也當討不了好去，弄不好反會丟了性命！相反，自己日月神教此次高手盡出，準備在此次武當山的武林大會上一舉挫敗天下群雄，還怕到時報不了這一劍之仇？

不過這暗中相助花雲的人能掩過自己耳目不動聲色的相助他，卻倒是個厲害角色，自己倒要去向師父稟報此事！如方才那招劍法確是眼前這花雲自己使出，那麼他確是個深藏不露的高手了，倒要小心提防！

如此想來，當下冷目一轉道：「好！山不轉水轉，閣下高招本座今日領教了，但願咱們後會有期！」

言罷，也不再多說什麼，身形一閃出了酒樓。場中氣氛一時為之一靜，眾人的目光都投向了花雲，但很快這種沉寂就被打破，大家都七嘴八舌的稱誇花雲方才那驚世一劍，贊他膽色超群，武功高超為武林正道護了顏面，那模樣斯文的中年文士更是皮笑肉不笑的上前大拍馬屁道：「花大俠果然不愧有流星劍之稱，出劍確是如電光火石神妙無比，天山派有花大俠這般高手，咱中原武林的前景大有希望了！」

花雲則是冷哼了一聲，淡淡道：「金錢莊的帳房總管鐵手神算今竟也出言如此誇讚在下，真是教在下愧不敢當呢！嘿，說實話方才那一劍並非在下所施，而是暗中有人相助在下，只不想一劍驚退那魔教馮劫，在下能撿回這條小命可也真虧那暗中高人了，大家卻也不要虛誇在下了吧！」

說罷，目光不經意的望了項思龍一眼，只嚇得項思龍心下忐忑不已，生怕花雲洩了自己相助他之事，那自己只怕是有得危險和麻煩了，不過這花雲性子耿直，又不畏強敵，倒也是條漢子，值得交個朋友。

項思龍心下如此想著，花雲已是把目光從他身上移開了，又冷冷道：「諸位此次前來武當山，原來卻是醉翁之意不在酒！在下雖也對項少俠的遺物動心，卻是只想一睹無字天書而已，倒沒有想把寶物據為己有之心，諸位心懷叵測，對魔教倒視若無睹，這倒真叫在下寒了心！我中原武林之所以自楚原盟主敗北一厥不振，可不正是因著爾等不團結的心念，在下有一句話奉勸諸位——自古邪不勝正，寶物應為有德者得之。

「項少俠泉下有靈，當然也會對諸位的私心瞧不起的，此次武林大會，江湖英雄群集，高手如雲，不說嵩山太平寺、五岳劍派、武當逍遙派不會讓項少俠遺物被奸人所得，就是項少俠地冥鬼府的高手當也會出面干涉此事，諸位還是佛海無邊，回頭是岸罷！好，在下的話也只這麼多了！告辭！」

言罷，在眾人驚怒羞愧各異的目光中大踏步走出了酒樓，見了那愁眉苦臉的店主，順手自懷裡掏出一錠黃金拋給了他道：「店家，這錠金子算酒錢，餘下的算賠償該店損失！」

店主捧了金子，頓然臉上又顯笑容，連道：「多謝客官！下次再來！」等恭維的話，可花雲早已飄然而去了，只看得項思龍雙目放光，心下暗道：「好一條漢子！」

當下也付了酒帳，尾隨花雲而去。

花雲走得並不見快，似有意在等項思龍似的，但一路並未回頭看他，只直待二人一前一後行至了一處偏避的胡同，才停止腳步，轉身對項思龍微微一笑：「朋友一路跟著花某有什麼事嗎？」

項思龍被問得一愣，訕訕道：「這個……在下方才在酒樓見花大俠的所作所為，心下敬服，所以……所以跟了來，想拜花大俠為師，不知……不知花大俠是否應允呢？」

花雲淡淡一笑道：「少俠藝業驚人，花某怎配作少俠之師呢？方才少俠在酒樓暗中相助在下，花某還不知怎麼感激呢！要說拜師學藝，應是花茶拜少俠為師才對！」

說到這裡向項思龍拱了拱手，接著又道：「請教少俠高姓大名，不知少俠師承何門何派？」

項思龍心下暗驚，卻是裝作驚惶的連連擺手道：「花大俠誤會了，在下只不過是江湖中一個新出道的無名小子，對武林生活甚是嚮往，卻是無門無源，也更無師承，何談藝業驚人呢？花大俠不要取笑在下！」

花雲心下疑念不減的道：「少俠不方便告知姓名師承也便罷了，又何必謙虛呢？方才花某在酒樓與那魔教馮劫一戰，本以為必死無疑，不想跌撞至少俠處，卻突然手中長劍被人支使揮出，才使出那驚世一劍，擊退馮劫，保了性命，如不是少俠相助卻是誰來？少俠不想外人知道你的武功，在下定不會亂說的，少俠放心就是！」

項思龍苦笑道：「即便是有人相助花大俠，卻也決不會是在下的，花大俠沒看見在下被你撞了個仰面朝天嗎？如是高手，何必當眾丟此大醜？再有花大俠如不信在下所言，但請把一下在下的脈門，看看有無內息便可知在下是否會武功了！唉，說來也慚愧，在下逢幼偏居深山鄉村，對武技一道一竅不能，只略精悉此狩獵之法，此次出門是以豬皮換些另物進山，剛巧遇上武當此次的武林大會，正好在此，所以逗留幾日，今個兒見花大俠的男兒本色，心生敬仰，所以欲拜花大俠為師，不想卻讓花大俠誤會了！」

說著從容伸出手去讓花雲把住他脈門查看他是否會武功，平常之人脈門把扣當會絲毫動彈不得，即便是當世高手，如脈門被另一高手所扣，也是最危險得很，等同是把性命交給對方手中，不過項思龍卻是真無內力，又自認為花雲是條好漢，所以放心的如此做來。

花雲見項思龍把手腕伸給了自己，語態那股誠摯認真，倒也一愣，不過還是雙指一扣握住了項思龍脈門，用目凝思了好一陣後才鬆了開來，語音怪怪的道：「真的不是你，真的不是你！那到底是誰在相助花某呢？唉，奇怪！小兄弟當真是絲毫內力也沒有！」

如此喃喃自語了半天，才收神來，對項思龍溫和一笑道：「小兄弟雖真不會武功，但我看你的資質，當為上等練武的料子。花某武功其實在江湖中也不算入流。頂多只能算是個二流好手而已，小兄弟如跟在下習藝，當只會埋沒了你這身資質。武林中高人多得是，像圓正大師、狂劍客向問天、青松道長，他們無不是當今武林的絕頂高手，小兄弟要拜師學藝，卻是還請另覓高人吧，在下教不來你的！

「小兄弟如能覓得名師指點，假以時日定會成為武林的一朵奇葩！唉，不過當今武林世風日下，中原武林一場浩劫在即，小兄弟還是不要習武步入江湖的好吧！能做個平常人卻也是一種福氣吧！現在暴秦覆滅，項霸王義德天下，劉沛公仁政寬和，應也算是個太平盛世了！」

說到這裡，花雲長長的歎了一口氣，一臉的悵然失落憧憬之色。

項思龍聽得也似有些感觸，雙目發怔的沉吟不語起來。

二人靜默了好一片刻，花雲才笑了笑道：「在下雖不能作小兄弟師父，但小兄弟如不嫌棄的話，在下倒願與小兄弟作個朋友，不知小兄弟可看得起我這落魄無名的大哥？」

項思龍說要拜花雲為師其實也只是搪塞之語，說來以他的武學根基，已可算是一代武學宗師了，又何屑拜花雲為師呢？再說，項思龍在玄玉道長那等世外高人的教導下，也無法恢復功力，更何況花雲呢？不過，項思龍確也敬服花雲有膽識的英雄本色，如花雲願意，拜他為師也是心甘情願。

當下不用做作也是一臉的失望之色，喃喃道：「這個在下豈敢高攀呢？在下只不過是個初出茅廬的無名小子，而花大俠則是江湖中鼎鼎大名的武林英雄，在下……」

項思龍的話還未說完，花雲就已爽然一笑的截口道：「江湖之交，貴在知心，何管他什麼貧富貴賤?在下與小兄弟一見如故，小兄弟願意，不若我們結為異姓兄弟如何？」

說罷見項思龍遲疑不決，接著又道：「咱江湖兄弟，何必扭扭捏捏的呢?兄弟爽快點呢！」

項思龍被花雲的坦誠感染了，當下也朗聲笑道：「那小弟就恭敬不如從命了！小弟名叫凌嘯天，今年二十二虛歲，花大哥年紀定比我長，那就請受小弟一拜了！」說著向花雲跪拜了下去。

花雲忙雙手扶起了他，拍了拍項思龍的虎肩，哈哈大笑道：「好！好兄弟！我花雲今日起誓，與凌嘯天結為異姓兄弟，今生雖不能同年同月同日生，但願能同年同月同日死！」

項思龍也緊接其後起誓，二人相擁一起齊聲大笑，只驚擾得有行人駐足詫異觀看。

花雲拍著項思龍的背道：「凌二弟，江湖乃是個多事之地，如無必要還是不要步入江湖人之路為好，俗話說『人在江湖，身不由己』，這的確也是有至深道理的吧！」

項思龍不好意思的道：「花大哥請不要見怪，小弟方才之言實有不真。小弟此次身入江湖，乃是受人之托有事情要辦的，至於何事卻也不便告之，還請花大哥見諒了，不過日後花大哥或許會明白的吧！」

花雲坦然笑道：「每個人都有自己的隱私，凌二弟不便說的話也就不要說了吧，大哥相信你就是！嗯，不知二弟有需要大哥相助的地方沒有？還請儘管開口，大哥雖不是什麼江湖名人，但對江湖歷聞卻或許比你見識多些，只要大哥做得到的，大哥一定鼎力相助！」

項思龍感激道：「那自是會的！小弟對江湖世故一概不知，還望能跟著大哥增長些見識！」

花雲一口應承道：「這個沒問題，大哥此番正外奉本門之命前來武當山參加幾日後的武林大會，凌二弟跟著大哥去見識見識好了！此次武林大會江湖英雄群集，二弟定可增長不少見識的！」

說到這裡頓了頓，突又面容一沉道：「不過，二弟卻也是多看看少說話，此次武林大會雖實說是逍遙派向天下公佈項少俠的死訊和討論對付日月神教，但依我看來，不少人都心懷不詭，只是對項少俠的遺物虎視眈眈，再加上魔教也來干涉此事了，所以此次武林大會必將危險重重，咱們既不為寶也不為名，二弟可也不要胡來亂來，江湖可不比深山鄉舍，險詐得很呢！」

項思龍受教點頭，卻也好奇的問道：「那項少俠是何許人來著？在江湖中的影響這麼大！」

花雲面露崇拜神色道：「項少俠名叫項思龍，大哥在原秦都咸陽時曾與他共事過，此人義薄雲天，俠膽忠心，一劍平定西方魔教，為我中原解除了一場千古武林浩劫，又把任秦官中權高勢大的丞相趙高耍得團團轉，是個可翻手為雲覆手為雨的英雄人物，也是天下武林同道共同推舉出的武林盟主，又與沛公劉邦是結義兄弟，與西楚霸王項羽也是好兄弟……嘿，說起他的英雄事情來，卻可是一天一夜也說不完呢！不過，江湖傳聞……項少俠卻教不知名的一男一女給殺了……此次的武林大會也是因項少俠的死而舉行的！」

說到這裡一臉的悲痛之色。

項思龍只聽得一臉的古怪之色，對花雲所說的項思龍似曾熟悉卻「實」則陌生異常。

項思龍？……他是誰呢？自己為何會對這名字有種熟悉的感覺？難道他是自己以前的朋友？只可惜他卻死了，要不自己倒可從他身上打探出些自己的身世來！

一股莫名的悲痛湧上項思龍的心頭，讓得他只覺得心如刀割般的利痛。

這……自己聽了項思龍這名字，為何有這種悲痛的感覺呢？他與自己身世真有什麼關聯嗎？

自己到底是誰呢？難道真如師父所說，自己本身就是武林中人嗎？還有，自己聽了劉邦、項羽這兩個名字心頭也是禁不住為之一跳，難道自己與他們也有什麼聯繫？這些人可似乎都是江湖或政權中赫赫有名的人物啊！自己與他們會有什麼關係呢？

一時間，項思龍想得出了神，只覺一顆心沉重非常，直待花雲詫異的輕喚：「二弟，你怎麼了？」

才斂神回來，不自然的笑了笑道：「噢，沒什麼花大哥，我只是嘆惜那項少俠英年早逝呢！」

花雲聽了歎了口氣道：「可不是麼？項少俠如不死，現在的武林和天下將會是怎樣一個太平的局面啊！日月神教也就不會興風作浪，各門各派也不會再次四分五裂，心懷各異，而沛公劉邦和西楚霸王也就不會為爭天下而打得不可開交了！唉，真是天妒英才！」

項思龍只覺再聽什麼「項少俠」、「劉邦」、「項羽」之名就頭痛欲裂，當下轉過話題道：「花大哥，日月神教到底是一個怎樣的教派呢？江湖中人為何稱他們為魔教？」

花雲再歎了一口氣道：「日月神教本自千多年前狂笑天一代而基本宣告滅亡，而後起的西方魔教雖為日月神教後身，但自日月天帝突地失蹤後，西方魔教在中原也自此銷聲匿跡，雖還有不少魔教教徒隱伏江湖之中，但再無興風作浪之能，直至年前西方阿沙拉元首和枯木真師他們再次意圖侵犯我中原武林，卻被項少俠所消滅，挽救了我中原武林的一場劫難。

「可自項少俠不幸的消息傳開後，魔教餘孽再次死灰復燃，舉著為項少俠復仇的幌子公然向中原武林宣戰，而武林各門各派卻又是群龍無首一盤散沙，優劣參差不齊，魔教餘孽也得以迅速發展了他們勢力，控制了武林中的不少門派，再加上他們魔教中人武功邪異高深莫測，所以我中原武林危矣！」

說到這裡頓了頓，又自嘲道：「我天山派在江湖中其實還只不過是個小門小派而已，大哥本也不必為之庸人自憂的，怎奈性子就是捺不住！嘿，我這為人率直的性格可也不知得罪了多少人，同門師兄弟也對我心存隔閡，江湖中雖有不少朋友，但卻無一個知心的。今日能與二弟結交可也真是大哥生平快事！好了，咱們也不要再談這些煩心事，還是去找個店家喝上兩盞，慶祝咱兄弟倆的結義之情吧！」

花雲這話音剛落，卻突只聽一聲陰冷哼聲傳來道：「閣下原來只不過是個花架子啊！一副俠義心腸倒也真是令人可敬可佩，只不過我日月神教卻不喜歡！方才在酒樓有高人相助閣下，但是現在在這偏僻的胡同裡呢？我馮劫有句格言就是——有仇不報非君子！今天你流星劍是註定要去閻王殿裡報到了！」

花雲聽得這話臉色大變，頓忙向項思龍促聲道：「二弟，你快走！大哥結下的樑子與你無關，快走啊！」

項思龍卻是心下恨這馮劫趕盡殺絕的小人行徑，目中殺機一閃，肅容搖頭道：「花大哥，我們方才不是有過生死之約麼？現在大哥有難，小弟又怎可獨逃呢？這豈不是叫小弟作不仁不義不忠不孝的小人？小弟端不會獨自逃生的！我雖不懂武功，但自幼習狩獵之術，幾下莊稼把式還會，想也可以助大哥一臂之力的！」

冷面老者馮劫此時已閃身至了二人身前，嘿嘿冷笑道：「你兄弟二人倒是挺義氣的嘛！好，今天我馮劫就成全你們，讓你們到陰間也作兄弟，這樣你們也不會寂寞了吧？」

花雲此時倒是鎮定了下來，目光責怨的望了項思龍一眼，一把把他拉至身後，手按劍柄，冷眼盯著馮劫道：「閣下如此卑鄙，竟然偷聽他人言談，果也是魔教劣性！姓馮的，在酒樓是我花雲讓你出醜的，與這位小兄弟無關，他不是江湖中人不懂武功，希望你還不要為難他，有種與我花雲單挑好了！」

馮劫冷笑道：「憑你？還不是我的對手！不過，只要交出你天山派的武功秘笈，本座或許還可繞了你們二人狗命！」

花雲面色又驚又怒的道：「還未交手勝負尚是未知數呢！有本事你打贏我再說！」

言罷，「鏘」的一聲已是撥出腰間佩劍，身形一閃，快若閃電的向馮劫面目刺去，劍法是以輕靈快捷見長。

馮劫冷喝一聲：「不知死活！」

身形飄退兩步，長劍也已應手而出，幻起一片劍花，向花雲上中下三路同時夾進，劍勢狂猛有力怪異絕倫，攻擊的角度都是教人匪夷所思的。

花雲明知自己不敵對方，但顧慮項思龍，竟是不退反進，手中長劍如靈蛇吐信直取馮劫咽喉，完全是一派玩命打法，馮劫本有可能一劍讓花雲刺成重傷，但對他此種拚命招式卻也不得不心驚，口中怒喝一聲，頓忙撤劍暴退，怒道：「看來你這傢伙是找死了！好，本座就成全你吧！」

言罷，身形平空而起，在空中一陣急施，幻化出一片足有兩丈見方的大劍花，劍芒如一束束鐳射般直射向花雲周身的二十四大穴道。眼見著花雲就要死於非命，項思龍見了心頭驚怒交加，顧不了許多的已是取出了包袱中師父賜贈的赤霞神劍，只聽「噹！」的一陣清脆龍吟，一道霞劍光沖天而起，項思龍已是撥出赤霞神劍，腳下不由自主的踩出武當「天罡北斗步法」，一式武當劍法中的「萬流歸宗」應手而出，直刺馮劫身形幻化出的劍光中心。

只聽「啊」的一聲慘叫，接著又是「撲通」一聲，卻見馮劫胸口血如雨注的顯露出了身形，面色蒼白驚駭之極的望著項思龍，口中喃喃道：「武當逍遙七絕式……」

話未說完已是頭一歪，竟是咽氣死去，只讓得項思龍看著手中血珠滾動的赤霞神劍，顫聲道：「我……我殺人了！我殺人了！我怎麼會殺死他呢？我沒有內力的啊！」

花雲此時又從死裡逃生，也是目中驚詫的望著項思龍，心下納悶非常。

自己結識的這二弟到底是什麼人呢？竟然能一劍殺死馮劫這等魔教高手！難道他是身懷絕世神功的世外高手？可江湖中從沒聽說過像他這般看來不懂武功的年輕高手啊！自己把過他的脈象，確是無絲毫內息，憑自己天山截脈手的一流把脈功夫，如他運使功力隱藏脈象的話，當決不可能瞞過自己，要不，自己這二弟的功力之高可真是駭人聽聞了！可怎會如此巧合，他隨手一劍竟能殺死馮劫呢？

武當逍遙七絕式！傳聞此套劍法乃逍遙派開山祖師無量子獨創，時至今日已是失傳，自己這二弟竟會此等絕世劍法，他到底是何來歷的人呢？是逍遙派弟子嗎？看來不像啊？他的不通世故的樣子不像是做作出來的！那他到底是什麼人呢？在酒樓暗助自己的人定是他了！

嗯，他手中的長劍看似也為當世神兵利器，豪光異彩，血沾不凝，這小兄弟可真是讓人捉摸不透！不過，他隱藏武功，定也是有難言之隱。管他呢，自己只要交上一個知心兄弟就夠了，又管他是什麼人？只要不是為惡江湖的壞人就夠了！

心下想著，當下斂回神來，衝怔怔愣愣的項思龍道：「殺了個壞人沒什麼的！二弟，你不用怕，魔教之人知曉了，大哥就說是我殺了他的好了！你只不過是個手無殺雞之力的文弱書生，沒人會懷疑你的！」

項思龍對花雲的善解人意感激的笑了笑道：「人是小弟殺的，又怎可以栽到大哥頭上去呢？反正小弟也已決定隨大哥闖蕩歷練一下江湖！殺人也自是在所難免的事，也不在乎什麼魔教找上門來，是大哥那話，這等魔教的惡徒，本也確是該殺！只是小弟第一次殺人，所以感到有些害怕罷了！不過卻也沒曾想到小弟誤打誤撞之下使出一劍，倒把這馮劫給殺死了！嘿，一招殺野豬的莊稼招式他卻還以為是什麼武林絕學呢！」

花雲也不想再去追究項思龍究竟會不會武功了，只要大家彼此心知肚明就夠，兄弟不想讓外人知道他會武功，一定也有他的道理，自己又何必硬要去揭穿他的隱私呢！那樣反說不定會傷害二人兄弟感情了！

如此想來，當下淡淡笑道：「可也確是巧合呢！嗯，這馮劫為魔教四大法王之天陰法王弟子，身上說不定會藏有魔教的什麼秘密，咱們搜搜他的屍體看看會不會有什麼發現！」

項思龍點了點頭，二人當下搜起馮劫的身子來，除了一本「天陰魔功」秘笈和一面形狀怪異的金牌之外，再有就是一些金銀珠寶和一張寫有被魔教收買控制的門派及個人名單。

除了「天陰魔功」秘笈對二人沒有什麼用處外，其他之物將來或許都有重大用途，尤其是那份名單，可說是有重大用途，花雲看後，面色顯得凝重之極，喃喃道：「想不到武林中竟有一大半門派都已在魔教掌握之中，連逍遙派、五岳劍派、太平寺三大武林的泰山北斗竟也有魔教內奸，啊，我天山派也有人背叛了師門！這……看來魔教勢力可真是無孔不入！中原武林大難在即矣！」

項思龍雖不清楚什麼武林危機，但名單上的名錄確也教人看了怵目驚心，什麼崆峒派閃電、什麼太平寺空智長老、什麼五岳劍派奪命劍、什麼逍遙派無聞道長，還有什麼無敵門、金錢莊……等等一大串人名及門派名稱，都已成為了魔教的人，讓人確是對中原武林憂心忡忡不已。

項思龍煞眉道：「花大哥，我們把這份名錄公佈於世，讓大家都防範這些江湖叛徒吧！」

花雲搖了搖頭道：「不可！如此一來，反只會把事態弄得更加緊張！魔教意圖稱霸武林看來也是蓄謀已久之事，項少俠在世時，他們不敢囂張，因他心性耿直、俠骨柔情。現在項少俠一死，他們反以此作為幌子正式和中原武林宣戰。

「如我們公佈了這份名單，只會讓魔教索性轉暗為明，與武林正道明刀真槍的火併起來，如此武林正道在猝不及防和人心渙散之下，有可能會被魔教殺個一敗塗地，所以我們不可公開這份名錄，不過可以來個以其人之道還治其人之身之策，有了這份名錄，我們也可以集合武林中的俠義之士，來對這些魔教勢力加以各個擊破。先瓦解魔教，再對他們來個迎頭痛擊！」

說到這裡，卻突又歎了口氣道：「此事說來容易，但憑我們二人在江湖中藉藉無名的身分，卻又哪有那麼大的影響力可以團結人心呢？除非是項思龍少俠再生！」

項思龍這時只覺心情莫名的沉重異常，就像肩上有萬斤重擔似的，一時沉默了下來。花雲見了，淡淡笑道：「二弟也不必心存憂慮什麼的，你才只是個初入江湖的，也可說算不得江湖人，那麼江湖中的事自也與你無關了！好了，咱們不談什麼魔教什麼武林危機來掃興了，咱兄弟還是喝上兩杯吧？」

項思龍訕訕一笑的點了點頭道：「大哥說得不錯！走，我們去喝它個一醉方休解千愁！」

項思龍隨花雲登上了一家叫作百里香的酒樓，果是二人剛一進門，頓聞著濃郁酒香，看來百里香這名頭倒也名副其實。樓下聚著的是些江湖地位地頭人物了，各人都細品漫談的，確有些大家風度。

二人一上樓，頓有人向花雲打招呼，原來卻是花雲天山派的同門，有十五六人，都二十五六上下，其中一個面色冷沉的漢子似是眾人頭頭，見了花雲傲慢的神態中顯出了幾份恭敬，由此可見花雲在天山派的地位。

花雲對這面色冷沉的漢子似是不大喜歡，只淡淡的點了點頭，著項思龍隨他入座，有兩名天山派弟子頓忙讓出了位子，轉入了另一席間，項思龍和花雲剛一坐定，旁邊一席中一手搖摺扇的翩翩公子突提高聲音道：「據聞天山派的花大俠一劍挫敗了魔教天陰法王的馮劫，想來劍術了得，可江湖中為何天山派的武功一直都是藉藉無名呢？能否請花大俠一演挫敗馮劫的絕世劍法，讓大夥開開眼界，也為大家助助酒興呢？」

花雲鼻中冷哼了一聲，卻是淡淡道：「在下的天山劍法哪能與南宮世家的劍法相提並論呢！要為大家助酒興，還是不若南宮公子演一趟威鎮江湖的燕翎劍法的好！」

花雲自馮劫身上搜出的名錄中得知了南宮世家也已成了日月魔教的走狗，所以對這南宮世家的二公子南宮青雲甚無好感，一出言就與他針鋒相對毫不忍讓。同時也知道這南宮青雲是想找自己的碴，試探一下自己的武功底細。

偏偏公子南宮青雲卻是突地拍掌叫好道：「如此就不若讓我們比試一場，這樣豈不更有興趣！」說著不待花雲反駁推辭，已是從座上長身而起，著手下搬開幾張桌子騰出一片空間了，衝花雲目中殺機一閃的奸笑道：「花大俠，請了！」

花雲知自己非南宮青雲之敵，因南宮世家的二公子可是在江湖中與北俠祈風齊名的大人物，二人後來素有「南青雲北祈風」的美稱，武功之高自是可想而知，可自己這下是不應戰也不行的了，要不人家會說自己怕了他，那自己天山派日後還有何臉面在江湖中立足？

花雲正待站出應戰時，項思龍卻對南宮青雲的做態早是看不習慣，同時也從花雲的臉色間看出了他的為難，想著自己雖無內力，可一劍能殺死馮劫，對這南宮青雲或許也可一戰，當下搶先站了起來，沉聲道：「這一戰就由小弟來為大哥效勞吧！對付一個披著羊皮的狼何用大哥出馬？那樣只會沾汙了大哥手中寶劍！」說時已是走至了南宮青雲對面，花雲心下驚駭的關切道：「二弟，你……」

項思龍對他微微一笑道：「無事的大哥！嗯，不知哪位天山派的兄台可以借長劍一用？」

花雲也知事已至此，只好讓項思龍試試了，說不定自己這二弟真是深藏不露的高手呢！

當下對項思龍點了點頭，吩咐一名門人把劍借給項思龍。

南宮青雲又氣又怒的冷冷道：「想不到天山派的首席大弟子竟是個如此膽小如鼠的人物，自己不敢應戰，竟然讓這麼一藉藉無名的小子來與本公子過招！好，那我也就讓個門人來陪他耍兩招吧！」

說罷，狠狠的瞪了項思龍一眼，向自己一桌中的一名面目猙獰的漢子一使眼色，皮笑肉不笑的道：「史無生，你去陪這不知天高地厚的小子過兩招吧！可也不要傷了他的手腳，使這小子成為個廢人了，那可小心花大俠找你拚命！」

猙獰漢子史無生喋喋一陣怪笑，巨大的身形從座上躍空而起，落至項思龍二來米遠處站定，露了一手漂亮的輕身功夫，頓然引來不少喝采聲，這傢伙更是顧盼自豪的衝著項思龍傲慢道：「小子發招吧！大爺名叫史無生，也即死無生，一出手便會取人性命，為了公平，大爺就讓你三招，也好讓你死得瞑目！」

項思龍心中怒意狂湧，卻還是平靜的冷冷道：「恭敬不如從命，那我就發招了！注意，第一招取你雙目和你兩太陽穴！」

說著，手中長劍一抖，幻出一片劍花，劍身飄忽不定似快似慢的攻向史無生上盤。

史無生見了哈哈大笑道：「這等繡花劍法也配用來與人過招，真是讓大爺笑掉牙了！好，我就硬接你……」

話未說完，退回席間的南宮青雲卻是突地驚呼提醒道：「小心！這小子劍法怪異！粗心不得！」

可這提醒還是未免太遲了，待史無生心生警覺，項思龍手中長劍已是攻擊他前所提點的四處大穴，卻見他長劍劇抖，只聽「唰唰唰唰」四劍，劍劍指刺正著，史無生慘叫一聲，雙目血如雨注，雙手抱掩眼睛，失聲狂叫不止！

這一突然驚變，讓得在場所有人都怔住了，這少年是何來歷的人？劍法竟然如此精妙？但看他劍無罡氣，卻是準到毫釐，所出劍勢教人連想也想不到。史無生在江湖中可也是個小名氣的人物，以一身鐵布衫功夫闖出名頭，可不想在人家一個招面之下，連還手的機會也沒有就遭慘敗。

天山派的人怔愣了片刻後，由花雲帶頭頓然拍手為項思龍叫好，南宮青雲則是面色鐵青，他本想讓史無生把項思龍打成殘廢，挫一下花雲的氣勢，只不想自己偷雞不成反蝕把米，損失了一員猛將，這也全怪史無生太過大意。雙目厲芒連閃，南宮青雲衝兩名手下揮了揮手，著他們為史無生療傷，口中罵了聲「沒用的東西！」說著卻是走到項思龍對面，目光冷冷的凝視著他，冷聲道：「倒看不出閣下使得一手好劍法，但不知高姓大名，師承何門何派？江湖中怎麼從沒聽說過閣下這等年青高手！」

項思龍再敗史無生，心下對自己的劍法信心大增，當下也夷然無懼的道：「在下凌嘯天，乃一介鄉間無見識的小子，會得三兩下狩獵功夫，此番初入江湖，卻是無師無門也無派！」

南宮青雲碰了個釘子，卻是不怒反笑的道：「好！閣下的三兩下狩獵功夫竟然能一招挫敗本公子手下的一名高手，那看來你的狩獵功夫倒挺入流的了，就讓本公子也來領教吧！」

說著緩緩拔出了一柄古色古香的金劍，陰冷的道：「本公子好久沒有用這紫中劍與人過招了，今日也讓這老朋友來一展風采吧！」

言罷倏地立定，閉目運氣，靜若淵渟，全身上下釋發出一股讓人沉重的氣機壓力，果也不愧是高手中的高手，項思龍心下一沉，警覺之意頓起，知道眼前的對手沉著冷靜，可並非先前的史無生了。

自己身無內力，只可率先搶攻，爭取上風，若被對方發動攻勢，自己可就必敗無疑了！

心下想著，項思龍心中默念劍訣，手中長劍已是攻出，似緩似快，使人感到無論閃往任何一個方向，都無避過他此招的劍網。南宮青雲心下一震，但若一個招面下自己就被對方迫退，那自己在江湖中的地位還有何存？當下冷喝一聲不退反進，長劍高飛而起，以迅疾無倫的劍勢欲與項思龍硬拚。

「噹！」的一聲劍擊之聲響起，項思龍身形連連晃了兩晃，只覺握劍的手酸麻不堪，半身氣血不暢，但卻無傷心脈，只退了半步便穩住身形，臉色略顯蒼白，花雲看得緊張的叫聲道：「二弟，你沒事吧！」

項思龍心下正奇怪自己如何能硬接住南宮青雲這充注真氣的全力一劍，只覺雙方長劍相接時，自己頓感對方長劍傳來沉重無邊的壓力，且有一道真氣襲心脈，可至胸口膻中穴處時卻突地莫名化去，一時間對花雲的話倒沒注意，南宮青雲也是駭極而退，在他長劍碰上項思龍長劍時，對方劍身似毫無真氣，但卻有一股強大吸力使得自己功力如江河決堤的洩出，還好劍撤得快，要不一身功力就完了。

目光又駭又怒的注視著項思龍，見他臉色除略顯蒼白外一點事也沒有，心下更是詫驚，方才一刻他已施了十層功力，真氣被對方吸去了足有三層，可對方竟能在瞬間化解吸去自己的真氣，這……這少年到底是什麼人呢？江湖中何時出了這麼一個年輕高手？又與花雲稱兄道弟的？

外人卻自是看不出這其中的玄奧，見南宮青雲一劍震退項思龍，頓時哄然為他叫好。

項思龍和南宮青雲是那麼對望的靜靜站著，雙方遲遲誰也沒有率先出手。

場中的氣氛一時怪異的靜了下來，所有人都詫異納悶的望著二人。

第十一章　風雨武當

雙方靜默了片刻，南宮青雲才一字一字的緩緩道：「閣下怎會日月神教的化功大法？」

此言一出，在場中人無不儘然駭極，連花雲也是雙目驚詫的望著項思龍嘴角動了動，似想說些什麼，卻又沒有說出。天山派的弟子則望了望項思龍又望了望花雲，似在質疑他為何會識得項思龍且與他結為兄弟。

項思龍聽南宮青雲的問話，不想卻是愣愣的道：「什麼日月神教的化功大法，本少爺可不會這等魔教的邪功！」

看項思龍說得一本正經的模樣，花雲心下才大是鬆了一口氣，可南宮青雲卻是冷笑道：「閣下不要否認了吧！本公子劍身與你長劍相觸的一剎那，頓覺內力洶湧洩出，還好我收勢得快，內力才未被你吸光，這等邪功不是魔教化功大法又是什麼武功？江湖中千百年來除了化功大法可吸人功力外，還未曾聞有其他邪功有此異能！」

項思龍對自己吸去南宮青雲內力，莫名化解一事也感不明白，但自己可知是沒學過什麼魔教化功大法，想自己體內一點內力也沒有，連師父玄玉道人傳給自己的無量神功也無法修練，又怎麼會什麼化功大法呢？

心下坦然，當下沉聲道：「南宮公子不要胡言亂語了吧，在下確是沒曾習過什麼化功大法，連這怪異武功的名稱也是第一次聽見呢！嗯，我們還比不比下去啊？要不在下要去陪花大哥喝酒了！」

項思龍知曉了自己無懼對方身懷絕世功力，心下更是大定，說話語氣也強硬了些。

南宮青雲看著項思龍臉變了數變，沉吟了片刻，才突地衝眾手下狠狠道：「咱們走！凌嘯天，總有一天本公子會向你討回今日的公道的！」言罷，十多人狼狽下了酒樓，只酒樓上的氣氛仍是沉寂異常，除花雲滿面笑容向項思龍道賀外，就是眾天山派弟子也一時之間同時怔望著項思龍，忘了跟他打招呼。

項思龍見了眾人神態，心下暗想道：「看來只有花大哥一人相信自己沒習過什麼魔教邪功，而其他人都對自己或多或少的生出疑念來了！唉，師父的話可真沒錯，這世道確是人心難測，自己今日還是小心些，少顯露武功的好，要不然，麻煩可就一定會很多了！現在都說不定已是惹了不少麻煩了呢？自己先是殺了人，現在又得罪了南宮世家的二公子……今後可有夠自己受的！真是一入江湖便不能自拔，你即便不去招惹人家，人家也會來招惹你，江湖中可真是個多是非的地方！只待自己瞭解自己真實身分時，麻煩或許還會更多呢！還是什麼也忘的好，與師父一道在無量洞府中過那與世無爭的日子。」

項思龍也不知道自己才入江湖沒兩天，怎就會這等厭惡江湖的老成感慨想法，說不定與自己以前的身世有關吧！只不知自己以前到底是誰呢！竟然這麼多愁善感！

如此想著，一時間竟出了神，直待花雲舉杯向他敬酒才回過神來，於是脫口問花雲道：「大哥，化功大法是一種怎樣的武功？那南宮青雲怎地如此害怕這邪門武功，當今世人有誰有這等吸人功力的化功大法嗎？」

花雲臉上現出傷感之色道：「化功大法乃是日月魔教最厲害的一門邪派武功，可以把他人的內力吸為己用，端的是詭異非常，自當年的魔教教主狂笑天一代卻不知怎地突的失傳，千百年來從無人會使此邪功，可項思龍少俠和他義弟沛公劉邦二人進入了魔教，在南沙群島的地下武庫，二人分食了內中的元神金丹，所以江湖中也就只有二人會這化功大法了。現項少俠已遭不幸，就只有沛公一人會使此邪功了吧！」

項思龍若有所悟的點了點頭，沉吟道：「可南宮青雲為何說我會化功大法呢？我並不會此功啊！不過，方才在與他劍鋒相接的一剎那，我確感到南宮青雲的內力通過劍身洩入我的體內，我正暗道要糟時，這股內力行至我胸口膻中穴時，卻莫名散去，不過我體內卻還是並無絲毫內息啊！」

花雲聽得嘖嘖稱奇道：「難怪南宮青雲一招之下會被二弟嚇退的了，看來二弟體質奇異，雖無內力卻有抵禦別人內力攻擊的異能！哈，有此相配，以二弟你的絕世劍法，當可算是今世絕頂高手之列了！」

項思龍聽得臉色一紅，訕訕道：「大哥過獎了，小弟確是不會什麼武功，我這兩招劍法只不過是一位無名老人傳授給我的，我也想不到他的威力如此之大，以後慎用就是了！」

二人說著時，一身著白色勁裝的中年漢子走到項思龍身前，神態恭敬的向他抱拳道：「少俠一劍挫了那在江湖中仗勢欺人的南宮青雲氣勢，確是教人感快意非常，只不知少俠乃哪派門下高足，還望少俠賜教，日後也好讓在下駱甲登門拜訪！」

項思龍淡淡笑道：「在下無門無派也無師承，乃新出道的江湖浪子一個，只會兩招花花架勢，卻教諸位見笑了！不過在下這江湖後輩卻還有一語相勸，不要去武當山奪寶，應團結起來對付魔教，在下乃微不足道的江湖小子一個，可魔教勢力已入侵至各門各派中，確是教人不得不提防了，又何必力爭尚是莫須有的勞什子寶物而勾心鬥角呢？我確是不忍心我中原武林陷入萬劫不復之境！」

項思龍說這番話時不知是為什麼，只覺一股責任感在心底湧生，也許是受了花雲的影響吧！

駱甲聽得面上一紅，卻是心底裡對項思龍更是出生一股敬意，雖然項思龍不是什麼成名大俠，可他竟然能為武林安危著想，確是教人敬服的了！更何況項思龍劍術超群，大挫南宮青雲銳意，可卻還是不驕不躁，讓得駱甲心下折服不已，心忖自己身為在江湖中三大門派中五岳劍派的弟子，可還是心有私念，不能憂心憂人，可真教人汗顏的了！項思龍卻是因記憶喪失，不知這駱甲乃歷史上有記載的劉邦身邊將來的大將，所以對他沒有親熱，要不態度可能會大為改觀吧！不過駱甲後來投靠劉邦，或許也就是因有了這次與項思龍的相識之故吧！

當然這是後話，暫且不提。

項思龍的話引起了另一批人的冷哼，其中一身材瘦長的三十上下的漢子冷笑道：「閣下說得比唱的好聽，你隨天山派的人來這武當山又是為了什麼啊？可還不是揀得個一兩件項少俠的遺物！」

另一滿臉凶殺之氣的漢子附和道：「刁大俠說得不錯，咱們大家心知肚明，上這武當山來就是為了能渾水摸魚，揀個什麼寶貝！對付魔教麼，是那些名門正派的人去做的事情，我們這些綠林中的小門小派卻哪有那等俠義心懷？即便有，也沒這個能力呢！」

姓刁的瘦長漢子得人附和更是侃侃而談道：「人為財死，鳥為食亡，與己無利的事誰會幹？再說現今咱中原武林群龍無首，誰有心事去對付魔教？我看武林中的三大名門正派或許也為項少俠的遺物爭得你死我活呢！據聞逍遙派已阻殺了三十多名欲闖入關押那殺害項少俠一男一女的重地，其中就有嵩山太平寺和五岳劍派的弟子，人家逍遙派也死傷了十多名弟子，上樑不正下樑歪，也怪不得咱們不團結的！」

話一拉開，酒樓上的人頓時七嘴八舌的高談闊論起來，卻是再無什麼武林大家風範了，其中有一半以上人數是贊同姓刁漢子主張的，也有一部分人處於中立，只有十多人靠向項思龍，那卻就是花雲的天山派了，只讓得項思龍心下感慨不已同時也覺沉重之極，就像自己突地身負了一種什麼使命似的。

項思龍與花雲等天山派的弟子住進了一家叫作天門客棧的店家，十多人要了六間上等廂房，項思龍和花雲二人一間，餘下四間眾天山派弟子自行分派，客棧客房皆都住人，全都武林中人，項思龍因記起師父玄玉道長的話，所以甚少出門，終日在房間內研讀有關醫道的典籍，都是玄玉道人送給他的，出門在外，病痛在所難免，懂得醫道既可救己又可救人，項思龍沒有內力，習醫自也較為適合他的了。

花雲也甚少來打擾他，這卻讓項思龍落得更是清靜，這一日，花雲敲門進來面色古怪的對項思龍道：「二弟，你雖足不出戶，在江湖中卻是大有名頭了呢！

你知不知道江湖好事者已給你取了個名號『神劍浪子』！哈，這名號倒也挺適合你的呢！不少人都向我詢問你下落我都拒絕了，要不二弟你這兩日怕不要給拜訪來客累個半死！也幸得二弟有心看書，沒有出門！連五岳劍派和逍遙派，太平寺，還有地冥鬼府的人都想拜訪你，看來二弟你與南宮青雲那一戰確是大出風頭了！」

說到這裡卻是興奮的笑了笑，接著又道：「大哥這下也沾了你的光了，識得了不少武林高人！」

項思龍聽了卻是心下暗驚，頭大如斗的赫然道：「小弟……真有那麼出名？這下可糟了！」

花雲詫異道：「什麼糟了？出名還不好嗎？江湖中不知有多少人為出名而究其一生心血甚至送了性命呢？」

項思龍暗想：人一旦高高在上，就給人一種疏遠感覺，所見的他人面孔也大半是做作虛假的了，又難道不糟麼？

心下想來，當下苦笑著轉過話題道：「武林大會還有幾日舉行？我們可不可以先上武當山？」

花雲笑道：「還有三四天！武當山的逍遙道觀接待的全是江湖中的名門大派人物，大哥這天山派還排不上號呢！不過二弟你現在名聲鵲起，想是可以獲准上山的！嘿，二弟你不知道，現在外界對你的各種傳聞簡直蓋過了對項少俠遺物的關注。馮劫的屍體已被人發現了，也有人看見二弟殺死馮劫的那神妙一劍，傳言你會逍遙派已失傳千年的無量劍法逍遙七絕式也給傳開了，如此一來，現在算逍遙派的人對二弟下落追究問得緊。

「其次是有傳聞你相助大哥挫敗馮劫的那一劍法乃項少俠才會的，你挑敗南宮青雲刺傷史無生的劍法有人傳說也是項少俠才會的，所以有人傳言項少俠的遺物已被你得到了，這……二弟你可得多加小心了！至於我們天山派的門人，我已嚴令他們不許洩出你的消息，不過眾弟子中有一個叫許劍生的心性不正，他現在雖還沒洩出二弟下落，但我看他這兩日行蹤有些怪異，常常窺視二弟動靜，二弟可也得提防著他，如你想上武當山那也最好，最危險的地方就是最安全的地方，大哥可以為你安排一切！」

項思龍聽得花雲這一席話，心下有些怪怪然的，不過自己行得正坐得穩，也沒有得到什麼項少俠的遺物，卻何懼他人言傳來著！只是江湖人言可畏，自己倒正小心些為是！如此想來，當下搖了搖頭道：「算了，小弟也不在乎多等個三四天，我還是留在這客棧中吧！只是讓大哥受累了！」

花雲連道：「二弟這是什麼話來？咱們是兄弟嘛！好，不打擾二弟休息了！」言罷退了出去。

待花雲一走，項思龍頓取出赤霞神劍，在牆壁劃出一個洞穴來，把逍遙令、鐵劍令、羅漢金像等什物都用棉布包好放入其中，再把磚塊合上，看上去確是毫無破綻。做好這一切後，又自懷中包袱取出一些易容人皮面具，掀其中一面目醜陋的中年漢子面具戴上，再稍加整理，頓然變成一個毫不起眼的醜陋莊稼漢子。

自感滿意的點了點頭，望了手中的赤霞神劍和剩下的三張人皮面具，想了想，又找開牆磚，把這些什物也一併放入了牆洞之中，待覺著再無什麼不妥了，整理了一下房間的東西，才察聽了一下房外情況，自感無人了，便從容不迫的出了房間，一路上不少江湖人物向他打招呼，項思龍含糊應過，不想也真被他走出了客棧，由此可見師父玄玉道人送給自己的人皮面具之精緻。

出了客棧，項思龍心情大感暢快，不過一路上有關自己這無名小子被傳得沸沸揚揚的傳聞卻讓他啼笑皆非的著惱。江湖就是這樣，什麼消息也可吹噓成天般的大，只項思龍卻不知道自己真是那失蹤了多月的項思龍少俠而已，他卻想著要怎樣平息因以前的自己「死去」所帶來的江湖風波了！項思龍一路經過詢問，總算是找到了武當山南大正門的山腳，卻見幾十名武當逍遙派的弟子執長劍威嚴的站立兩旁，閒人根本不敢上山。不過山腳的空坪上卻是搭起了不下百多數的大小帳蓬，足有千人以上的江湖人士狂嘻笑喧鬧，各種吵雜聲成一片，倒也甚為熱鬧，各式的叫賣小販也間雜其間，若如一個江湖鬧集。

但最讓項思龍注意的卻是那些可以隨一些江湖大人物上山的挑夫，眉頭一皺，計上心來，當下也加入了挑夫行列，可那些江湖大人物找挑夫卻也要經過挑選的，還好項思龍雖無內力，一身力氣卻也不小，等了一個時辰，終於被一夥欲上山的逍遙派弟子叫去幫忙挑些食物上山，想是山上食客多了，食物欠缺，而馬車又無法上山，逍遙派的弟子十有八九被派去了防務守衛工作，所以才不得不在這等緊要關頭徵用挑夫吧！不過，他們卻也想不到有人會用作挑夫之法來上武當山吧！一些有頭有臉的人物自會有請帖，不肖如此作來，一些下九流的人物卻是懾於逍遙派在江湖中的威名，不敢如此作來。

項思龍挑了一擔足有兩百來斤重的大米，隨眾挑夫在逍遙派弟子的押送下終於上了武當山，一路上卻見到處都是逍遙派弟子嚴陣以待設下的關卡，有不少闖關者死於他們劍下屍體橫陳，氣氛緊張之極，眾挑夫嚇得均是連大氣都不敢出，項思龍則是心情越來越沉重，一路也只沉默不語。

逍遙道觀終於遙遙在望，卻見北面一有四五千平方大的練武坪上已搭起了召開武林大會的場子，不少逍遙派弟子巡邏其中，也有些武林人物三三兩兩的聚在一些亭子裡談笑風生，當然他們骨子裡有沒有言談的這般輕鬆卻是不足以讓外人知了。進了逍遙道觀，頓即有十多名手執長劍的逍遙弟子前來領略兼監押眾挑夫，守關也確是森嚴。到了逍遙道觀北面的倉庫，有人著眾挑夫把什物堆好，接著又著眾人排好隊準備發工資，項思龍心下暗急，如此下去自己這一番工夫豈不白費，還是要被押下出去？

正著急當兒，卻突有一個年紀較長的道長來吩咐其中的兩名道士道：「掌門有令，因道觀事務繁忙，所以特要招聘十五名挑夫來幫忙山上雜活，每人每天五兩銀子，願意留下的就留下，不願留下的也不強求。不過把話要對眾挑夫說清，山上這幾日或許有事發生，有些危險。還有對意願留下的挑夫也要經過挑選，如發覺不妥之處，一律不予錄用！」說畢便又匆匆離去。

項思龍離對方較近，所以聽了個正著，心中頓然大喜。待年紀較長的道士退離後，得令的那名道士頓把掌門令向眾挑夫頒下，眾挑夫一聽頓有幾個願意留下，只有十來個膽小者打了退堂鼓，要知道五兩銀子已是他們一月的勞碌工錢了，這些窮哈哈誰不受金錢誘惑？反正賤命一條，死了也不打緊，至少可目睹一場武林盛況吧！值得搏一搏！

項思龍卻是頭痛了，三十幾人只錄用十五個，自己能不能合格呢？這擔憂剛一起，在聽了監考道士的題目後才大是放下心來，原來這些挑夫大多是些四肢發達頭腦死板的人，而逍遙要錄用的卻是既四肢發達又頭腦靈活的人，所以出的都是些不難也不是簡單的智力題，能夠答對的人卻是不多，大半都給淘汰了去。不過自是難不倒項思龍，他自是被選入了錄用行列。

沒有被錄用的幾個和膽小怕事的隨著幾名道士悻悻離去，留下的則都被分派去了道觀做各種粗活，項思龍被分往的是柴房，負責打柴劈柴，與他一道的另四名挑夫，負責領導五人的則是一名身體肥胖的道士，不喜笑甚為嚴肅，對五人管得也甚嚴格，不過這差事對項思龍來說可也算是件挺不錯的差事，可以在武當山谷進進出出，打柴回來時也可偶而聽到些有關江湖要聞，當聽到傳出自己神劍浪子失蹤的消息時，不覺啞然失笑，可當聽得因事出有變，逍遙派掌門青松道長在與欲闖關押殺害項思龍少俠一男一女的重地與一高手對招時，受了重傷，所以推遲武林大會時間半月時，卻又是既緊張又興奮，如此自己是可以留在逍遙道觀多些時日，察看品質優良的逍遙派弟子，可時間愈耗下去，江湖中的殺伐也將會越來越多越演越烈，反誤除魔大計。

不過，不論怎樣項思龍還是得耐住性子。幾日來與監管自己的法號雲師的胖道士混熟起來，也就獲得了更大的「特權」，可以活動的範圍更大了，所見所聞的武林人物和武林新聞也就更多。

闖山的人雖悉被阻殺，可人數不是減少而是增多，且武功越來越高，逍遙派弟子死傷嚴重。山中井水被人投毒，數十名武林人士中毒病危，可又無人可解，急得眾人焦頭爛額且人心惶惶。不少武林人士已耐不住性子，公然要求青松道長交出項思龍少俠的遺物……

總之是明爭暗鬥的火藥味愈來愈濃，可最讓人擔心提防的就是有人投毒了。

武當山上已是草木皆兵，氣氛沉悶之極。這一日與項思龍一道在柴房工作的兩名挑夫不知因貪食什麼給中毒了，全身呈現烏紫青氣，尤其是雙目和嘴唇，青色更濃，讓人見了慘不忍睹。

雲師道士見了自是急不可耐又措手無策，向上彙報又怕被責罰，不彙報恐會鬧出人命，不知如何是好了，另兩名挑士則是嚇得面無人色，連連向雲師提出連個錢也不要了就只求能下山的請求。反是項思龍顯得比較鎮定，察看了一下二人身上氣色，又給二人放些血，細細研究下得知二人所中的乃是一種叫作蜘蛛香的毒草之毒，這下他所學的醫術頓被派上用場，去山上採來了幾味草藥，配出解藥給二人食下後，中毒二人頓然上吐下瀉的鬧了臭氣熏天，才毒性解了撿回了小命。

這一來，雲師道士對項思龍不由得刮目相看起來，據他所知山中的數十名中毒武林人物也是如這兩名挑夫這等症狀，連那麼多的武林高人都對之束手無策，不想項思龍卻竟能解此毒。

心下大鬆一口氣，又驚又訝之下雲師便把這情況向上作了彙報，青松道長正為武林人士中毒之事郁快焦白了頭髮，一聽雲師之言，頓時大喜過望，如遇救星，心下雖對此存有質疑，但現在束手無策，還是寧可信其有的好，當下隨了雲師到柴房拜見項思龍這無名挑夫。

項思龍見了青松道長這等一代武學宗師的大人物，心下不禁還是有些緊張，雖然他早知事會如此，也對之暗喜不已，可還是恭恭敬敬的向青松道長等一眾逍遙派大人物躬身行了大禮。

青松道長現在是有求於人，自是對項思龍客氣異常，虛心的同他求毒藥解毒之方，視項思龍為上賓，證實了項思龍之言非虛，中毒的武林人士悉數獲教，井水之毒也被解去，項思龍這無名挑夫一下子又給成了名人，自是有人詢問他的身世，項思龍也自是編了一套想好了一套家譜來，說自己是什麼名醫之後，醫道承自祖傳，因大秦暴政，戰事連連，所以淪落為挑夫等等謊言。這話卻倒也讓眾人信了，於是邀請項思龍日後上門作客的人絡繹不絕，得項思龍救命之恩的那數十人更是對他感恩戴德，項思龍也只得一一耐心應承，心底卻是對之不置可否，那胖道士卻也因推薦項思龍有功而被升了職。

身價一高，項思龍已是可自由出入逍遙道觀除禁地之外的任何一地方了，眾武林人士也都樂意與他交往，所以項思龍也時常與武林人物打交道，獲得了不少武林見識。

因得項思龍解去了投毒危機，武當山上的緊張氣氛是緩解了些，不過青松道長、向問天等的臉色卻是愈來愈沉重，項思龍旁敲側擊的詢問下，才知魔教見投毒事敗，已是露出猙獰面目，向武林中的各小門小派發動了攻擊，因為一些門派的主要人物都應邀或聞訊前來武當山參加武林大會，各門派的總壇虛空，魔教正乘虛偷襲，不少門派已是落入魔教控制之中，弄得人心惶惶，有甚者更是告辭回派。

可更讓人擔心的是不少武林人物收到了魔教的恐嚇信，利用他們手中掌握的各門派人的性命來威脅一些武林人士，迫他們組織起來要求青松道長快些將殺害項思龍的一男一女交出項思龍遺物。正邪之鬥是愈演愈烈，其白熱化程度遠超出了青松道長等的想像。

項思龍聽得心下既是憤怒又是沉重，總感著一絲莫名的惴惴不安。這一日，青松道長和圓正大師等在江湖中德高望重的長者組織了住在逍遙道觀的一些武林人士，召開了一次怎樣消除魔教危害武林的臨時大會，項思龍也因對眾人有恩，所以也受了邀請。

青松道長凝重的環視了一下在場的百多位各門各派的大人物才緩緩道：「近來我中原武林發生一些接二連三的驚天動地大事，先是項思龍少俠的不幸，接著是江湖謠言和魔教的猖狂。項少俠的不幸是我們最大的悲痛，可魔教的猖狂卻是我中原武林最大的隱患，千百年來，魔教已近乎消聲匿跡。今日捲土重來，其野心可見。

「我們身為武林正道兒女，絕不能對之坐視不理！我們要團結起來上下齊心對付魔教！武當山的投毒事件大家有目共睹，也有不少武林同道身受其害；各門各派遭魔教偷襲之事大家也有耳聞……武林的這一切腥風血雨都是魔教在從中作梗，他們想借項少俠不幸之事來向我中原武林正道挑戰，我們絕不能坐以待斃！我們要反擊魔教，把他們再次徹底打倒！我中原武林的正統絕不能毀在我們這一代人手中！自古邪不勝正，這是千古不變的真理！只要大家齊心協力，一定可以打倒魔教的！」

說到這裡，青松道長的語音已是有些激動，頓了頓接著道：「現江湖中有傳，項少俠的遺物落入了逍遙派手中，在這裡我可以以人格作鄭重承諾——此事純屬虛傳。項少俠不是被人殺害的，他的不幸也純是一場意外的不幸，手持項少俠鬼王劍的一男一女，並不是殺害項少俠的兇手，而是項少俠的朋友。至於他們姓名，貧道現在不便說出，但在六日後的武林大會上一切謎底大家皆會知曉的！

「貧道這次和圓正大師等人主持召開這臨時武林大會，主要與大家研討的就是怎樣對付魔教了。一日不除魔教，我中原武林就一日不會得著安寧！」

圓正大師沉聲接口道：「據我們收集的各項情報統計，我中原武林共三百零三大門派，大小門派已有半數以上落入魔掌，就是未曾被魔教侵襲的也都已有魔教安插的內奸，所以我中原武林危機已經達至不得不讓人擔憂的緊要境地了！我們在這次的武林大會上還有一件事情要做，就是共同推出一位德高望重武功絕卓的武林盟主來領導大家共同抵抗魔教！俗語說『蛇無頭不行』，群龍無首一盤散沙是做不成大事的。」

向問天點了點頭道：「地冥鬼府是項少俠所創立的一個武林共同體，它融合了曾在我中原武林風雲一時的北冥宮、修羅宮、西方魔教和地冥鬼府四大門派的實力，堪稱我中原武林第一門派，所以在下推薦地冥鬼府來領導天下群雄，項少俠的各位夫人來出任我中原武林盟主！」

向問天這話剛落，頓時有人出言反對道：「現中原武林自古以來都是由男性出任武林盟主，又怎可以破這慣例呢？地冥鬼府作為我中原的總壇在下不反對，可讓女人來出任武林盟主，在下卻是不認同！」

另有一人也道：「我中原武林當今有誰能有項少俠那等身手呢？選武林盟主？我看沒有不適合啊！」

還有一人道：「項少俠生死沒有證明查清之前，選武林盟主之事依在下看還是暫且不提，江湖不是傳聞花雲有個神秘的結義兄弟，會使項少俠才會的劍法麼，項少俠說不定未遭不幸也有可能呢！」

話匣一開，眾人頓時七嘴八舌的議論開了，百多人中竟有七十餘人不贊成選武林盟主。魔教的危害已成燃眉之急，這些人卻還來爭議武林盟主之事吵個不可開交，真是不可救藥了！

心下想來，項思龍情緒難抑的突地從座下長聲而起，大聲道：「大家不要吵了！現在我中原武林陷入嚴重危機之境，大家卻還為爭武林盟主之位吵個不止，難道真要讓我中原武林被魔教完全侵沒後才會清醒嗎？外患燃眉卻還起什麼內哄，我看你們這幫人都不如回家種田去算了，哪像是什麼武林英雄？」

項思龍這武林局外人的突然大喝，讓得在場所有人都為之一怔，目光都投向了他，氣氛一時給沉默了下來。

向問天目注項思龍的一舉一動，身形微微一怔，心下付道：「這神醫的舉動言態和目光怎麼都那麼熟悉！啊，對了，有些像項思龍少俠！不，不只是有些像，而是像極了！這……這人難道是項少俠易容裝扮的嗎？可是……已基本證實項少俠已跌入無量崖了啊！再說若項少俠真是大難不死，他沒理由不以真面目示人的啊！尤其是現今中原武林陷入危機，以項少俠的心性，他如活著，當不會坐視不理的！」

如此想來，向問天心下的激情淡了些，卻還是目不轉睛的盯著項思龍道：「神醫所責甚是，可不知你何法化解我中原武林這場劫難沒有呢？」說著，也站起走近了項思龍。

項思龍此時方覺自己失態，但事已至此哪怕是洩露身分也豁出去了，當下接著朗聲道：「自古有言先安內而後抗外，若內部不和，還何談什麼抵抗敵人？所以大家第一步要做的就是要正視困難，審時度勢鼓起勇氣和信心，齊心協力的商量對策去怎樣消滅魔教隱患！魔教現今對付我中原武林的手段一是撒播謠言蠱惑人心，二是利用武林同道之間的彼此不和來對我中原武林進行各個擊破，他們的目的可以說是已基本上達到了，這卻主要是緣於我中原武林各門各派之間內部的不合與私心的作怪！

「大家先要端正態度改變錯誤的人生觀，制訂出一套切實可行的用來制約各門派中人行為舉止的準則，要建立中央集權制，武林盟主沒有，可以成立一個由多人組合的武林共同體來暫時領導天下群雄的嘛！同時大家可以實行相互監督制、值日制等等一套民主的方法來共同維護我中原武林正統的嘛！只有心平氣和的坐下來談判，才可以想出辦法來解決問題，像這般吵吵鬧鬧的能有什麼作用呢？危機已經發生了，大家不應逃避，不應有明哲保身的思想，而應勇敢的去面對！試想今日你暫且逃過了劫難，可當魔教成了大氣候，他們會放過你嗎？所以大家的利益是共同的，而不應各自排斥甚至勾心鬥角！

說到這裡頓了頓，又道：「在下其實也不過是一介無名挑夫，無權發言干涉武林事情，可既有幸承大家看得起受邀參與這次大會，出於對我中原武林的擔憂，所以斗膽說了這番話，對各位多有打擾了！」說罷重又回到了自己一個角落上的座位，一顆心「咚咚」的跳個不停。在場所有人都被項思龍說得面有愧色，氣氛怪異的沉寂著。

向問天突地拍掌叫好道：「妙！妙極！神醫的這番話真是一語驚醒夢中人，一針見血的指出了我中原武林中存在的各種問題，並且也提出了精妙的解決方法！我向問天贊成神醫提出的主張！」

圓正大師念了聲佛號，也點頭道：「神醫所說的話確是大有道理，我等自詡高人之輩，言論也沒有神醫之精妙，真是教人汗顏，善哉善哉，我武林出了這等遠見卓識的能人，看來又有希望矣！」

青松道長也一臉既是驚訝又是興奮的道：「神醫是貧道所見繼項思龍少俠第二個智慧超越的高人！只不知神醫真正來歷是何方高人，能否賜教呢？」說著時目光上下遊動的細細打量著項思龍。

其他人此刻心中都對項思龍的來歷充滿疑惑，聞得青松道長這問話，都細細側耳傾聽項思龍的回答。

項思龍知道眾人已對自己這神醫身分起疑，自己如不能給他們個滿意答覆，今天定是不能善了的了，當下沉吟了片刻，決定豁出去了，一抹面上人皮面具，露出玄玉道長的面容，朗聲道：「在下就是殺死魔教馮劫，劍挑南宮世家二公子，天山派花雲大俠的結義兄弟凌嘯天！此番裝作挑夫混入武當山，乃是在下另有隱情之故，在這裡不便說出。因見諸位武林同道不思進取的亂象，所以忍不住多嘴了！好，在下的話言盡於此，只有一事欲與青松道長相商，不再多打攪各位探討武林大事了！」

項思龍這話剛落，全場中人無不為此譁然，神劍浪子凌嘯天這名號雖只在近幾日間崛起，但因此時武當山召集的武林大會使得天下英雄雲集，所以江湖中已是無人不知無人不曉了。尤其是他會使武當絕傳千年的逍遙七絕式劍法，又會使只有項思龍少俠才會使的絕世劍法，且會使魔教邪功化功大法，所以使得項思龍更成了新近江湖言論的焦點人物。可想不到這如曇花一現，失蹤多日的神劍浪子竟隱藏在了眾武林人物之間，如不是他現刻自報名號，大家還以為他只是個精通醫術的神醫而已！這神乎奇技的易容喬裝之術，在這許多武林高人面前竟然沒露出絲毫破綻，這神劍浪子神通的廣大可真讓人駭然了。

在場百多雙眼睛的目光都怔怔望著項思龍，每人面上表情各異。而青松道長則更是怔怔的直盯著項思龍，口中喃喃道：「真像！真像！怎麼會這麼像？難道玄玉師祖他還存活於世？」

青松道這話聲音雖輕，但還是落入在旁的圓正大師和向問天幾人耳中，聽了均是心神大震，圓正大師聲音極不平靜的問青松道長道：「道兄，你說這……這位神劍浪子少俠像貴派當年失蹤了的祖師玄玉道長！」

青松道長聞言心神一斂，點了點頭，沉吟道：「不錯！我武當逍遙派歷代祖師都會在臨終前留下自己的畫像，玄玉師祖當年與狂笑天一戰中身負重傷，自認必死，所以也有門人為他作了遺像繪畫，可不想他卻突然失蹤，以致在我師祖靈堂秘密中，玄玉師祖的靈位是空無骨灰的，可千多年來一直都無玄玉師祖音信。大家也皆以為師祖必已仙去，可這位凌少俠的容貌確是像極了玄玉師祖！」

項思龍想不到青松道長會識得自己師父玄玉道長的假容貌，心下一緊，自己雖對青松道長通過這段在逍遙道觀裡的時日對他的考檢，覺得青松道長各方面都配自己傳授無量神功給他，讓他來發揚光大逍遙派的失傳絕學，可師父玄玉道長卻嚴命自己決不許傳出他還存於世的消息，如這青松道長激動之下要向自己打破沙鍋問到底，那可就糟了，還是先下手為強的好！

如此想來，當下裝作訝異的驚訝道：「道長眼光確是獨到，在下面上戴著的這副人皮面具乃是在下在偶然間巧遇的一石洞裡發現的，正是貴派玄玉道長所遺。在下得了玄玉道長遺物，奉他遺旨要把幾樣東西歸還貴派。可玄玉道長遺書中說必須選出一位德才兼備的繼承人，所以在下不得不冒充挑夫上武當山來選擇傳人，道長仁俠心腸，能先天下之憂而憂，後天下之樂而樂，確是位逍遙派好掌門，在下也決定將玄玉道長遺物交給道長。現這秘密既已被點破，在下也只好照直說了！雖然江湖傳聞對在下武功有不少猜測，想來現在也應該有一個滿意答覆了吧！」

青松道長聽得身軀劇顫的道：「小兄弟……所說的全是真的？玄玉師祖他真已仙去了？噢，少俠為玄玉師祖記名弟子，也就是貧道師叔祖了，請受小侄一拜！」說著竟真向項思龍跪拜下去。

項思龍只窘得手足無措的慌忙扶起青松道長，連連道：「道長乃武林長輩，在下豈敢受此大禮呢？」

青松道長卻是神態恭敬的道：「師叔祖年齡雖小，但我逍遙派長幼秩序不可廢。師叔祖乃玄玉師祖記名弟子，受貧道一拜也是應該的！先前不知師叔祖大駕光臨，貧道多有怠慢，還望師叔祖見諒！」

青松道長的恭敬，只讓得項思龍有些哭笑不得，想不到自己現在竟成了人家逍遙派的師叔祖，那麼逍遙派的生死存亡也就與自己有關了，這下自己可真的陷入了江湖這大漩渦中去了！

其他的武林人物對這一而再、再而三的驟然變故有喜也有憂的，大都臉上神情各異的沉默，靜靜看著項思龍，只不知項思龍這次顯出自己「真實身分」將是禍還是福？

項思龍再次成了焦點人物，當年與嵩山太平寺太虛真人，五岳劍派君子劍敦峰齊名的武當逍遙派玄玉道人的傳人，能不引人注目麼？更何況項思龍已是闖出神劍浪子的名號來了呢？

當然武林中最為關注的就是項思龍得自玄玉道長遺物中的驚世絕學了，逍遙派的逍遙七絕式、無量神功和凌波微步，可是當年威震武林的絕學！

自項思龍現出名號來歷之後，魔教對各大各派的攻擊也突地消去，武當山也呈現一片少有的太平，再也無人闖山闖禁地了，可項思龍對這出現的怪異平靜卻是深感心神不寧，總感覺將有更大的事情要發生似的。

選好了逍遙絕學的繼承人，把無量神功等逍遙派失傳多年的武功絕學秘本傳給了青松道長，項思龍本意是欲離開武當山，可一來受青松道長等逍遙派門人的苦苦挽留，二來也只覺拯救中原武林的危機是自己的責任似的，所以也沒有即刻離去，想想還是待武林大會召開了以後再說吧！

在項思龍的出謀劃策下，由太平寺的圓正大師，五岳劍派的向問天和逍遙派的青松道長等幾大門派的大面人物組成的武林盟共同體已是成立，建立了明確的武林盟規，制定了對付魔教的各項計畫，組織了由各派高手組成的千人以上的降魔敢死隊……武林正道也漸入正軌。

項思龍則成了大家共同敬仰的總軍師，武林中發生的每件事都會有人向他報告。

這一日，青松道長、圓正大師、向問天等武林盟共同體的幾個主要人物與項思龍一起在逍遙觀的秘室裡商討起召開武林大會的事宜來，青松道長率先道：「魔教突地再不搞什麼大動作，想來是想在此次武林大會上陰謀向我中原武林發動大規模的挑戰而養精蓄銳起來了，所以這次的武林大會一定危機重重。雖然我們已經成立了武林盟共同體，但時日不長，還不夠成熟不夠充實，再加上各門各派私心重重表裡不一，此次武林大會我們一定得作好森嚴防範，預防魔教從中作亂！」

向問天點了點頭道：「據探子傳來的消息說，有一大批身分來歷不明的人近來都混進了武林群雄中，想定是魔教在調兵遣將，極有可能魔教的一些大人物都已埋伏在了武當山附近，我們已派了高手去明查暗訪，只不知會有什麼消息沒有。對於凌少俠提供的得自馮劫身上名錄中的一些魔教控制的派和人物以及隱在各派中的叛徒，我們已發起了對他們的攻擊，也已作好防範，只是門派太多，人物太雜，時日又短，只怕一時還不能全部除去這幫武林敗類。」

圓正大師沉聲道：「現住在逍遙道觀的武林同道雖表面上向著我們武林盟共同體，但依老衲看來其中也不乏威懾魔教的兩面三刀之人，我們也得提高警惕。還有武林大會的召開，各門各派教中內空虛，魔教向武當山調派人手或許也只是個小幌子，而實質上到時則乘機向各大門派發動攻擊，所以我們也不可顧此失彼，對各門各派中也要著大家留守一定量的實力，同時約定聯絡暗號，叫各門各派互幫互助，形成一個堅實的整體，如此魔教便無機可乘了。」

項思龍凝神細聽了各人見解，肅容道：「大家說得都有道理，可我們也不要疏忽了保護持有項思龍少俠鬼王劍的一男一女，他們乃是項少俠臨終前的見證了，所以他們的解釋可以代除還對項少俠遺物傳聞懷有異心之人的疑團，讓大家除去私念，如此我們的團結力度也就會更加凝固。要不還存在這麼一個梗子，魔教是可利用人的私欲來煽動人心的！」

青松道長聽了笑道：「小師叔祖對這點請放心，只要武林大會一召開，項少俠的朋友項少龍上將軍、甜甜姑娘以及地冥鬼府的高人自可解說清楚這件事的。再有我們也請了項少俠的生前好友漢王劉邦、西楚霸王項羽來作個證明，他們也答應前來了。」

項思龍聽得青松道長說到「項少龍、劉邦、項羽」三人名字，突地只覺頭痛欲裂，臉色變得蒼白，驀地狂喝一聲，抱頭倒地痛滾不止，不多時，人卻昏了過去。

這一突然變故，只讓得青松道長、圓正大師、向問天幾人見了均都大驚。

第十二章　神劍浪子

項思龍悠悠醒來時，仍覺頭痛欲裂，意識一片模糊，可他的蠕動已讓得在旁守候了已有一天多光景，焦得心急如焚的青松道長見了，頓即驚喜的歡呼道：「啊！小師叔祖，你醒了！這……可太好了！大家都被你突然莫名昏去給嚇慌了呢，已陪了你一天一夜了！嘿，沒事就好！要不大家沒了小師叔祖你的指揮，可都不知怎麼對付魔教了呢！」

項思龍聞聲強忍頭痛，緩緩睜開了虎目，卻見自己正躺在一張榻上，青松道長、圓正大師、向問天等人面現焦煌憔悴，卻是個個雙目佈滿血絲滿是關切的望著自己，心下頓然一陣感動，掙扎著坐了起來，訝異道：「我已昏了一天一夜了！這……我怎麼會昏過去的？並且睡了這麼長時間？對付魔教擾亂武林大會的各項事宜都準備妥當了嗎？我們可不得怠慢大意啊！」

向問天一臉信心的道：「武林大會的各項事宜都已準備好了。據探子昨晚回報，魔教近日調來武當山的果都是些小魚小蝦，負責領導策動對武林大會不利的也只是魔教四大法王之一的天陰法王，這魔頭得知他的愛徒馮劫被凌少俠所殺，對少俠恨之入骨，連鎮定耐性都忘了，所以讓我們的探子刺得了他們的消息，有魔教直屬教徒五百之眾，其他都是凌少俠提供名錄上的一些門派和武林叛徒，都已在我們的嚴密監控之下。對各大門派教中實力安排和彼此的聯絡暗號我們都已頒發了下去，應該沒有問題。不過對於魔教的真正實力動靜我們現還沒有什麼消息！」

項思龍甚感滿意的點了點頭，歡悅而又嚴肅的道：「做得好！不過我們仍不可粗心大意，魔教的真正實力才是我們最大的隱患，大家還是一定得提高警惕！」

說到這裡，轉望向青松道長道：「掌門說什麼項思龍少俠的生前摯友項……項少龍，還有劉邦、項羽他們也將參加武林大會，他們幾人與項思龍少俠是什麼關係？」

說著這句話時，項思龍只覺頭痛得又厲害起來了，不由暗暗皺眉咬牙。

青松道長面呈怪異之色，有些忐忑的道：「小師祖前天在商過武林大會事宜時，就是聽得我提及項上將軍……幾人名字時才突地昏過去的。這……不知小師叔祖……」說到這裡卻是打住沒有再說下去了。

項思龍對此現象也驚詫非常，就是他自己提到項少龍、劉邦、項羽這三個名字時也只覺心底莫名的湧起一股自己也說不出的異樣感覺，只覺頭腦深入一陣陣鑽心的刺痛，但卻還是向青松道長罷了罷手道：「掌門但說無坊，上次我突然昏去可能與我自小患上的一種五陰絕脈病症有關，這怪病一發作時就是這樣教人防不勝防的！」

青松道長聽得心下一震道：「什麼？小師叔祖你……患有五陰絕脈這種絕症！」

原來五陰絕脈乃是一種全身經絡血液中含有一種天生的寒毒，患上此症的絕對不能練武，否則全身經血就會逆行，導致走火入魔而血脈爆烈而亡，天下尚還無人能治此症。

其實那時的五陰絕脈也就是現代的白血病，連當今醫學也視之為一大難關，在那古代自是更無人能醫治此等絕症了。

項思龍為了解釋自己突然昏倒的緣由，不得不向眾人撒謊，心下只覺愧然，但其實就是他自己也無法解決其中原因，只在玄玉道長讓他參讀的醫書中得知五陰絕脈這種絕症之名，所以信口說來，不想卻引起青松道長的恐慌。

當下淡然掩飾道：「這自小就有這病症了！不過，師父對我說過，只要我不用內家功夫，這五陰絕脈卻是對我性命無礙的，至少還可以再活個三五十年的吧！一生能活七八十歲也不算短命的了！」

圓正大師卻突地在懷中掏出一個錦囊遞給項思龍道：「這是我太平寺的療傷聖藥大還丹，本寺千百年來只研製成功了五顆，至老衲這代剩這麼一顆，現老衲就把它送給你凌少俠吧，或許對少俠病情有所幫助的！」

說到這裡頓了頓接著又道：「這大還丹乃是集天下一百零八種靈藥煉製而成，其中三味千年靈芝、萬年成形人參和萬年何首烏更是人間至寶，甚是難覓，平常人服下這大還丹可平增一甲子功力，並且有起死回生之功效，說不定也能治五陰色補呢！

項思龍聽得這大還丹如此珍貴，頓忙推辭道：「這等重禮在下豈敢收呢？大師還是請收回吧！再說這五陰絕脈症乃天下不治之症，服了這等珍貴的大還丹，說不定還是沒有什麼作用，那豈不是暴殄天物？」

圓正大師卻是硬塞給項思龍道：「不管能不能治凌少俠的絕症，也都是老衲對凌少俠的一點心意。天下寶物理應有德者據之，凌少俠力挽狂瀾，讓我中原武林重現生色，這大還丹就算是老衲對你拯救中原武林的禮物吧。」

項思龍還等推辭，向問天已為圓正大師說話道：「既是圓正大師的一番心意，凌少俠便收下吧！大家同為武林中人應是爽爽快快的，何必這麼婆婆媽媽的一副小女人態勢呢？凌少俠若推辭，圓正大師可不安於心了！」

項思龍這下可正不好再說什麼了，當下只得接過圓正大師推來的錦盒，感激道：「如此在下就恭敬不如從命了！」

說罷又轉向青松道長道：「掌門，那項……項少龍上將軍可是否已經趕上武當山來了呢？」

青松道長此時釋懷下來，當下頓忙點頭道：「項上將軍就是被我請上山來的那一男一女中的一人，他在這近幾個月來一直都在我逍遙道觀，小師叔祖是否想見他們呢？」

項思龍面色怪異似憂似喜的「嗯」了聲道：「那有煩掌門帶我去見項少龍上將軍！」

項思龍隨青松道長通過了十多重守衛森嚴的關口，進了一條地下秘道。秘道雖是寬大，沿途均有油燈照明，看到項思龍臉上的不解之色，青松道長在前引路邊解釋道：「自江湖傳出項上將軍危害了項少俠，奪了他身上的寶物這謠言後，不少江湖黑白兩道的人都想打項上將軍的主意，尤其是日月魔教，多次派人闖關欲劫走上將軍，貧道沒得他法，只好委屈他暫且住進這地底重陽宮了！

「這重陽宮乃是我逍遙派歷代祖師遺靈安置處，也是我逍遙派歷代同門參修武學的地方，乃是我逍遙道觀的機密重地，外人根本是不能進入的，這次為了證明本派清白，以免江湖掀起一場虛無縹緲的奪寶殺戮，也不得不破例了。

「這重陽宮內不但機關複雜，而且有我逍遙派的十大長老在此駐守把關，除掌門之外，其他人進入必遭誅殺，這次出於事態嚴重，貧道也不能再拘守陳規了！」

說到這裡見項思龍沒有開腔，又轉過話題道：「小師叔祖，你可告知貧道玄玉師祖的仙遊之地麼？也好讓貧道把師祖遺骨遷到本門中供奉！」說著是一臉的悲傷熱切之色，歎了口氣接著道：「我逍遙派歷代祖師的靈位，就只玄玉師祖靈牌空著了，這叫我這做徒孫的怎能安心呢？」

項思龍卻是毫不為之所動的淡淡道：「師父遺言中說過了，不想讓他人去驚擾他老人家的安寧，我也不能違背師父遺訓，還望掌門多多見諒！無量神功和逍遙七絕式已交給掌門，只望掌門發揚光大逍遙派，師父他老人家就可含笑九泉了！」

說到這裡，二人已行至了一個大殿，殿中地面繪有一天罡北斗陣圖，其他再無一物，可卻給人一種沉悶的壓力感覺。青松道長知曉自己再多說也是無用，一臉失望之色，入了大殿，行至天罡北半陣圖的中心，閉目凝氣了好一會，雙掌突地揮動，釋發出一道道奇大的內家真氣，只聽得轟轟轟一陣巨響，大殿中的景象倏變，卻見殿頂冉冉降下一座白玉的房子，竟是透明的，內中清晰可見有一男一女正在項思龍和青松道長二人望來。

直待到白玉房子降至地面，青松道長才收功站定，對直勾勾的盯著白玉房中的一男一女的項思龍道：「他們二人就是項上將軍和那位姑娘了！」

項思龍卻是對青松道長的介紹恍如未聞，仍只目不轉睛的望著正從白玉房子走出的項少龍，一臉的怪異之色，青松道長微微驚愕時，項少龍也是目中詫然的望著項思龍問他道：「道長，這位少俠是……你們現在來見在下，可是外頭發生了什麼變故嗎？」

青松道長聞言斂回神來，當下忙向項少龍介紹道：「他是在近幾日內名震江湖的神劍浪子凌嘯天少俠，也是我逍遙派玄玉師祖的記名弟子！」

說到這裡，頓了頓接著又道：「我這小師叔祖聞得項上將軍大名，所以特來拜見一下上將軍，或許也有些事想向上將軍詢問一下，可有煩上將軍了！」

項少龍覺著項思龍的目光似有些熟悉，但這人面孔卻又甚是陌生，經青松道長這一解釋，心中剛剛升起的質疑又淡了下去，當下衝項思龍抱拳行禮道：「原來是凌少俠，勞你大駕，在下可真是愧不敢當。不知凌少俠有何指教，還請但問無妨！」

項思龍顯得有些不知所措的怔了片刻，接著訕訕笑道：「這……也沒什麼的了，在下只是對項上將軍的大名如雷貫耳，所以特來拜見一下，順便想問問上將軍，項思龍少俠與上將軍到底是什麼關係呢？據聞項少俠武功已是天下無敵，他又怎會被狼群所傷躍下無量崖呢？」

項少龍閉目沉思了好一陣，才舒了口氣苦笑道：「在下與項思龍的關係請恕在下不便說出，但他與我絕對是朋友，他之所以遭遇不幸也是因為救在下而導致的，在救在下時，因特殊情況。我和他的功力都突地莫名其妙的失去了，所以被狼群所乘，項少俠為了救我和甜甜姑娘，隻身引開四五百隻野狼，試想一個喪失功力之人又怎可與那麼多野狼相鬥呢？……

「翌日我和甜甜姑娘一路沿著狼屍尋找下去，直到走到無量崖邊才發現了一灘血跡和項少俠遺落的鬼王劍……唉，天妒英才，這賊老天可真是太不公平了！」

項思龍聽得心下怪怪然的，接著又問道：「據聞上將軍乃現今天下勢旺的西楚霸王項羽的義父，而項思龍少俠卻為漢王劉邦的結義兄弟，在他們二人尚未功成名就之前，聽說你和項少俠因項羽和劉邦爭天下，是處於敵對位置的，項少俠又怎會捨生救上將軍呢？」

項少龍面上顯出痛苦之色悲聲道：「這是因為……我們本是朋友，只因各自的立場不同，所以……不得不成為仇敵，但項少俠卻始終是以友情為重，得知在下在一次龍捲狂風襲擊下失蹤後，毅然放下我們的敵對關係，而冒著九死一生之險救了在下……我對不起他！」

說著時，項少龍不禁是雙目通紅了，心中的痛悔和自責讓得他心如刀割般的刺痛。

項思龍卻突地也沉默下來，似能領會出項少龍心下的悲痛似的，沉聲道：「上將軍能識得項少俠這等朋友，可真是人生一大幸事，在下羨慕你！可……上將軍真能確定項少俠是跌入無量崖了嗎？或許是遇著其他變故呢？還有，即使是跌入無量崖，可項少俠就一定遭難了嗎？」

項少龍聽得一怔，半晌才道：「遇上其他變故？這……在下可還沒想過！但如是此的話，項少俠如還活著，這多長時間了，怎麼就從沒他的消息呢？如真是跌入無量崖……青松道長說那崖深達萬丈，崖底又是沼澤毒氣之地，怎還會有得性命在呢？」

已喪失記憶的項思龍，即現刻的神劍浪子凌嘯天卻感覺項思龍定還活著似的，冷笑了一聲道：「如項少俠是遇上其他變故，被人擒去了呢？他喪失了武功，自是無力逃出！依在下的第六感覺，項思龍少俠一定還活著，只是大家還不知道他現身在何處罷了！」

項少龍和青松道長聽得異口同聲的又驚又喜過：「項少俠還活著？這……」說到這裡二人再也說不下去了，只激得身體均都微微發顫。

項少龍咽了一口唾沫，急促道：「凌少俠憑何判定項少俠還活著？你的第六感覺真靈驗嗎？」

青松道長也是一臉驚疑之色，但聽了項少龍這對項思龍不信任的話，心下只覺甚是不舒服，因為項思龍可是他逍遙輩份最高的人物啊！怎可讓人瞧不起？

心下有氣，當下忙對項思龍拍馬屁道：「嘿，上將軍可還不知我小師祖的真正能耐吧！他因身患五陰絕脈之症，所以不能練內家功夫，可仗一支劍一招殺了日月魔教天陰王的首席大弟子馮劫。又一招敗退了江湖中頗有盛名的南宮世家二公子南宮青雲。劍術高明不說，智慧更是讓人敬服，破去了魔教所投之毒蜘蛛香這等罕世絕毒，組建了武林盟共同體，使得魔教不太過猖狂……我小師叔祖的能耐多著呢！」

項少龍聽得訕訕一笑，可這時一直目光呆滯，靜站一旁的甜甜卻突地衝向項思龍，一把緊緊抓住他的手臂，大聲道：「你……你說我項大哥沒有死？我一直也是這麼想的？可你知不知道項大哥他現在在哪兒？你帶我找他好不好？我求你了！我求你了！」

說著秀目淚珠直流的當真向項思龍跪了下去，一股異樣的電流掠過項思龍的心頭，讓得他的虎軀一陣劇震，慌忙俯身扶起甜甜，語音極不自然卻還是強作微笑的道：「項少俠如果真的沒事，他日一定會與姑娘重逢的！像姑娘這等美麗善良的女孩，項少俠又怎會丟下你不管呢！」

甜甜一臉淒容，哽咽著道：「我也想項大哥不會丟下我一個人不管的，甜甜在這世上只有項大哥一個親人了，他說過要一輩子陪著我的，你帶我去找項大哥吧，我要跟著你去找項大哥！」

項思龍心下被一種辛酸的感覺充塞著，卻也脫口而出道：「好，我就帶姑娘去找你項大哥！」

甜甜聽得破涕為笑的又拉住項思龍的手臂，欣喜道：「真的？你真的帶我去找項大哥？這……這太好了！這位大哥哥你……你真是個好人，甜甜也叫你哥哥好不好？」

項思龍話一出口就覺不妥了，但話既已說出，又豈能反悔呢？那豈不會傷了這可愛的小姑娘的心？當下點了點頭，面容一肅道：「我一定會幫你找回你項大哥的！」

請續看《尋龍記》第三輯　卷三傳說

無極作品集

尋龍記 第三輯 卷二 惡宴

作者：無極
發行人：陳曉林
出版所：風雲時代出版股份有限公司
地址：10576台北市民生東路五段178號7樓之3
電話：(02) 2756-0949
傳真：(02) 2765-3799
執行主編：劉宇青
美術設計：許惠芳
業務總監：張瑋鳳
出版日期：2025年3月
版權授權：蔡雷平
ISBN：978-626-7464-76-2
風雲書網：http://www.eastbooks.com.tw
官方部落格：http://eastbooks.pixnet.net/blog
Facebook：http://www.facebook.com/h7560949
E-mail：h7560949@ms15.hinet.net
劃撥帳號：12043291
戶名：風雲時代出版股份有限公司

風雲發行所：33373桃園市龜山區公西村2鄰復興街304巷96號
電話：(03) 318-1378　　傳真：(03) 318-1378
法律顧問：永然法律事務所 李永然律師
北辰著作權事務所 蕭雄淋律師

行政院新聞局局版台業字第3595號 營利事業統一編號22759935
©2025 by Storm & Stress Publishing Co.Printed in Taiwan
◎如有缺頁或裝訂錯誤，請退回本社更換

定價：340元
版權所有　翻印必究

國家圖書館出版品預行編目資料

尋龍記　第三輯／無極 著. -- 臺北市：風雲時代出版股份有限公司，2025.03 --　冊；公分
ISBN：978-626-7464-76-2（第 2 冊：平裝）

857.7　　113007119

風雲時代 風雲時代 風雲時代 風雲時代 風雲時代 風雲時代 風雲時代
時代 風雲時代 風雲時代 風雲時代 風雲時代 風雲時代 風雲時代 風雲
風雲時代 風雲時代 風雲時代 風雲時代 風雲時代 風雲時代 風雲時代
時代 風雲時代 風雲時代 風雲時代 風雲時代 風雲時代 風雲時代 風雲
風雲時代 風雲時代 風雲時代 風雲時代 風雲時代 風雲時代 風雲時代
時代 風雲時代 風雲時代 風雲時代 風雲時代 風雲時代 風雲時代 風雲
風雲時代 風雲時代 風雲時代 風雲時代 風雲時代 風雲時代 風雲時代
時代 風雲時代 風雲時代 風雲時代 風雲時代 風雲時代 風雲時代 風雲
風雲時代 風雲時代 風雲時代 風雲時代 風雲時代 風雲時代 風雲時代
時代 風雲時代 風雲時代 風雲時代 風雲時代 風雲時代 風雲時代 風雲
風雲時代 風雲時代 風雲時代 風雲時代 風雲時代 風雲時代 風雲時代
時代 風雲時代 風雲時代 風雲時代 風雲時代 風雲時代 風雲時代 風雲
風雲時代 風雲時代 風雲時代 風雲時代 風雲時代 風雲時代 風雲時代
時代 風雲時代 風雲時代 風雲時代 風雲時代 風雲時代 風雲時代 風雲
風雲時代 風雲時代 風雲時代 風雲時代 風雲時代 風雲時代 風雲時代
時代 風雲時代 風雲時代 風雲時代 風雲時代 風雲時代 風雲時代 風雲
風雲時代 風雲時代 風雲時代 風雲時代 風雲時代 風雲時代 風雲時代
時代 風雲時代 風雲時代 風雲時代 風雲時代 風雲時代 風雲時代 風雲
風雲時代 風雲時代 風雲時代 風雲時代 風雲時代 風雲時代 風雲時代
時代 風雲時代 風雲時代 風雲時代 風雲時代 風雲時代 風雲時代 風雲
風雲時代 風雲時代 風雲時代 風雲時代 風雲時代 風雲時代 風雲時代
時代 風雲時代 風雲時代 風雲時代 風雲時代 風雲時代 風雲時代 風雲
風雲時代 風雲時代 風雲時代 風雲時代 風雲時代 風雲時代 風雲時代
時代 風雲時代 風雲時代 風雲時代 風雲時代 風雲時代 風雲時代 風雲
風雲時代 風雲時代 風雲時代 風雲時代 風雲時代 風雲時代 風雲時代
時代 風雲時代 風雲時代 風雲時代 風雲時代 風雲時代 風雲時代 風雲
風雲時代 風雲時代 風雲時代 風雲時代 風雲時代 風雲時代 風雲時代
時代 風雲時代 風雲時代 風雲時代 風雲時代 風雲時代 風雲時代 風雲
風雲時代 風雲時代 風雲時代 風雲時代 風雲時代 風雲時代 風雲時代
時代 風雲時代 風雲時代 風雲時代 風雲時代 風雲時代 風雲時代 風雲
風雲時代 風雲時代 風雲時代 風雲時代 風雲時代 風雲時代 風雲時代
時代 風雲時代 風雲時代 風雲時代 風雲時代 風雲時代 風雲時代 風雲
風雲時代 風雲時代 風雲時代 風雲時代 風雲時代 風雲時代 風雲時代
時代 風雲時代 風雲時代 風雲時代 風雲時代 風雲時代 風雲時代 風雲
風雲時代 風雲時代 風雲時代 風雲時代 風雲時代 風雲時代 風雲時代
時代 風雲時代 風雲時代 風雲時代 風雲時代 風雲時代 風雲時代 風雲
風雲時代 風雲時代 風雲時代 風雲時代 風雲時代 風雲時代 風雲時代
時代 風雲時代 風雲時代 風雲時代 風雲時代 風雲時代 風雲時代 風雲
風雲時代 風雲時代 風雲時代 風雲時代 風雲時代 風雲時代 風雲時代
時代 風雲時代 風雲時代 風雲時代 風雲時代 風雲時代 風雲時代 風雲
風雲時代 風雲時代 風雲時代 風雲時代 風雲時代 風雲時代 風雲時代
時代 風雲時代 風雲時代 風雲時代 風雲時代 風雲時代 風雲時代 風雲
風雲時代 風雲時代 風雲時代 風雲時代 風雲時代 風雲時代 風雲時代

風雲時代